Histoire économique de la France du XVIIIe siècle à nos jours

2. Depuis 1918

Du même auteur

Le Budget de l'Éducation nationale
PUF, 1969

Plan et Profit en économie socialiste
Presses de la FNSP, 1981

Histoire économique de la France
du XVIIIe siècle à nos jours
1. De l'Ancien Régime
à la Première Guerre mondiale
Seuil, « Points Histoire », nº 71 et 72, 1984

Histoire économique
de la révolution industrielle
à la Première Guerre mondiale
Presses de la FNSP, 1985

Histoire économique du XXe siècle
2 vol., Presses de sciences Po/Dalloz, 1995

Industrialisation et Société
en Europe occidentale
*(en collaboration avec A. Fernandez
et Ph. Chassaigne)*
Messène, 1997

L'Argent de la Justice
Le budget de la Justice en France
de la Restauration au seuil du XXIe siècle
Presses universitaires de Bordeaux, 2009

Jean-Charles Asselain

Histoire économique de la France du XVIIIe siècle à nos jours

2. Depuis 1918

Éditions du Seuil

ISBN 978-2-7578-2291-3
(ISBN 1re édition : 978-2-02-006732-4)

3

Le blocage de la croissance pendant l'entre-deux-guerres

Les pays industrialisés dans leur ensemble se sont trouvés confrontés, au lendemain de la guerre de 1914-1918, à des problèmes gigantesques, et pour la plupart absolument nouveaux. Les hommes placés aux postes de commande politiques et économiques n'ont pas été à la hauteur de ce défi, et la Seconde Guerre mondiale est sortie de leur impuissance à maîtriser les problèmes.

La France, pour sa part, cumule les difficultés et déséquilibres de toute nature : dépression classique, mais aussi inflation (résultant de mécanismes cumulatifs bien distincts de la hausse cyclique des prix en phase de prospérité) ; succession des politiques de « déflation » et de « reflation ». Le franc subit plusieurs dévaluations, dans l'intervalle desquelles il se trouve alternativement surévalué par rapport aux devises étrangères (ce qui nuit aux exportations) ou au contraire sous-évalué (ce qui renchérit exagérément les importations). Le contraste est frappant entre ces difficultés économiques persistantes et le prestige de grande nation dont bénéficie la France au lendemain de la guerre. Contraste choquant pour les contemporains, qui réagissent souvent comme si la prospérité économique devait être la récompense de la victoire. La France passe ainsi en quelques années d'un excès de confiance à une perte de confiance générale, ce qui ne facilite pas la solution des problèmes. Les déséquilibres économiques constituent un facteur permanent d'instabilité politique. Le déclin progressif de l'influence de la France auprès de ses

Alliés, qui en résulte indirectement, apparaît comme un élément important du renversement du rapport des forces en Europe, et on peut lui attribuer un rôle non négligeable dans le déclenchement de la guerre de 1939.

Il faut souligner aussi que l'affaiblissement de l'économie française au cours de cette période ne s'inscrit pas dans une tendance de fond antérieure à la Première Guerre mondiale. L'opposition est très nette à cet égard avec la Grande-Bretagne, puisque les signes précurseurs du déclin de la prépondérance britannique étaient déjà assez nets vers 1913. Au contraire, l'économie française témoigne depuis le tournant du siècle d'un incontestable dynamisme – dynamisme qui, du reste, s'affirme de nouveau au lendemain de la guerre, malgré tous les déséquilibres : vers 1930, le bilan reste favorable. Ce sont donc les conditions entièrement nouvelles de la dépression mondiale des années 30 qui ont porté un coup décisif à la modernisation de l'économie française.

Le déroulement de la dépression, nous le verrons, présente dans le cas de la France plusieurs caractères originaux. La dépression ne se manifeste qu'avec un certain retard : 1930 paraît encore, pour la France, une année de prospérité ; la « contagion » s'effectue de manière très progressive, à travers la dégradation du commerce extérieur. Les manifestations de la crise (faillites, recul de la production, intensité du chômage) n'apparaissent pas non plus en France particulièrement brutales, du moins par comparaison avec les autres grands pays. Et pourtant, l'économie française est celle qui aura été, en fin de compte, la plus sérieusement affectée : le niveau de la production industrielle en 1938 reste non seulement inférieur à celui de 1929, mais il ne dépasse que dans une faible mesure celui de 1913. Un arrêt aussi prolongé de la croissance est sans précédent. Parmi les principaux pays industrialisés, seuls avec la France les États-Unis ne sont pas encore sortis de la dépression vers 1938.

L'évolution de l'économie française est donc représentative de la menace de blocage de la croissance qu'ont connue les pays capitalistes avancés durant cette période – mais c'est un cas extrême : le bilan que l'on peut établir vers 1938 fait apparaître un complet retournement par rapport à 1930 au détriment de la France.

Notre analyse sera axée sur ce retournement historique. Nous opposerons les conditions relativement favorables dans lesquelles les déséquilibres de l'après-guerre ont pu être finalement surmontés (chapitre 1) à l'enlisement dans la dépression (chapitres 2, 3 et 4).

1
Les déséquilibres de l'après-guerre (1918-1929)

1. Le bilan de la guerre et le problème des réparations

Parmi les grands pays belligérants, la France est sans doute proportionnellement le plus touché.

Il en est ainsi, d'abord, en ce qui concerne les pertes humaines. Les pertes de guerre représentent, pour la France, 10,5 % du nombre des hommes actifs (un peu moins de 10 % pour l'Allemagne et l'Autriche-Hongrie, 5 à 6 % pour l'Italie, la Grande-Bretagne, la Russie, 0,2 % pour les États-Unis). L'amputation des « forces vives » du pays est certainement plus grave encore que ne le suggèrent les chiffres globaux. Il faut relever, par exemple, l'énorme proportion de tués parmi les élèves des grandes écoles. La guerre accentue le vieillissement de la population française, qui s'annonçait déjà avant 1914. Le déficit de naissances pendant les années de guerre fera sentir ses effets une vingtaine d'années plus tard sur l'effectif de la population active et sur la courbe de natalité. Sur cette population réduite, pèse la charge des invalides, des veuves de guerre et des orphelins, à laquelle s'ajoutent les pensions des anciens combattants : un quart de siècle plus tard, en 1939, un Français sur dix touche une pension au titre de la guerre de 1914. Sur l'ensemble de la période, les sommes consacrées aux victimes de guerre représentent, en moyenne, 2 % du revenu national.

Les dommages matériels, cependant, pèsent d'un poids encore plus lourd, du moins durant les premières années de reconstruction. La France est incomparablement plus atteinte à cet égard que l'Angleterre ou l'Allemagne, puisque les combats se sont déroulés sur son territoire, et que de plus dix départements sont restés plusieurs années occupés par les Allemands, et soumis à divers prélèvements. On compte, en 1918, 5 500 km de voies ferrées sinistrées, 550 000 maisons détruites ou endommagées… La Charte des sinistrés, adoptée en 1919, prévoit l'indemnisation intégrale de tous les biens mobiliers et immobiliers : l'indemnisation apparaît donc plus généreuse pour les dommages matériels que pour les dommages aux personnes. Les indemnités s'élèveront au total, en valeur réelle, à un dixième environ de la fortune nationale de 1913 : même s'il y a eu parfois « surindemnisation », cette proportion donne une idée de l'amputation subie par le patrimoine national réel.

Les conséquences financières de la guerre constituent le troisième volet du bilan. On doit noter d'abord la réduction des créances sur l'étranger : créances répudiées (les « emprunts russes ») ou simplement amputées par la baisse du franc, créances liquidées pour faire face aux dépenses de guerre (créances sur les États-Unis notamment), réduction des réserves de métaux précieux. Il a fallu en outre s'endetter auprès de la Grande-Bretagne et surtout des États-Unis, qui ont joué le rôle de banquier de la coalition : la solidarité financière est demeurée totale durant la guerre, mais elle donne naissance au problème des « dettes interalliées ». Enfin, l'État a dû s'endetter auprès des particuliers. La dette ainsi contractée pèsera sur toute la période : en 1929, sur 100 francs d'impôts, 41 sont affectés au service de la dette, et 16 au paiement des pensions. Encore faut-il souligner que la charge *réelle* de la dette s'est trouvée allégée, dans des conditions que personne ne prévoyait au départ, du fait de l'inflation.

Tout ceci explique sans doute l'âpreté dont le gouvernement français – soutenu par l'opinion presque unanime – a fait preuve à l'égard de l'Allemagne. Le slogan

« L'Allemagne paiera » a été prononcé bien des fois sérieusement, avant d'être plus tard cité par dérision.

Le problème des réparations est à l'origine d'une série de conflits qui ont joué un rôle majeur dans les déséquilibres de l'après-guerre : conflit entre la France et ses Alliés (au stade de la définition des principes de règlement), conflit entre la France et l'Allemagne (au stade de l'application des réparations), et enfin conflit très violent entre les différents partis politiques français, qui sont en désaccord sur la conduite à tenir face à la « mauvaise volonté » allemande. L'ensemble de ces conflits culmine en 1923, lorsque Poincaré décide d'occuper militairement la Ruhr.

C'est le désaccord avec les Alliés qui s'est manifesté en premier, l'Allemagne vaincue n'ayant pas encore son mot à dire. Les Alliés acceptent le principe des réparations, qui est inscrit dans le traité de Versailles : l'Allemagne est tenue pour responsable (financièrement) de la guerre. Mais le différend porte en premier lieu sur la liaison entre les réparations et les dettes interalliées. La préoccupation constante du gouvernement français sera de faire reconnaître par ses créanciers le principe d'un lien entre le remboursement de ses dettes et le paiement des réparations ; autrement dit, la France veut faire imputer les créances alliées sur les sommes qui lui sont dues par l'Allemagne. Mais elle se heurte à un refus catégorique du gouvernement américain, qui s'en tient à une position strictement juridique ; la question sera reposée à plusieurs reprises, sans que la France obtienne satisfaction. L'attitude du gouvernement américain après la Première Guerre apparaît ainsi comme l'antithèse de celle qu'il adoptera après la Seconde Guerre mondiale. Elle suscite à l'époque en France des rancœurs d'autant plus vives qu'elle contraste avec l'attitude compréhensive des États-Unis à l'égard de l'Allemagne : les Américains surestiment la puissance de la France victorieuse et son aptitude à s'acquitter, alors qu'ils reconnaissent et sans doute même exagèrent l'affaiblissement économique de l'Allemagne. D'où un second désaccord : sur le montant des réparations à exiger de l'Allemagne. La France insiste pour obtenir le montant le plus élevé possible ; ses Alliés tentent de la modérer, de peur de provoquer des déséquilibres intolérables. Dans ces conditions, l'accord n'a pu être réalisé que tardivement, en 1921, après deux longues années de discussions au sein de la Commission des réparations ; le montant total – à peu près conforme aux exigences de la France – devait s'élever à 132 milliards de marks-or, dont 52 % pour la France.

Quelle est la signification de ce chiffre ? Était-il réaliste, correspondait-il à la capacité de paiement de l'Allemagne ? L'opinion et le gouvernement français ne se posent pas le problème en ces termes ; la facilité inattendue avec laquelle la France avait réussi à s'acquitter de l'indemnité exigée par Bismarck en 1871 sert de référence implicite. Mais l'analogie entre 1871 et 1918-1921 est loin d'être complète. La différence la plus évidente concerne l'importance de l'indemnité : les 5 milliards de francs-or de 1871 équivalaient à environ trois mois du revenu national français de 1869 ; les 132 milliards de marks-or (150 milliards de francs-or) de 1921 représentent environ deux ans et demi du revenu national allemand vers 1913. Si on suppose le paiement de l'indemnité calculé sur trente ans, l'annuité doit s'élever – compte tenu des intérêts – à environ 15 % du revenu national.

D'autre part, le problème du mécanisme de transfert – problème technique fort mal compris à l'époque, mais d'importance cruciale – se pose de façon fort différente. Les vainqueurs n'ont pas effectué de prélèvement immédiat sur les équipements productifs de l'Allemagne, ce qui aurait du reste risqué d'anéantir sa capacité de paiement ultérieur ; l'Allemagne ne détient par ailleurs que de faibles réserves d'or ; elle ne peut donc s'acquitter qu'à travers un excédent d'exportations (selon certains calculs, ses exportations devraient pour cela dépasser de 65 % le montant pourtant fort élevé qu'elles atteignaient vers 1913). C'est là sans doute la contradiction fondamentale :

pour pouvoir s'acquitter, il faudrait que l'Allemagne soit économiquement plus forte que jamais. Non seulement il n'en est pas question, mais la France refuse implicitement l'éventualité d'une balance commerciale excédentaire pour l'Allemagne : ainsi le traité de Versailles interdit à l'Allemagne tout droit protecteur sur un certain nombre de marchandises. La France refuse également que les réparations prennent la forme de prestations de travail ou de livraisons en nature. Le problème, dans ces conditions, était sans doute insoluble.

Aussi ne faut-il pas s'étonner que, dès 1921-1922, le versement des réparations s'applique de plus en plus mal ; la chute du mark s'accélère ; en janvier 1923, l'Allemagne demande un moratoire complet d'au moins trois ans, et le gouvernement Poincaré réagit par l'occupation de la Ruhr, qui est économiquement coupée du reste de l'Allemagne. Dès lors, les événements se précipitent : le mark s'effondre, l'économie allemande est complètement désorganisée. Mais pour la France, malgré le prélèvement du quart de la production minière de la Ruhr, le bilan n'est guère plus favorable : toutes les parties sont perdantes.

Dès l'année suivante, cependant, le plan Dawes (1924) inaugure un nouveau chapitre de l'histoire des réparations. Avec une facilité apparemment déconcertante, une solution a pu être trouvée grâce à l'apparition de plusieurs éléments nouveaux. En premier lieu, il faut noter l'octroi de crédits américains massifs. La France, de son côté, accepte des concessions considérables sur le montant des réparations : une comparaison précise avec le programme adopté en 1921 n'est pas possible (le nombre d'annuités n'étant pas précisé dans le plan Dawes), mais on s'achemine vers une amputation des deux tiers environ. Le plan Dawes prévoit aussi un échelonnement des versements, avec une annuité faible en 1925, mais qui doit aller progressivement croissant au fur et à mesure du relèvement de l'économie allemande. Enfin, la France accepte à partir de 1925 des livraisons en nature : l'expérience acquise a permis de mieux comprendre le problème technique du transfert.

L'application des réparations laisse dans l'opinion française un sentiment d'amère désillusion : l'écart est à coup sûr impressionnant entre les exigences initiales et ce que la France a finalement obtenu. Le bilan financier n'est pas pour autant négligeable : la France a reçu au total (jusqu'à l'arrêt définitif des versements en 1931) un peu moins de 10 milliards de francs-or ; entre 1925 et 1929, c'est-à-dire durant la période où le plan Dawes s'est régulièrement appliqué, les versements représentent chaque année environ 2 % du revenu national – soit encore, pour les cinq années, environ 15 % de l'ensemble des dépenses pour la remise en état des régions dévastées. Les versements français au titre des dettes interalliées représentent entre le quart et le tiers des sommes reçues au titre des réparations : l'excédent reste, malgré tout, substantiel pour la France.

Les erreurs politiques et techniques commises à propos des réparations ont eu, cependant, des conséquences très préjudiciables. Le montant des réparations aurait pu être plus élevé si la France avait accepté, dès 1919, des livraisons en nature. Et surtout, l'économie française a largement pâti de l'incertitude prolongée. Elle a d'abord traversé une phase d'illusions plus ou moins volontairement entretenues, servant de prétexte pour reculer le moment d'affronter les déséquilibres nés de la guerre. Puis une phase d'exaspération et d'instabilité politique incompatible avec la solution des problèmes de fond. L'échec des réparations apparaît donc comme un facteur décisif de la crise monétaire, dont nous allons maintenant analyser le déroulement.

2. De la crise monétaire à la stabilisation du franc

La simple description des événements monétaires de cette période produit presque une impression d'absurdité. Durant près de huit ans, la crise monétaire semble s'aggraver irrésistiblement ; la hausse des prix sur le marché intérieur et la dépréciation du franc sur le marché des changes vont s'accélérant ; les gouvernements de droite et de gauche s'épuisent à essayer de lutter contre le déficit budgétaire, avant d'être l'un après l'autre renversés, et la France semble au bord de la crise de régime. Puis, d'un seul coup, en juillet 1926, la formation du gouvernement Poincaré met fin immédiatement à la spéculation contre le franc sur le marché des changes, les prix intérieurs se stabilisent, le déficit budgétaire fait place à des excédents, le franc devient l'une des monnaies les plus solides, et les capitaux étrangers affluent sur la place de Paris.

Pour comprendre ce qui s'est passé, il faut d'abord se souvenir que non seulement l'opinion, mais les gouvernements et les experts ont été dans un premier temps débordés par les événements, tellement les désordres monétaires étaient pour eux quelque chose de nouveau. La brève inflation d'avant-guerre est largement oubliée. Le XIXe siècle dans son ensemble laisse le souvenir d'un siècle de stabilité monétaire exceptionnelle, caractérisée par le maintien de parités fixes entre les principales monnaies, et par l'absence de toute tendance de longue période à la hausse des prix. Vers 1918, le dogme de l'étalon-or règne encore dans les esprits ; il est évident pour tous que le retour à une situation normale doit comporter le rétablissement de la parité-or d'avant-guerre. En France, comme du reste en Angleterre, les relations existant entre le pouvoir d'achat intérieur des monnaies et leur taux de change sont l'objet d'une incompréhension générale.

La crainte d'un effondrement comparable à celui du mark en 1923, la hantise de « l'inflation galopante » viennent encore aviver en cours de période le malaise de l'opinion. La droite et la gauche s'opposent violemment sur les solutions à apporter à la crise. La droite n'a pas encore réellement accepté l'impôt sur le revenu, voté en 1914, mais qui vient juste d'entrer en application. Quant à la gauche, son programme comporte l'instauration d'un impôt sur le capital. Jamais en fait, même après la victoire du Cartel en 1924, la gauche ne s'est trouvée en état d'appliquer cet article de son programme : mais la simple référence à l'impôt sur le capital passe pour une provocation. L'évasion plus ou moins concertée du « grand capital », et notamment des capitaux bancaires (le « Mur d'argent »), empêche alors l'État d'obtenir le renouvellement du crédit à court terme dont il a un besoin vital : d'où le tour aigu que prend la crise au cours de certaines phases. Les décisions impopulaires sont particulièrement difficiles à prendre dans un tel climat d'affrontements politiques.

La crise inflationniste se manifeste par plusieurs types de déséquilibres, étroitement liés entre eux :

– En premier lieu, la hausse des prix de gros et de détail. À la fin de la guerre, les prix à la consommation ont un peu plus que doublé par rapport à 1913 : le franc a déjà perdu un peu plus de la moitié de son pouvoir d'achat. Les années 1919-1921 sont marquées par de violentes fluctuations, à la hausse, puis à la baisse. Puis, entre 1922 et 1926, les prix doublent de nouveau en quatre ans : ils passent du coefficient 3 (par rapport à 1913) en 1922 au coefficient 6 en 1926. Ce n'est pas une « inflation galopante », mais c'est néanmoins une hausse sans précédent en période de paix.

– En second lieu, la dépréciation du cours du franc sur le marché des changes. Le rétablissement de la parité-or de 1914 ayant été jugé impossible, la France vit en régime de « changes flottants », et le cours du franc sert de baromètre de l'inflation. Or on remarque que la dépréciation externe du franc est encore plus brutale que sa dévalorisation interne (diminution de son pouvoir d'achat) sous l'effet de la hausse des prix : en 1914, le cours de la livre sterling était de 25 francs ; en mars 1924, à la veille de la victoire du Cartel des gauches, la livre dépasse pour la première fois 100 francs ; et, en juillet 1926, elle culmine à 243 francs : le franc a donc perdu près des neuf dixièmes de sa valeur par rapport à la livre.

– Enfin, le déficit budgétaire permanent. Pour financer ce déficit, l'État doit emprunter ou, si les capitaux se dérobent comme en 1924-1926, il doit se tourner vers la Banque de France pour obtenir un financement par création monétaire (relèvement du plafond des avances légales). Cette procédure, qui nécessite le vote d'une loi et que le public assimile à une sorte de faillite, a sur l'opinion un impact psychologique considérable.

Mais quel est précisément le lien entre les trois phénomènes ? Quel est le mécanisme de l'inflation ?

Pour les contemporains, l'explication est simple : c'est le déficit budgétaire qui est la source de l'inflation, exactement comme l'émission des assignats au temps de la crise révolutionnaire. Mais cette explication est trop simple : en réalité, le déficit *courant* est moins une cause qu'un résultat ; si l'inflation doit être attribuée au déficit, c'est essentiellement le déficit *accumulé* pendant la guerre qu'il faut tenir pour responsable. Autrement dit, le fond du problème, c'est l'énorme augmentation de la dette publique, dont les charges ont plus que décuplé par rapport à l'avant-guerre ; un accroissement correspondant de la fiscalité était difficilement concevable. D'autre part, la dépréciation du franc sur le marché des changes n'est pas seulement un *reflet* de l'inflation interne, mais aussi un *moteur* de l'inflation : la hausse du cours des devises devance constamment la hausse des prix intérieurs, d'où un renchérissement du prix des biens importés supérieur à la hausse moyenne des prix, et qui tend par conséquent à l'accélérer. Ainsi, la dépréciation du cours du franc est plus profonde que ne le « justifie » la hausse des prix intérieurs : on voit ici apparaître l'influence de la spéculation qui anticipe sur la baisse du franc. C'est précisément cet élément psychologique (une « crise de confiance », de nature en grande partie subjective) qui explique la facilité et la soudaineté du retournement.

Le gouvernement Poincaré est constitué en juillet 1926, dans une atmosphère de crise politique et de panique financière. Sa composition est déjà propre à frapper l'opinion : c'est un « gouvernement de têtes », qui compte treize ministres seulement, mais parmi eux six anciens présidents du Conseil. Un programme de redressement est aussitôt annoncé. La volonté de se placer « au-dessus des partis » se traduit par un certain éclectisme. On y trouve des mesures qui, si elles avaient été proposées par la gauche, auraient sans doute suffi à dresser l'opposition du « Mur d'argent » : par exemple, la taxe de 7 % sur la première mutation, qui est presque l'équivalent d'un impôt sur le capital. Mais le programme comporte aussi des concessions à la droite, notamment une réduction du taux de l'impôt sur le revenu. Enfin, les mesures essentiellement psychologiques tiennent une grande place : elles vont de la suppression de quelques sous-préfectures à titre d'économie jusqu'à une réforme constitutionnelle (impliquant une réunion spéciale des deux Chambres à Versailles) pour créer une « Caisse d'amortissement de la dette » alimentée par les recettes des tabacs. Il s'y ajoute enfin des mesures très classiques de politique monétaire : la Banque de France relève son taux d'escompte, pour attirer les capitaux étrangers et freiner les demandes de crédit.

Les résultats immédiats ont été au-delà de tout espoir. Aussitôt, le taux de change se redresse, et la spéculation se retourne. Les prix de gros, puis de détail se stabilisent avant d'amorcer une baisse. L'activité économique, il est vrai, se trouve temporairement freinée, et le chômage augmente. Mais le rétablissement des finances publiques est spectaculaire : le redressement immédiat de la Trésorerie (le placement des bons d'État ne pose plus aucun problème) est suivi du rétablissement de l'équilibre budgétaire, et bientôt d'excédents substantiels.

La composante psychologique ne suffit sans doute pas à expliquer un tel succès : Poincaré a également bénéficié d'une conjonction de circonstances favorables. Le plan Dawes apporte des rentrées régulières. L'effort fiscal décidé par les gouvernements précédents commence à porter ses fruits. Mais surtout, l'inflation qui s'est développée entre-temps a eu pour effet d'alléger massivement le poids de la dette publique : les remboursements et les intérêts de la dette sont payés en monnaie dépréciée (en « francs-papier »). En termes réels, la charge de la dette se trouve diminuée dans la même proportion que la hausse des prix : telle est la cause fondamentale du succès de 1926, qui aurait été impossible en 1924. Selon la formule d'Alfred Sauvy : « Le fruit était mûr, il restait à le cueillir. »

Si Poincaré n'est pas le « magicien » que l'opinion a vu en lui, son mérite réel est ailleurs. Sa perspicacité se manifeste notamment dans les deux décisions successives qui constituent la stabilisation monétaire proprement dite, stabilisation « de fait », puis « dc droit ».

La stabilisation de fait a eu lieu en novembre 1926. Alors que le cours du franc remontait depuis juillet, la Banque de France, sur instructions du gouvernement, intervient en vendant des francs, de façon à stopper la hausse au cours de 125 francs pour une livre, et elle annonce que ce cours sera maintenu. Le franc reste inconvertible en or, mais il est stabilisé par rapport au dollar ou à la livre au cinquième de sa valeur d'avant-guerre.

Commence alors un long délai de réflexion : faut-il ramener le franc à sa parité-or de 1914 ? Le franc se trouve, au taux de change de novembre 1926, quelque peu sous-évalué (ce qui est d'ailleurs très favorable aux exportations) ; autrement dit, compte tenu du rapport entre prix français et prix étrangers, l'amputation aurait pu être des trois quarts seulement (au lieu des quatre cinquièmes). Mais ce que demande une grande partie de l'opinion – pour des raisons sentimentales et sans avoir conscience des implications économiques –, c'est le retour pur et simple à la parité-or de 1914, au moins par étapes. Or le retour à la parité-or de 1914 équivaudrait à une gigantesque réévaluation du franc, qui aurait pour résultat d'augmenter d'autant le prix des marchandises françaises pour les acheteurs étrangers. Une telle réévaluation exigerait, en compensation, une baisse massive et prolongée des prix intérieurs et des salaires français, comme en Angleterre au même moment, mais dans des proportions encore bien plus fortes. Un tel choix aurait impliqué – comme le prouve l'évolution britannique au cours des années 1920 – un grave freinage de l'activité économique, sacrifiée à la monnaie. Le gouvernement Poincaré a eu la sagesse d'écarter cette solution. La question est définitivement tranchée par la loi monétaire de juin 1928 (« stabilisation de droit ») : le franc est désormais défini par un poids d'or de 65,5 mg, correspondant au cinquième de la parité-or de 1914, ce qui revient à maintenir le cours de 125 francs pour une livre en vigueur depuis novembre 1926. Le franc redevient ainsi convertible en or (convertibilité en lingots seulement), mais la loi consacre la diminution de sa valeur-or dans la proportion des quatre cinquièmes. C'est à la fois la fin des illusions et le retour à la normale. Tandis que le public se lamente sur le « petit franc de quatre sous », deux conséquences essentielles résultent de cette décision. Tout d'abord, le franc étant tenu désormais pour une monnaie solide, les capitaux étrangers continuent à affluer vers la France, et Paris devient pour la première fois une place financière capable à certains égards de concurrencer Londres et New York. D'autre part, le franc – compte tenu du niveau des prix français – demeure légèrement sous-évalué, ce qui maintient un avantage pour les exportateurs français. Ces deux éléments vont conjointement entretenir, pendant quelques années, la confiance retrouvée dans la solidité du franc.

3. Le redressement de l'économie française

Vers la fin de la Grande Guerre, l'activité économique est très déprimée. La production agricole et la production industrielle de 1919 accusent l'une et l'autre un recul d'environ 45 % par rapport à 1913. Les exportations atteignent à peine, en 1919, le tiers des importations.

À partir de ce niveau très bas, le redressement a été bien plus rapide que prévu. Dès 1924, la production industrielle et le revenu national ont retrouvé leur niveau de 1913. En 1929, le revenu national est supérieur d'un tiers à celui de 1913 : tout se passe comme si le retard pris pendant la guerre avait été compensé grâce à la croissance plus rapide de l'après-guerre ; l'économie française a « rejoint sa droite de trend » (le niveau de production atteint en 1929 est le même que s'il y avait eu progression régulière de 1913 à 1929 au taux de croissance séculaire moyen réalisé entre 1810 et 1910).

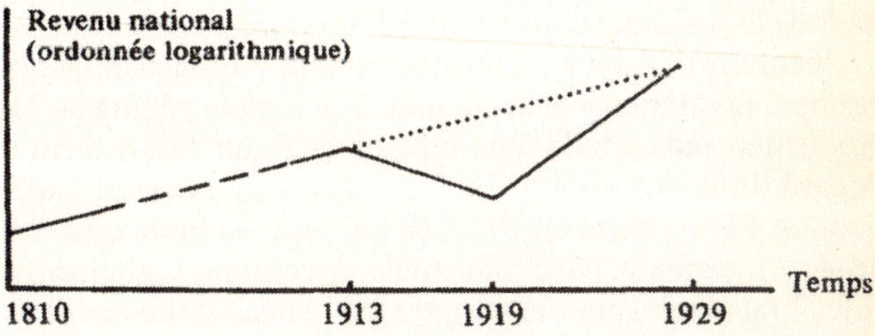

Ce résultat traduit d'abord le succès de la reconstruction. À la fin de 1924, la reconstruction des immeubles et des capacités de production détruites était déjà réalisée à 80 %, et en 1930, elle était pratiquement achevée. Durant toute cette période, les dépenses de reconstruction ont aussi exercé un effet général de soutien de l'activité économique. Seule réserve : la reconstruction des usines, dit-on, s'est trop souvent effectuée « à l'identique », ce qui signifie qu'on a laissé passer l'occasion de moderniser l'appareil de production ; mais cette remarque ne saurait être généralisée, car dans de nombreux cas la modernisation de l'équipement a bel et bien été réalisée.

Et de fait, la croissance se poursuit sur sa lancée après 1924, au-delà de la période de reconstruction proprement dite. La progression de l'activité économique est non seulement rapide, mais relativement régulière eu égard aux déséquilibres dont il a été question plus haut. Le dynamisme des exportations, stimulées par la dépréciation du franc, apparaît du reste comme un facteur important de la croissance. L'essor des exportations fait plus que compenser le renchérissement des importations, et dès 1923 l'équilibre de la balance commerciale est atteint (le terme « rétabli » serait impropre, puisque la balance commerciale était avant guerre structurellement déficitaire). Dès lors, jusqu'en 1928, la balance commerciale française reste régulièrement excédentaire. La France peut se permettre de réduire la protection douanière : cette période, à tous égards exceptionnelle, correspond à l'une des phases les plus libérales de la politique commerciale française.

L'économie française, et notamment l'industrie, fonctionne ainsi durant plusieurs années « à plein régime ». La production industrielle joue bien entendu un rôle moteur à l'égard de la croissance : l'indice atteint en 1929 est supérieur de 40 % à celui de 1913, ce qui place la France en tête de tous les grands pays industriels (y compris l'Allemagne et les États-Unis) pour la progression réalisée entre ces deux dates. Entre 1924 et 1929, la production industrielle augmente de 5 % par an, et la productivité de près de 3 % (rythme sans équivalent jusqu'à la Seconde Guerre mondiale). La croissance industrielle repose avant tout sur les secteurs clefs de la production des biens d'équipement (construction, industries métallurgiques et mécaniques). Elle s'accompagne d'un certain remodelage de la géographie industrielle de la France : la région parisienne, spécialisée dans les constructions mécaniques et plus particulièrement l'automobile, accentue encore son avantage ; le Puy-de-Dôme, la région Rhône-Alpes, les Pyrénées, avec le développement de l'énergie hydro-électrique, bénéficient également d'une croissance supérieure à la moyenne. La période 1900-1930 dans son ensemble apparaît ainsi comme la phase décisive de l'industrialisation française. Le développement de la concentration industrielle s'affirme de plus en plus : la part des établissements de plus de 100 salariés progresse de 23 % de la main-d'œuvre industrielle totale au recensement de 1906 à 34 % au recensement de 1931.

Les progrès réalisés apparaissent encore plus remarquables si l'on tient compte de l'amputation de la population active provoquée par la guerre. Plusieurs facteurs ont contribué à rendre possible un tel essor. D'abord, la résorption du chômage : d'un demi-million en 1921, le nombre de chômeurs secourus diminue jusqu'à mille à peine en 1929. L'exode rural s'accentue : l'agriculture française occupait encore en 1914 une proportion de la population active bien plus élevée que dans les autres pays « avancés » d'Europe, et ce réservoir de main-d'œuvre alimente après guerre, durant les années 1920, un flux de départs vers les villes d'environ 80 000 personnes par an. L'immigration étrangère fournit aussi un apport non négligeable (à peu près 1 million de travailleurs masculins supplémentaires au total). Mais ce sont surtout les progrès de la productivité qui jouent un rôle décisif : la productivité de l'ensemble des branches hors-agriculture a augmenté, entre 1913 et 1929, d'un quart en termes de productivité par travailleur, et d'un demi en termes de productivité par heure de travail. L'écart correspond à la réduction du temps de travail : c'est en effet en 1919 que commence à s'appliquer la journée de 8 heures (semaine de 48 heures). Malgré un contexte *a priori* très défavorable, cette réforme sociale se trouve « absorbée » dans de bonnes conditions, grâce aux progrès de la productivité : la réforme des 40 heures, dix-sept ans plus tard, ne connaîtra pas, tant s'en faut, un sort aussi favorable.

Il existe, cependant, des ombres au tableau. Certaines disparités structurelles tendent à s'aggraver au sein même de l'industrie. Les textiles font de plus en plus figure de secteur en perte de vitesse : ils n'ont pas retrouvé en 1929 leur production de 1913. Au plan régional, l'écart se creuse entre la France de l'Est et la France de l'Ouest : dans la plupart des départements de l'Ouest, l'emploi industriel a diminué en valeur absolue entre le recensement de 1906 et celui de 1931.

Mais le phénomène le plus grave est sans doute la stagnation de la production agricole : à travers de fortes irrégularités à court terme, la moyenne des années 1926-1931 retrouve tout juste la moyenne de 1906-1913. La performance de l'agriculture est un peu plus favorable en termes de rendements à l'hectare et de productivité du travail ; le produit par travailleur progresse en effet de 20 % environ, grâce à une certaine résorption de l'excédent de population agricole, résorption du reste encore très insuffisante. L'opinion dominante demeure néanmoins que l'agriculture « manque de bras ». L'explication des difficultés est ailleurs : l'agriculture française souffre toujours de ses coûts de production trop élevés, de l'inadaptation d'un grand nombre de petites exploitations familiales. De sorte que le « coefficient de dépendance alimentaire » de la France s'accroît encore par rapport à l'avant-guerre : après être passé de 12 % en 1913 à 37 % en 1919, il est encore de 25 % vers 1930 ; la contribution des colonies à l'approvisionnement de la France a augmenté de moitié, celle de l'étranger a doublé.

La « prospérité » des années 1920 n'est donc pas générale, et les fruits de la croissance sont très inégalement répartis entre les différents groupes sociaux. Les profits industriels sont particulièrement élevés, ce qui se répercute très favorablement sur l'investissement et sur la croissance. En revanche, un grand nombre de rentiers – catégorie sociale non négligeable, comprenant une forte proportion de familles modestes, dans un pays où il n'existe pas de système général de retraites – vivent dans des conditions difficiles : les prix en 1929 sont presque au coefficient 6 par rapport à 1913, ce qui signifie que le pouvoir d'achat des titulaires de revenus fixes a pu se trouver, à la limite, amputé des cinq sixièmes (lorsque tous les titres de rente ont été acquis avant guerre). Les salariés sont dans une situation intermédiaire : ils bénéficient de la réduction du temps de travail ; leurs salaires nominaux ont bien entendu augmenté, et presque toujours dans une proportion supérieure au coût de la vie, mais la progression des salaires réels est difficile à évaluer avec précision (il n'existe pas encore d'indice général des salaires) ; le gain de pouvoir d'achat (hebdomadaire) entre 1913 et 1930 s'étagerait selon les catégories de 9 % à 26 % dans les cas les plus favorables (métallurgistes de la région parisienne ; manœuvres de province, qui bénéficient de la tendance générale au relèvement des salaires les plus bas). L'amélioration des salaires demeure en tout état de cause inférieure à la progression du revenu national par habitant (qui atteint un tiers environ entre 1913 et 1930). Les traitements des fonctionnaires, en revanche, ont augmenté davantage. Au total, les Français dans leur grande majorité ont vu leur situation s'améliorer, mais cettc amélioration n'est pas à la mesure de la croissance économique, et surtout elle n'est pas ressentie comme telle à travers une série de déséquilibres économiques de toute sorte. Ce n'est que rétrospectivement que les années 1920 apparaîtront comme une grande période de prospérité.

2

L'enlisement dans la dépression (1930-1935)

La crise mondiale de 1929 survient au moment même où l'économie française pouvait sembler avoir enfin réussi à effacer les séquelles de la guerre et à surmonter les déséquilibres de l'après-guerre. Les années 1930 se présentent donc comme une nouvelle phase de déséquilibre permanent. Le déficit budgétaire se réinstalle – non plus parce que la reconstruction gonfle les dépenses, mais parce que la dépression amoindrit les recettes. La baisse générale des prix succède à la hausse, avec des conséquences opposées sur le mouvement de l'activité économique : la hausse des prix favorisait l'investissement et la croissance, notamment en allégeant le coût réel de financement des investissements ; la baisse des prix, au contraire, combinée avec la rigidité de nombreux éléments du coût de production (« charges fixes »), fait immédiatement chuter les perspectives de profit, arrête les investissements, et, à partir de là, la baisse de la production et la baisse des revenus s'entraînent réciproquement dans une mouvement cumulatif de contraction, à travers la baisse de la demande.

L'économie française connaît non seulement une baisse absolue de la production et de l'activité économique, mais aussi, au fil des années, une détérioration relative par rapport aux autres pays : alors qu'au début de 1931, les Français ont encore parfois l'illusion de pouvoir échapper à la dépression mondiale, la France en fin de compte sera le seul pays vers 1935-1936 où la reprise ne soit pas en vue. Toute cette période n'est en fait qu'une suite de reprises avortées et de rechutes. Au fur et à mesure que la dépression se prolonge, l'opinion française subit un retournement psychologique graduel, passant une nouvelle fois d'un excès de confiance (alimenté par des comparaisons flatteuses avec les difficultés de l'étranger) à un sentiment d'exaspération et d'impuissance.

Faut-il incriminer l'aveuglement des contemporains ? Il est facile, à coup sûr, de dresser la liste des mesures qui ont eu pour effet d'approfondir la crise ou de rendre plus difficile la reprise. Mais les gouvernements étrangers n'ont pas eu nécessairement une ligne plus cohérente (comme en témoigne par exemple le programme initial de Roosevelt, qui associait de façon passablement contradictoire des mesures déflationnistes et des mesures de revalorisation du pouvoir d'achat). Les pays où le redressement économique a été en fin de compte le plus rapide sont ceux qui ont été contraints de dévaluer : ainsi, la dévaluation britannique de septembre 1931 correspondait non pas à l'application d'une politique de reprise, mais à une nécessité immédiate. Ce qui est sans doute plus surprenant, c'est l'incapacité des dirigeants français à tirer les enseignements des expériences étrangères. L'aveuglement n'est certes pas général : Léon Blum, Paul Reynaud, dans des camps opposés, ont su faire preuve de plus de lucidité que la plupart des économistes professionnels. Les erreurs commises s'expliquent souvent par l'insuffisance de l'information quantitative et de l'observation économique : l'appréciation de la conjoncture repose toujours sur des indicateurs traditionnels, tels que le mouvement des prix de gros ; au contraire, l'évolution de la production est largement méconnue (peut-être par manque de confiance dans l'indice de la production industrielle, dont le calcul reste assez approximatif). Les insuffisances de la théorie économique portent également une part de responsabilité : il y a bien eu des exemples de « politiques keynésiennes avant Keynes » (du moins, avant la *Théorie générale*, publiée en 1936), mais la conception théorique d'un équilibre de sous-emploi lié à l'insuffisance de la demande globale n'a pas encore émergé. L'application d'éventuelles politiques de relance se heurte aussi à une sorte d'attachement inconditionnel à la stabilité monétaire, qui transcende les frontières des partis : la « défense du franc » est un réflexe général, des communistes aux « modérés ». Enfin, la durée du marasme s'explique par la façon très progressive dont la France s'est installée dans la dépression : en adoucissant ses conséquences, les mesures de défense contre la crise ont indirectement contribué à rendre la reprise plus difficile.

Ce chapitre sera centré sur les caractères spécifiques du comportement de l'économie française face à la dépression. La première section analysera comment la France est entrée dans la dépression. La deuxième section sera consacrée aux politiques appliquées jusqu'en 1935. La troisième section dressera un bilan provisoire à la veille de la victoire électorale du Front populaire.

I. L'entrée dans la dépression

L'économie française entre avec retard dans la dépression ou du moins par étapes. Elle subit passivement les effets de plusieurs chocs extérieurs successifs.

Le premier, le « Vendredi noir » de Wall Street (octobre 1929), est passé presque inaperçu : il n'a eu dans l'immédiat aucune incidence visible sur la situation économique française. La France, au début de 1930, apparaît comme un îlot de prospérité. Le contraste avec la montée du chômage dans les autres nations industrialisées est particulièrement frappant : fin 1929, on compte déjà 1,3 million de chômeurs en Grande-Bretagne, 1,8 million en Allemagne ; en France, le nombre moyen des demandes d'emplois non satisfaites au cours de l'année 1930 n'est que de 13 000. L'opinion française ressent un vif sentiment de supériorité à l'égard de l'étranger, conforté notamment par les mouvements de capitaux : les capitaux à court terme des pays les plus atteints par la crise affluent en France, et le franc paraît plus solide que jamais.

Pourtant, les mécanismes internationaux de transmission de la crise commencent déjà à jouer à l'égard de l'économie française – mais de façon bien moins brutale que pour les pays sous-développés, dont les exportations de matières premières (en volume, et plus encore en valeur) se sont aussitôt effondrées, ou encore que pour l'Allemagne, dont l'économie se trouve brusquement désorganisée par les retraits de capitaux étrangers et les faillites bancaires. La France, cependant, en subit le contrecoup, avec l'arrêt du versement des réparations (moratoire Hoover, en juin 1931, qui se transformera *de facto* en interruption définitive des réparations) ; la France, de son côté, refusera de reprendre le remboursement des dettes interalliées, provoquant ainsi aux États-Unis un ressentiment durable, dont les conséquences se feront sentir sur les relations entre les deux pays jusqu'à la Seconde Guerre mondiale.

La dépression, cependant, s'installe « en douceur ». En 1930, l'activité économique plafonne, au lieu de tomber brutalement comme à l'étranger. L'influence de la crise mondiale se manifeste d'abord par la baisse des prix de gros (avec, du reste, un corollaire favorable pour les consommateurs : une légère baisse du coût de la vie). Le seul secteur sérieusement atteint est le commerce extérieur. Les importations fléchissent, mais la baisse des exportations est beaucoup plus marquée, et la balance commerciale redevient fortement déficitaire. La contraction des exportations françaises résulte essentiellement de la chute de l'activité économique dans les autres pays (qui réduisent en conséquence leurs importations). À ce stade, les difficultés à l'exportation ne s'expliquent pas encore par le niveau trop élevé des prix français par rapport aux prix étrangers : vers le milieu de 1931, le niveau relatif des prix français est encore relativement bas. C'est là une différence importante avec la Grande-Bretagne, dont les prix sont anormalement élevés sur la base du taux de change en vigueur : ses difficultés sont bien plus aiguës, en raison de la surévaluation de la livre, depuis la décision de rétablir la parité-or de 1914.

Tout change brusquement à cet égard en septembre 1931. C'est alors le premier point tournant de la crise : la dévaluation de la livre. Plus précisément, la livre cesse d'être convertible en or, elle devient une « monnaie flottante », et se déprécie rapidement sur le marché des changes. La dévaluation n'est pas le résultat d'une politique délibérée, c'est une décision prise en catastrophe sous la pression des circonstances (à un moment où l'encaisse-or britannique est en train de fondre par suite du déficit commercial, amplifié par la spéculation). En France, le premier réflexe de l'opinion est de se réjouir : le franc prend sa revanche sur la livre !

Or la dévaluation de la livre va marquer en fait le point de départ du redressement pour la Grande-Bretagne, ainsi que pour les pays dont la monnaie accompagne la dévaluation de la livre : pays du Commonwealth (sauf le Canada), plusieurs pays européens (pays scandinaves notamment), auxquels il faut ajouter le Japon et divers pays d'Amérique latine. Au contraire, la chute de la livre relance la crise dans les pays non dévaluateurs, comme les États-Unis et la France. L'explication est simple : leurs prix-or sont devenus trop élevés par rapport à ceux des pays dont la monnaie vient d'être dévaluée, ce qui tend à les maintenir dans une situation de déficit commercial permanent. Le pays qui élargit ses marchés d'exportations grâce à la dévaluation « exporte son chômage » ; ou, selon l'image encore plus énergique d'A. Sauvy, il ressemble au rescapé qui, après le naufrage d'une barque, réussit à remonter à l'air libre en prenant appui du pied sur les autres naufragés, c'est-à-dire en les enfonçant davantage. Tel est précisément le cas de l'économie française après la dévaluation de la livre : le taux de couverture des importations par les exportations passe de 81 % en 1930 à 66 % en 1932 : quant à la production industrielle, elle baisse de 17 % en sept mois – entre septembre 1931 et avril 1932 –, soit un recul supérieur à celui des deux années précédentes ; le cap des 250 000 chômeurs (complets) est franchi au début de 1932, et le « chômage partiel » (travail à horaire réduit) tend à se généraliser.

Insister sur l'origine externe de la crise ne signifie pas que l'on doive minimiser les mécanismes cumulatifs internes de contraction. Le plus puissant est la chute des investissements, dont le recul est étroitement lié à l'effondrement des profits, et bien plus ample encore que celui de la production (conformément au mécanisme de l'« accélérateur »). L'agriculture, qui subit les effets de la chute mondiale des prix, est également en très mauvaise posture. Un facteur « accidentel » – la succession de deux excellentes récoltes en 1932 et en 1933 – aggrave la situation agricole, en précipitant la baisse des cours ; la baisse des revenus agricoles se répercute sur la demande de produits industriels (moyens de production et biens de consommation), et par conséquent sur l'activité économique générale. Cependant, même à ce stade, l'influence des facteurs externes demeure sans doute prépondérante. Ainsi la reprise amorcée au début de 1933 est-elle brisée par la dévaluation du dollar, en avril 1933. Cette nouvelle dévaluation accentue de façon décisive l'isolement des pays non dévaluateurs, que l'on désigne désormais sous le nom de « Bloc-or » (France, Pays-Bas, Belgique, Suisse et Italie) : leurs prix se trouvent désormais surévalués par rapport aux prix mondiaux, ce qui les entraîne dans une rechute commune au moment même où les signes de reprise commencent à se multiplier dans le monde.

II. L'inefficacité des politiques

Parler de politique face à la crise est presque un abus de langage. En fait, les gouvernements successifs se sentent désarmés. La crise a eu pour effet d'aggraver l'instabilité ministérielle chronique de la IIIe République. Les partis modérés, au pouvoir depuis 1926, perdent les élections de 1932, mais le majorité de Cartel des gauches – dominée par les radicaux – qui leur succède en 1932 n'a pas de solution de rechange ; elle ne propose à proprement parler aucun programme de reprise économique. Les « politiques » dont il va être question se réduisent donc à un ensemble de mesures de circonstances, dont le point commun est qu'elles visent à atténuer certains *effets* de la crise, sans agir sur ses *causes* : mesures contre le déficit budgétaire, contre le déséquilibre des marchés intérieurs, et contre la déficit extérieur. C'est seulement tout à la fin de la période étudiée ici, en 1935, qu'apparaît une politique fondée sur une analyse globale des conditions de la reprise : la politique de déflation du gouvernement Laval. Cette politique, particulièrement controversée, explique pour une large part la défaite de la droite aux élections de 1936.

1. L'obsession de l'équilibre budgétaire

Après quelques années d'excédents, la France se réinstalle à partir de 1931 dans une situation de déficit budgétaire permanent. Deux points nous paraissent aujourd'hui clairement établis à ce sujet. Le premier est que le déficit n'est pas la cause, mais la conséquence de la dépression (comme l'a fort bien vu Léon Blum) : la baisse de l'activité économique entraîne inévitablement une chute des recettes de l'État, qu'il est impossible en tout état de cause de compenser par une réduction équivalente des dépenses, dont la plupart sont rigides par nature, et dont certaines (indemnités de chômage) sont alourdies du fait même de la dépression. La seconde proposition – qui est au cœur de la « révolution keynésienne » – est que l'élimination du déficit en période de dépression non seulement n'est pas *possible*, mais n'est pas *souhaitable* : les dépenses de l'État contribuent à soutenir l'activité économique, en limitant le recul de la demande globale ; bien plus, leur accroissement délibéré, accompagné d'un accroissement du déficit budgétaire, peut constituer dans certaines conditions un instrument efficace de relance économique globale.

Mais, à l'époque, le dogme de l'équilibre budgétaire continue à dominer les esprits. Pour la droite, l'État doit « réduire son train de vie » : il ne s'agit pas d'un raisonnement, mais de la transposition pure et simple au niveau macro-économique des règles d'une saine gestion individuelle. Lorsque l'« orthodoxe » Germain-Martin, ministre des Finances en 1934, proclame : « La recherche de l'équilibre budgétaire est l'idée essentielle qui domine la politique financière de ce pays », il ne fait qu'énoncer une évidence. Quant à Paul-Boncour, qui préside en 1933 un gouvernement de Cartel des gauches, ses propos sont encore plus explicites : « À quoi bon parler, à quoi bon tirer des plans, tant qu'on n'en aura pas fini avec le déficit budgétaire, par où s'écoulent chaque jour les ressources du pays ? » Le terme d'« assainissement » revient constamment.

L'« assainissement » en question ne sera en fait jamais réalisé. Les budgets annuels sont systématiquement présentés en équilibre, à travers divers artifices, en recourant à des jeux d'écriture, à des « économies sur le papier », et surtout à la surévaluation systématique des recettes fiscales (chaque programme d'assainissement comporte rituellement des sommes importantes au titre de la « réduction de la fraude fiscale »). En cours d'année, les gouvernements doivent mener une lutte épuisante pour quelques centaines de millions de francs de recettes nouvelles ou d'économies supplémentaires (alors que le budget est de l'ordre d'une cinquantaine de milliards de francs), afin d'atténuer quelque peu le déficit. En 1933, la réduction des retraites et traitements des fonctionnaires est au cœur des luttes parlementaires. En 1934, un nouveau pas est franchi avec les atteintes sacrilèges à la pension des

Anciens Combattants… pour aboutir finalement à une réduction de 3 % !

L'enjeu de ces luttes est presque dérisoire par rapport au montant réel du déficit : les comptes définitifs pour 1934 révéleront un déficit de 12 milliards. Ces déficits successifs sont d'ailleurs couverts au fur et à mesure par l'emprunt, sans grande difficulté, car les liquidités sont surabondantes. Les emprunts d'État freinent la baisse des taux d'intérêt, mais il est douteux qu'une baisse plus accentuée de l'intérêt ait pu suffire à relancer les investissements privés.

Si finalement le problème du déficit budgétaire compromet la reprise, c'est plutôt à travers ses répercussions sur l'équilibre politique du pays. En 1932-1933, quatre gouvernements sont renversés coup sur coup en douze mois sur des questions financières. Au printemps 1934, la France est au bord de la crise de régime : le climat d'incertitude et d'exaspération générale ne facilite évidemment pas le mouvement des affaires.

Les mesures malthusiennes, que nous allons aborder dans le second paragraphe, justifient une remarque analogue : elles sont plus significatives par l'état d'esprit qu'elles révèlent et par leurs conséquences diffuses que par leur application effective.

2. *Les mesures malthusiennes*

Le terme de « malthusianisme économique » n'est sans doute pas très heureux, mais il est couramment employé pour désigner l'ensemble des mesures qui visent à rétablir l'équilibre des marchés à travers une restriction de l'offre (y compris par réduction de la production). Le développement des idées « malthusiennes » en période de dépression se comprend facilement, puisque le déséquilibre des marchés apparaît comme le symptôme le plus général de la crise : l'offre l'emporte sur la demande, ce qui provoque la baisse des prix. De là à désigner la surproduction comme la cause de la crise, il n'y a qu'un pas ; et l'on proposera alors, comme remède à la crise, d'« ajuster la production à la consommation », à la limite par une destruction des capacités de production qui tend par avance à exclure toute possibilité de reprise véritable.

Les réflexes « malthusiens » sont en contradiction flagrante avec le credo libéral, qui persiste à d'autres égards. Cette contradiction explique sans doute indirectement le caractère disparate des mesures malthusiennes, appliquées sans plan d'ensemble au gré des circonstances.

Les principales mesures concernent l'agriculture. C'est la politique du blé qui offre le plus bel ensemble d'incohérences. Face au problème posé par les deux récoltes excédentaires de 1932 et 1933, les pouvoirs publics ont d'abord tenté de réagir par... une sous-évaluation statistique de la production. Cette « politique de l'autruche » n'empêche pas le cours du blé de tomber, en juin 1933, à 85 francs par quintal, ce qui représente déjà une chute de près de moitié par rapport au cours du début de 1929. Le gouvernement tente alors, en juillet 1933, d'imposer (contre la loi du marché) un prix minimum de 115 francs par quintal. Il ne s'agit même pas en l'occurrence d'une politique malthusienne à proprement parler, mis à part quelques encouragements au stockage et à la dénaturation. L'ensemble est très insuffisant pour rétablir l'équilibre, de sorte que le blé se vend au marché noir 60 ou 70 francs le quintal, plus d'un tiers au-dessous du prix officiel. Le malthusianisme a connu une application plus accentuée (et plus cohérente) à l'égard de la production viticole : on passe ainsi de la pénalisation des plantations nouvelles (dès 1930) à leur interdiction totale (1931), puis à des mesures d'arrachage obligatoire avec indemnité (1935). Mais, dans les deux cas, l'inefficacité est manifeste : il n'y a pas d'impact sensible sur la production, et les prix continuent à baisser.

En dehors de l'agriculture, le malthusianisme se traduit surtout par une évolution générale vers une attitude de plus en plus compréhensive – de la part de l'opinion et des pouvoirs publics – à l'égard des ententes professionnelles. Mais on relève seulement quelques interventions sporadiques, concernant par exemple l'industrie de la meunerie (interdiction de créer de nouvelles minoteries), les transports routiers (partage des marchés), la protection du commerce de détail contre les « magasins à prix unique ». Là où ces mesures sont efficaces, leur principal résultat est de créer des « rentes de situation » au profit des professionnels en place.

Il faut mettre à part deux mesures, dont la portée est inégale, mais qui témoignent l'une et l'autre de la dimension internationale de la crise. La première est la loi d'août 1932 « protégeant la main-d'œuvre nationale », qui prévoit des décrets limitant la proportion de travailleurs étrangers, et qui a été effectivement appliquée à quelques dizaines de branches ou catégories professionnelles. La seconde est la loi de mars 1936 concernant l'industrie de la chaussure, et qui tend à interdire toute construction d'usine nouvelle : c'est un exemple type de loi de circonstances, dirigée en l'occurrence contre l'implantation en France de la firme tchécoslovaque Bata.

3. Les mesures protectionnistes et le refus de dévaluer

L'économie française enregistre tout au long des années 1930 un déficit commercial permanent, provoqué par la chute des exportations. Là encore, faute de pouvoir agir sur la cause du déficit, le gouvernement prend des mesures pour limiter ses effets, en renforçant le protectionnisme à partir de l'été 1931. En novembre 1931, un décret institue une « surtaxe de change » de 15 % à l'encontre des pays dévaluateurs, notamment la Grande-Bretagne. On renonce à l'appliquer en 1933 à l'égard des États-Unis, mais dans l'intervalle le système des contingentements (soumettant les importations à des quotas fixés *a priori*) s'est largement développé. Il s'agit là d'une forme de protectionnisme plus poussée que la traditionnelle protection douanière, et particulièrement caractéristique des années 1930 : début 1936, 65 % des importations françaises s'effectuent sous régime de contingentement. Le système est arbitraire et injuste, dans la mesure où il crée une rente au profit de l'importateur bénéficiaire d'une licence. Il ne suffit à éviter ni le déficit commercial, ni la chute des prix sur les marchés les plus menacés. En ce qui concerne notamment les produits agricoles, la protection du marché français – qui ne joue d'ailleurs pas à l'égard de la production coloniale – a sans doute retardé la baisse des prix, mais elle n'en a été finalement que plus profonde.

Le redressement des exportations pouvait-il constituer une solution alternative ? Le recul des exportations est, bien sûr, avant tout le résultat de la dépression mondiale, sur laquelle le gouvernement français n'a pas de prise ; à l'effet direct de la baisse générale d'activité, s'ajoute de plus en plus l'effet du cloisonnement de l'économie mondiale. Néanmoins, la chute des exportations françaises résulte aussi d'un facteur aggravant qui ne joue que pour les pays du Bloc-or : l'écart (de l'ordre de 15 à 20 %) qui s'est creusé entre le niveau des prix dans les pays qui ont dévalué leur monnaie et le niveau des prix français, au bénéfice des premiers. Ce facteur explique, dans une large mesure, que les exportations françaises aient diminué de façon plus que proportionnelle à la contraction du commerce mondial (la France voit se réduire ses « parts de marché »). La situation des pays non dévaluateurs devient de plus en plus intenable au fur et à mesure que leur isolement s'accentue. En novembre 1935, le Bloc-or lui-même commence à s'effriter, lorsque la Belgique – un des principaux clients de la France – dévalue à son tour.

En France, à quelques exceptions près (positions très fermes de Paul Reynaud, analyses nuancées de Léon Blum), la dévaluation reste considérée comme l'« abomination de la désolation ». Le plus longtemps possible, on évite même d'en parler ; et il semble bien que l'importance décisive de la surévaluation relative du franc n'ait pas été réellement perçue : les milieux d'exportateurs eux-mêmes, qui auraient pourtant tout à y gagner, s'affirment hostiles à la dévaluation ! C'est seulement à partir de 1934-1935, lorsque le mouvement spéculatif des capitaux se retourne contre le franc, que le problème commence à être posé.

Mais c'est à ce stade précisément qu'intervient, avec le gouvernement Laval, une première tentative (celle des premiers mois du gouvernement de Front populaire sera la seconde) pour trouver une solution de rechange à la dévaluation.

4. La politique de déflation du gouvernement Laval (juin 1935-janvier 1936)

Cinq ans après le début de la dépression, il s'agit là sans doute du premier effort relativement cohérent pour trouver une solution d'ensemble à la crise, en même temps que d'une sorte de tentative de la dernière chance pour échapper à la dévaluation. En juin 1935, le gouvernement Laval, qui vient d'être investi, obtient des « pouvoirs exceptionnels pour assurer la défense du franc et la lutte contre la spéculation » ; en clair, les Chambres lui délèguent les pleins pouvoirs pour prendre par décret-loi une série de mesures impopulaires. Le projet de Laval consiste à éviter la dévaluation, en faisant baisser encore davantage le niveau des prix en France, de façon à ramener les prix français à la parité des prix étrangers.

Les mesures adoptées comprennent deux grands volets. La « déflation budgétaire » se situe dans la lignée des gouvernements précédents, mais elle est sensiblement plus brutale : réduction générale de 10 % de toutes les dépenses publiques, y compris les traitements des fonctionnaires ; réduction autoritaire des intérêts de la dette. Il s'y ajoute des mesures plus originales de « déflation économique » : abaissement imposé des loyers, du prix du pain, du charbon et de l'électricité, ainsi que de certains engrais ; possibilité de « convertir » les emprunts publics et privés (c'est-à-dire de les remplacer par de nouveaux emprunts à taux d'intérêt plus faibles), nonobstant toutes clauses contraires. À partir de là, on pouvait escompter une certaine propagation de la baisse des prix et des revenus nominaux. Le raisonnement n'était sans doute pas absurde, compte tenu de l'objectif poursuivi. Mais tous les précédents historiques – et notamment la déflation britannique des années 1920 – laissaient prévoir un coût économique très lourd, sous forme d'un freinage supplémentaire de l'activité économique.

Or, les résultats ont été doublement déconcertants. Il s'est produit, en effet, une légère reprise économique ; la production industrielle, en particulier, se relève quelque peu, sous l'effet de la demande intérieure. Quant au niveau des prix de gros et de détail, que la politique de déflation visait précisément à faire baisser, il se redresse de façon tout à fait paradoxale à partir de l'été 1935 pour des raisons diverses (conjoncture internationale, mauvaise récolte, manque de conviction de la politique de déflation). La seconde « anomalie » contribue d'ailleurs largement à expliquer la première. Mais la reprise est très insuffisante. La hausse du coût de la vie accroît encore le mécontentement des catégories affectées par les compressions budgétaires. La principale conséquence de la déflation est une conséquence politique : la victoire du Front populaire aux élections de mai 1936.

III. Premier bilan de la dépression vers 1935

1. Baisse de l'activité et distorsions structurelles

La première question qui se pose est, bien entendu, celle de l'ampleur de la dépression.

L'appréciation des contemporains se fonde avant tout sur le mouvement des prix et sur divers indicateurs financiers, bien mieux connus que l'évolution de la production ou *a fortiori* celle du revenu national. Le recul de l'indice des prix de gros, entre 1929 et le minimum du printemps 1935, atteint 46 % (baisse sensiblement plus marquée que lors des crises du XIXe siècle : entre 1881 et 1887, l'indice n'avait pas diminué de plus de 21 %, malgré une dépression profonde en pleine phase de baisse de longue durée des prix). La baisse du cours des actions est encore plus forte (60 % entre 1929 et 1935).

Mais la question essentielle est celle du recul de la production. Par rapport au maximum de 1930, l'indice de la production industrielle, au début de 1935, accuse un recul d'un quart environ. Probablement, cet indice exagère quelque peu l'amplitude de la baisse (il surpondère en effet les activités de base, telle la production d'acier, qui a diminué d'un tiers, le bâtiment, dont l'activité a diminué de moitié ; l'indice au contraire ne tient pas compte des activités d'entretien ou de réparation, qui exercent un effet compensateur). Néanmoins, la France est le seul pays où l'indice ne se soit pratiquement pas redressé en 1935 par rapport au minimum de 1932, alors que l'industrie britannique a déjà dépassé le maximum de 1929 et que l'industrie allemande s'en approche rapidement.

En ce qui concerne la productivité, la crise a eu des effets variables selon les branches. Dans les mines, la quantité de charbon extraite par journée de fond a augmenté d'un tiers entre 1930 et 1935 (en partie parce que la production se concentre sur les puits les plus riches, mais aussi en partie sous l'effet d'une pression accrue sur les mineurs). Dans certaines branches, inversement, la baisse des investissements et le vieillissement de l'outillage commencent à se répercuter sur la productivité. Mais dans l'ensemble le recul de la *production* correspond bien plus à un recul de l'*activité* (c'est-à-dire du nombre total d'heures de travail fournies) qu'à une baisse de la *productivité*. Le développement du chômage partiel accompagne celui du chômage total (avec un demi-million de chômeurs complets, la France demeure très loin, il est vrai, du chômage massif qui a frappé la Grande-Bretagne, l'Allemagne et les États-Unis). Mais le recul de l'*emploi* est bien plus ample que l'accroissement du *chômage*, puisque le nombre total d'emplois a reculé de 1 800 000 (dont 1 million rien que pour l'industrie ; la diminution est proportionnellement encore plus accentuée pour les grands établissements de plus de 100 salariés, ce qui marque un retournement de tendance tout à fait anormal). La très forte diminution de l'emploi correspond à une réduction générale des taux d'activité (retraites anticipées, diminution de l'emploi féminin, recul de l'âge d'entrée dans la vie active), ainsi qu'au rapatriement d'une partie des travailleurs étrangers. Il y a là, au même titre que le vieillissement de l'outillage, un facteur d'affaiblissement durable du potentiel industriel.

Au contraire, le secteur tertiaire (commerce, professions libérales, services publics) joue plus ou moins le rôle de « secteur refuge » ; l'emploi tertiaire enregistre un accroissement relatif et absolu. Dans les chemins de fer, la productivité par employé accuse une nette diminution.

Quant à l'agriculture, sa situation est très différente. La dépression a freiné l'exode rural et la diminution de l'emploi agricole. La production a augmenté en volume (+ 5 % entre la moyenne des années 1928-1930 et celle des années 1934-1936). Mais l'effondrement des prix a brutalement réduit la valeur de la production.

La dépression a donc bouleversé toutes les proportions économiques fondamentales. Le recul le plus spectaculaire est celui du commerce extérieur : les exportations, entre 1929 et 1935, ont diminué de 44 % en volume et de 82 % en valeur. Les importations ont moins fortement diminué, d'où le déficit commercial permanent. Mais au total le « taux d'ouverture » de l'économie française enregistre en quelques années une baisse sans précédent (le rapport moyenne des exportations et des importations/revenu national passe de 14,4 % en 1930 à 8,6 % en 1934-1936).

L'avantage relatif des activités tournées vers le marché

intérieur sur les activités exportatrices conduit à évoquer le contraste plus général entre le « secteur abrité » et le « secteur exposé » ou « ravagé » : le secteur abrité comprend les services publics (postes, chemins de fer, électricité) et les industries cartellisées (industries pharmaceutiques et chimiques), qui ont réussi à « tenir » leurs prix ; le secteur ravagé correspond aux activités qui subissent de plein fouet la concurrence étrangère, à commencer par l'agriculture.

2. La résistance générale des niveaux de consommation

L'effet de la crise sur la consommation personnelle des Français est à première vue très surprenant : il n'y a eu pratiquement aucune baisse des niveaux moyens de consommation. Les consommations non alimentaires (services, articles manufacturés) enregistrent un très léger recul, qui n'est pas général (la diffusion de produits nouveaux – comme la radio – se poursuit) et qui est sans doute en partie compensé par les activités de réparation. Quant à la consommation alimentaire, elle a progressé de 5 % environ entre 1930 et 1935 – ce qui correspond à peu près à l'accroissement de la production agricole nationale ; mais on enregistre une progression comparable et parfois supérieure pour les produits agricoles importés de demi-luxe (café, cacao, agrumes, bananes).

Cette résistance des niveaux de vie à la crise n'est nullement inexplicable. Le montant du revenu national, entre 1929 et 1935, a baissé d'environ un tiers en valeur nominale, mais, compte tenu de la baisse des prix de détail (de l'ordre de 20 %), la valeur réelle du revenu national n'a diminué que de 12 % environ (et la masse des revenus disponibles individuels encore un peu moins, compte tenu du déficit budgétaire). Mais surtout, la répartition du revenu national entre investissement et consommation a été considérablement modifiée : l'investissement s'est, à proprement parler, effondré. L'ampleur du recul est difficile à mesurer directement, mais la chute de la production des industries de biens d'équipement atteindrait 37 % entre 1929 et 1935, celle de l'industrie du bâtiment serait de moitié. Or l'investissement *net* a bien plus diminué encore que l'investissement (brut) total. Autrement dit, le maintien de la consommation a été assuré essentiellement au détriment des possibilités de croissance future. Il faut prendre en compte, enfin, le déficit commercial, qui peut être analysé comme un investissement négatif (diminution des créances sur l'extérieur), mais qui procure, dans l'immédiat, un supplément de biens réels au-delà de la production nationale.

Tels sont les principaux facteurs qui expliquent le maintien des niveaux de vie, malgré le recul de la production. Mais l'opinion est bien moins sensible à ces éléments de stabilité qu'aux déséquilibres de toute sorte provoqués par la crise.

3. Les inégalités devant la crise

Les aspects sectoriels de ces inégalités ont déjà été envisagés. Les différentes catégories de revenus témoignent aussi d'une résistance inégale aux effets de la dépression ; le fléchissement en valeur nominale est à peu près général, mais d'amplitude variable ; l'évolution en valeur réelle apparaît particulièrement contrastée, comme il ressort du tableau ci-dessous.

Variation totale (en valeur réelle) des principales catégories de revenus entre 1929 et 1935

Revenus agricoles	– 32 %	Professions libérales	+ 7 %
Bénéfices industriels et commerciaux	– 18 %	Revenus fonciers et immobiliers	+ 18 %
Revenus mobiliers	– 5 %		
Salaires et retraites	– 4 %		

Ce sont donc les revenus des exploitants agricoles qui ont subi l'amputation maximum : jamais l'écart de niveau de vie entre les paysans et le reste de la population n'a été aussi accusé que durant les années 1930, alors même que la production agricole se comporte bien mieux que la production industrielle.

La masse des salaires et retraites, au contraire, n'a que très faiblement diminué, mais cette quasi-stabilité globale résulte d'une compensation entre plusieurs effets opposés. En premier lieu, l'augmentation des retraites tend à compenser la diminution des salaires. En ce qui concerne ces derniers, l'analyse est très délicate. Le salaire *horaire* moyen a très peu diminué en valeur nominale (– 5 % entre 1930 et 1935), ce qui correspond à une nette revalorisation du salaire réel horaire (de l'ordre de 15 à 20 %). L'ouvrier qui a conservé un emploi à plein temps est donc gagnant, comme le sont aussi les fonctionnaires, les cadres, les professions libérales. Mais on relève de fortes inégalités selon les branches : ainsi, l'évolution du salaire du mineur est particulièrement défavorable, au moment même où il est contraint d'intensifier son effort. Mais ce sont surtout les inégalités liées aux conditions d'emploi qui caractérisent la dépression : les revenus d'un grand nombre de familles ouvrières sont amputés par le chômage total (les conditions d'indemnisation progressent lentement au cours de la crise, mais demeurent médiocres), par le chômage partiel et par le recul du taux d'activité (par exemple, lorsque les femmes mariées renoncent à retrouver un emploi, sans pour autant être inscrites au chômage). La dépression est donc synonyme d'une forte aggravation des disparités internes au sein de la population salariée dans son ensemble.

Les « revenus de la propriété et de l'entreprise » évoluent, eux aussi, de façon très variable. La baisse des profits est un phénomène habituel en temps de crise, qui explique d'ailleurs en grande partie la chute des investissements. Elle se traduit, dans la statistique des revenus, par la très forte diminution des « bénéfices industriels et commerciaux » (dont l'évolution est la plus défavorable, après celle des revenus agricoles). Les revenus d'entreprise se trouvent, en effet, « laminés » entre la baisse des prix et les charges fixes d'intérêts et de salaires (car ce qui compte, pour l'employeur, c'est le salaire *horaire* moyen, ou plus précisément le coût horaire de la main-d'œuvre, qui diminue à peine en valeur nominale). Parmi les revenus mobiliers, on constate une évolution opposée du revenu réel respectif des actionnaires et des obligataires : l'effondrement des dividendes contraste avec la situation bien plus favorable des titulaires de valeurs à revenu fixe, ainsi que des propriétaires d'immeubles et des propriétaires fonciers, qui figurent les uns et les autres parmi les gagnants de la crise, au moins en termes relatifs (les loyers, par exemple, n'ont guère diminué). Ces inégalités entre les différents types de *revenus* du capital s'accompagnent d'inégalités au moins aussi importantes dans la valeur même des différents *actifs* : la dépression revalorise le capital placé en obligations et titres à revenu fixe par rapport au capital-actions ; c'est la « revanche du rentier ».

La victoire électorale du Front populaire en 1936 n'a pas eu lieu dans une situation aussi catastrophique que celle de l'économie américaine quatre ans plus tôt, lors de l'élection de Roosevelt. L'économie française vers 1935-1936 est « plutôt une économie en dérive qu'une économie en détresse » (A. Sauvy). Mais c'est une économie où l'amputation des revenus nominaux est fortement ressentie, alors que la baisse des prix de détail est à peine perçue. Une économie où des inégalités nouvelles de toute nature se superposent aux inégalités anciennes, dont la plupart se sont, elles aussi, accentuées. Les catégories « passives » – retraités, rentiers – sont presque les seules bénéficiaires.

Toutes les autres souffrent de l'insécurité, sous ses formes multiples : mévente agricole, menace de la faillite et du chômage.

3

Des réformes du Front populaire à la Seconde Guerre mondiale

Cette période est la plus brève de toutes celles que nous avons distinguées. Comme après 1924, comme après 1932, les partis de gauche, vainqueurs aux élections, n'ont pas réussi à conserver le pouvoir plus de deux ans. La « phase ascendante » des réformes du Front populaire est plus courte encore, puisqu'elle prend fin avec la « pause » du printemps 1937. Le gouvernement Blum quant à lui ne dure qu'un an et quelques jours. Les gouvernements à direction radicale qui lui succèdent (de juillet 1937 à la guerre) correspondent d'abord à une phase d'immobilisme relatif, comme si les forces opposées se neutralisaient réciproquement, puis de transition vers une nouvelle majorité. Fin novembre 1938, l'échec de la grève générale lancée par la CGT est largement ressenti comme la revanche de juin 1936. La voie est libre pour l'application de la politique de Paul Reynaud, dont la personnalité domine à bien des égards cette toute dernière phase de la IIIe République.

Du point de vue strictement conjoncturel, les années 1936-1938 ne méritent guère d'être individualisées. Deux reprises précaires, en 1937 puis au printemps 1939, encadrent une rechute profonde en 1938 ; et cette succession – d'ailleurs bien plus complexe dans le détail – recouvre un affaiblissement à peu près continu du potentiel à long terme de l'économie française.

Et pourtant, la signification historique exceptionnelle de la période du Front populaire n'est guère contestable.

Il s'agit du premier gouvernement dirigé par le parti socialiste SFIO ; une équipe formée en majorité d'hommes de valeur, mais dépourvus de toute expérience ministérielle préalable, accède au pouvoir. Contrairement à ce qui s'était passé en 1932 ou même en 1924, la gauche se présente avec un véritable programme économique : programme de lutte contre les conséquences et contre les causes de la crise, qui prend systématiquement le contrepied des politiques déflationnistes antérieures. Le gouvernement réussit à appliquer quelques réformes sociales durables, dont l'une au moins – l'instauration des congés payés annuels, qui est d'ailleurs la moins coûteuse de toutes – fait rétrospectivement l'unanimité. Mais la politique réformatrice du Front populaire s'applique dans un climat de passions sans précédent, et ses résultats font encore aujourd'hui – près d'un demi-siècle plus tard – l'objet de controverses ; nous verrons que, s'il est possible de présenter un bilan objectif des résultats, l'interprétation et l'appréciation des responsabilités demeurent largement affaire de jugement personnel. L'importance historique de l'« expérience » du Front populaire tient d'ailleurs peut-être autant à ses limites qu'à sa hardiesse relative : la prise de conscience ultérieure des lacunes du programme de 1936 contribue à expliquer les réformes de structures bien plus ambitieuses de la Libération.

Le « Programme du Rassemblement populaire » sera étudié dans une première section. La deuxième section analysera l'action économique du gouvernement Blum. Nous prolongerons, dans la troisième section, l'étude du comportement de l'économie française jusqu'à la guerre, en insistant surtout sur l'ultime tentative de redressement des derniers mois.

I. Le Programme du Rassemblement populaire

Le Front populaire est formé de trois partis – radical, socialiste et communiste – dont l'accord s'est réalisé à partir de 1934 avant tout sur une base politique, mais dont les conceptions économiques fondamentales sont extrêmement éloignées. Les divergences entre les trois partis expliquent que l'entente sur un programme économique ait été réalisée avec difficulté, que ce programme commun comporte de sérieuses ambiguïtés, et surtout qu'il se limite pour l'essentiel à un programme de lutte contre la crise et de relance conjoncturelle.

L'axe de ce programme, c'est la « politique du pouvoir d'achat ». Les socialistes ont été les premiers en France à définir cette politique du pouvoir d'achat, mais elle ne saurait être considérée ni comme réellement originale, ni comme spécifiquement socialiste : elle évoque à bien des égards la politique d'« amorçage de la pompe » *(pump priming)* de Roosevelt. Le principe consiste à relever le pouvoir d'achat pour stimuler la consommation et assurer ainsi de proche en proche la reprise de l'économie. Le relèvement de la demande doit d'abord avoir pour effet direct le réemploi des chômeurs qui, en retrouvant un revenu normal, pourront à leur tour accroître leurs dépenses de consommation. On escompte aussi que la reprise se propagera des biens de consommation vers les investissements (mécanisme de l'accélérateur). Enfin, on insiste sur la diminution du coût unitaire qui résultera de la reprise, grâce à l'étalement des frais fixes, ce qui doit permettre la reconstitution des marges de profit normales et, là encore, contribuer à la relance des investissements. Au total, l'ensemble de ces mesures doit aboutir à « relever la production jusqu'au niveau de la production normale », ce qui représente très exactement l'opposé des pratiques malthusiennes visant à réduire la production au niveau d'une consommation déprimée.

Les partis du Front populaire présentent plus volontiers encore la politique du pouvoir d'achat comme l'antithèse de la déflation (politique de « reflation »). Il s'agit, explique Léon Blum, d'inverser l'ordre des priorités entre le financier, l'économique et le social. Les gouvernements déflationnistes se sont engagés dans une impasse en s'acharnant à rétablir l'équilibre budgétaire (primauté des préoccupations financières), censé constituer un préalable à la reprise économique, tout progrès social étant du même coup repoussé à un avenir indéfini. Au contraire, le Front populaire donnera la priorité aux mesures sociales, mais ces mesures sociales seront en même temps l'instrument de la relance économique, et le rétablissement de l'équilibre budgétaire suivra, comme la conséquence naturelle du redressement économique.

Considérons maintenant les mesures concrètes retenues pour mettre en œuvre cette politique du pouvoir d'achat. Elles sont assez diverses : en premier lieu, la création d'un fonds national de chômage (l'indemnisation a progressé au cours de la crise, mais comporte toujours des lacunes) ; un plan de grands travaux ; des mesures pour relever les prix et les revenus agricoles, notamment par la création d'un Office national interprofessionnel du blé (ONIB). Mais la réforme essentielle, qui constitue la clef de voûte du programme économique et social du Front populaire, c'est la réduction du temps de travail, la semaine de 40 heures avec maintien du salaire hebdomadaire précédemment acquis en 48 heures. Quels sont les objectifs de cette réforme, et son lien avec la politique du pouvoir d'achat ? L'accroissement des loisirs des travailleurs (qui est bien sûr la raison d'être des congés payés) est à peine mentionné, du moins au départ, parmi les motifs de la réforme des 40 heures. Son premier objectif est un objectif social : « remédier à la crise du chômage, en répartissant judicieusement, sur la collectivité des travailleurs, les disponibilités de travail », selon les termes de la « plate-forme » socialiste-communiste de septembre 1935 (cette idée d'une masse fixe de travail à « répartir » sera vivement critiquée, notamment par Alfred Sauvy). Mais cet objectif social est étroitement lié à un objectif économique non moins primordial. La relance doit en effet être fondée sur le processus suivant : la réduction du temps de travail permettra, tout en maintenant le revenu des travailleurs occupés, de réembaucher des chômeurs, qui vont retrouver un revenu, accroître leurs dépenses, et faire jouer ainsi les mécanismes prévus par la théorie du pouvoir d'achat ; l'accroissement de salaire dont bénéficieront automatiquement les travailleurs en chômage *partiel* (occupés moins de 48 heures par semaine) doit également être pris en compte.

Il s'agit donc d'une application particulière de la politique du pouvoir d'achat, qui a été implicitement préférée à d'autres formes plus directes (grands travaux, majoration pure et simple des salaires). Cette option pose plusieurs problèmes. Y aura-t-il recrutement effectif de travailleurs supplémentaires ? Les entreprises le voudront-elles, et le pourront-elles ? Un tel recrutement implique bien sûr des charges supplémentaires pour l'entreprise, qui verra de toute façon majoré de 20 % le coût horaire de la main-d'œuvre. Il faut souligner ici le contraste avec une politique de grands travaux, qui ne comporte aucun inconvénient pour l'activité du secteur privé, surtout si ces grands travaux sont financés par création monétaire (mais la « planche à billets » a mauvaise presse !). Enfin, on doit prendre en considération le risque d'une limitation quantitative directe de la production par insuffisance de main-d'œuvre, d'abord au niveau global (malgré le chômage partiel, la durée moyenne du travail au premier semestre de 1936 atteignait encore 42 heures par semaine, et même une complète élimination du chômage – éventualité purement théorique – compenserait tout juste, du simple point de vue arithmétique, la réduction de 42 à 40 heures par semaine), mais surtout dans certaines branches moins atteintes par le chômage ou qui manquent de main-d'œuvre qualifiée. Ces dangers de l'application des 40 heures sont dans l'ensemble très mal perçus. En ce qui concerne le gonflement des coûts de production, le gouvernement se rassure en invoquant l'effet compensateur de l'étalement des coûts fixes. Quant au risque d'une limitation directe de la production, il échappe presque totalement aux adversaires comme aux partisans de la semaine de 40 heures. La réduction de la semaine de travail représente donc une voie risquée, qui n'a pas été choisie en pleine connaissance de cause.

Une analyse du programme du Front populaire devrait sans doute insister autant sur ce qu'il exclut que sur ce qu'il comporte. Il s'agit en effet d'un programme de relance, qui ne fait qu'une place assez modeste aux réformes de structures. Le « planisme », qui avait des partisans à la CGT, a été écarté, de peur de prêter le flanc à des rapprochements fâcheux avec les régimes totalitaires. On relève aussi l'absence d'un véritable programme de nationalisations. Le programme propre des socialistes comportait, pour sa part, une gamme étendue de nationalisations (mines, raffineries, électricité, transports, assurances et banques, industries clefs), véritable préfiguration des nationalisations de 1945… et de 1981. Mais il s'est produit une conjonction assez paradoxale des radicaux et des communistes, répondant évidemment à des motifs fort différents, pour limiter les nationalisations. Il est simplement prévu de réorganiser la Banque de France, en vue d'élargir le contrôle des pouvoirs publics. Les nationalisations prévues se limitent aux « industries de guerre », ainsi qu'à la création d'Offices nationaux de l'azote et des potasses pour réduire le prix de vente des engrais aux paysans.

Enfin, la dévaluation du franc est explicitement rejetée : « Ni déflation ni dévaluation ! » Ce refus est, en un sens, surprenant. Léon Blum n'écrivait-il pas, par exemple, dès 1934, à propos de la dévaluation de la livre sterling, que, même si l'on ne pouvait y voir « la cause directe de la reprise économique », elle avait constitué néanmoins « le point de départ de la reprise » en Grande-Bretagne. V. Auriol, ministre des Finances du gouvernement Blum, a déclaré – après coup – qu'il avait toujours été persuadé du caractère inéluctable de la dévaluation, mais qu'il s'était heurté à l'impossibilité politique de convaincre ses partenaires communistes et radicaux. Pour les communistes, notamment, la dévaluation n'est qu'« une méthode hypocrite pour faire payer les pauvres », à travers la hausse du coût de la vie qui ne peut manquer d'en résulter.

En excluant *a priori* la dévaluation, le Front populaire fait donc un pari difficile à tenir. Et l'on doit noter ici une double circonstance aggravante : les esprits restent si pénétrés de libéralisme que le programme ne prévoit ni *contrôle des prix* (il faudra en fait l'instaurer dès l'été 1936), ni *contrôle des changes* (ce dernier est rejeté avec vigueur : ce serait s'engager sur la voie du totalitarisme !). Dès lors, la politique de reflation, qui vise à ranimer la demande, risque d'avoir pour résultat essentiel un accroissement démesuré des importations : « On ne saurait regonfler un pneu percé » (A. Sauvy). Rien d'étonnant dans ces conditions si la majorité des économistes annoncent, en termes plus ou moins feutrés, un échec catastrophique : multiplication des faillites et aggravation du chômage…

II. L'économie française sous le gouvernement Blum (juin 1936-juin 1937)

1. L'application du programme de 1936

Le gouvernement Blum a dans l'ensemble appliqué, au moins jusqu'à la pause du printemps 1937, son programme de réformes, mais au milieu de formidables imprévus.

L'imprévu, c'est d'abord le déferlement sans précédent des grèves avec occupation d'usines, aux mois de mai-juin 1936. La situation se dénoue pourtant assez vite à partir du 7 juin, avec la signature des accords Matignon conclus entre les représentants de la CGT et du patronat sous l'égide du gouvernement ; le texte des accords prévoit notamment l'institution de délégués d'atelier, et surtout, dans l'immédiat, une majoration des salaires de 12 % en moyenne, avec revalorisation plus forte des bas salaires. Pour le patronat, l'issue de la négociation constitue visiblement un moindre mal. L'attitude du parti communiste contribue également à éviter le pire (Maurice Thorez : « Il faut savoir terminer une grève »). Le gouvernement, de son côté, agit très vite, en faisant voter trois réformes importantes les 11 et 12 juin : les congés payés, la semaine de 40 heures et la loi sur les conventions collectives obligatoires (la première et la troisième de ces trois lois étant votées à l'unanimité). L'effet conjoint des accords Matignon et des conventions collectives se traduit – antérieurement à toute application effective des 40 heures – par une hausse moyenne des salaires de 20 % environ, qui n'était évidemment pas annoncée dans le programme du Front populaire.

La dévaluation de septembre 1936 allait introduire un second élément imprévu. En juin 1936 encore, Léon Blum déclarait devant la Chambre : « Le pays n'a pas à attendre de nous que nous couvrions les murs un beau matin des affiches blanches de la dévaluation. » Fait nouveau imprévu, la dévaluation n'était certes pas imprévisible : d'abord, parce que le niveau des prix français était déjà surévalué au début de 1936 par rapport à tous les pays ayant dévalué leur monnaie ; ensuite, parce que l'évasion des capitaux n'a pas manqué de s'accélérer avec les événements du printemps 1936 (d'autant plus facilement qu'il n'existait aucun contrôle des changes) ; et enfin parce que la hausse des coûts salariaux a commencé à être répercutée sur les prix à partir de l'été 1936 (d'autant plus facilement qu'il n'existait aucun contrôle des prix), ce qui accentue encore la disproportion entre prix français et prix étrangers. La dévaluation a été finalement appliquée (sinon « décidée ») le 26 septembre 1936, dans le cadre d'un accord monétaire international avec la Grande-Bretagne et les États-Unis. Le gouvernement se donne beaucoup de peine pour insister sur la signification historique de cet accord entre les trois grandes démocraties. La portée effective de l'accord de septembre 1936 semble plus modeste : il se borne à garantir l'absence de mesures de rétorsion contre la dévaluation française, et à prévoir (mais sans engagement précis) une concertation ultérieure pour assurer la stabilité des monnaies et pour éliminer les contingentements. Mais, concrètement, l'essentiel est que le franc est dévalué d'environ 30 %, de sorte que le niveau des prix-or français se trouve ramené à 15 % au-dessous des prix étrangers (au lieu de 15 % environ au-dessus auparavant) ; la dévaluation laisse donc une « marge » pour absorber la hausse des prix intérieurs.

Dès lors, la grande affaire devient la mise en application de la semaine de 40 heures, votée en juin 1936. Trois problèmes se posent à cet égard. Le premier est celui du rythme d'application. Le gouvernement est pris entre l'impatience des syndicats et les manœuvres dilatoires du patronat, et il subit les accusations opposées de lenteur excessive et de précipitation. En fait, les procédures de concertation prévues par la loi se sont régulièrement appliquées, et la mise en vigueur de la semaine de 40 heures s'est échelonnée de novembre 1936 (dans les mines) à juin 1937 (dans diverses activités de services). Le second terrain d'affrontement est la question des dérogations et des possibilités d'heures supplémentaires. Le patronat réclame les plus larges facilités de dépassement, avant tout pour des raisons de principe, car la majoration du taux des heures supplémentaires (25 % minimum, selon le texte de la loi) les rend très coûteuses pour l'employeur. Les syndicats, pour leur part, font preuve d'une égale intransigeance de principe, car ils estiment que la loi des 8 heures de 1919 avait été gravement affaiblie par l'abus des dérogations. En fin de compte, même les possibilités d'heures supplémentaires inscrites dans les décrets resteront presque toujours lettre morte durant toute la période du Front populaire. La troisième question, au contraire, celle de la répartition des 40 heures de travail à travers la semaine, s'est réglée avec une facilité déconcertante : la formule de la « semaine de cinq jours » (qui n'était nullement mentionnée dans la loi) a eu tendance à se généraliser spontanément. Trois facteurs ont conjugué leur influence : la préférence des travailleurs pour cette formule, la plus attrayante du point de vue des loisirs, rejoignait la méfiance des syndicats contre le travail par roulement, toujours difficile à contrôler et qui peut servir à tourner la loi ; enfin, du point de vue des employeurs, la semaine de cinq jours constituait souvent la solution la plus commode et la moins risquée. Mais ce choix n'en a pas moins eu des conséquences très dommageables, car, de toutes les variantes possibles, la « semaine de cinq jours » (avec « week-end » de deux jours) était la moins favorable à la fois au réemploi des chômeurs et au maintien de la production. Il ne faut pas non plus négliger les répercussions psychologiques : la semaine de cinq jours a permis aux adversaires du Front populaire de dresser l'opinion contre cette « mystique de paresse », notamment à l'occasion des conflits provoqués au printemps 1937 par l'application de la semaine de cinq jours dans les hôpitaux, les hôtels-cafés-restaurants, et le commerce de détail. L'ensemble de ces conflits a contribué à maintenir un climat passionnel, et joué un rôle important – ouvertement reconnu – dans le renversement du gouvernement Blum en juin 1937 par le Sénat. Aujourd'hui encore, la question de l'application des 40 heures reste matière à controverse.

2. Les résultats économiques du Front populaire

Il ne s'agira pas ici de porter un jugement d'ensemble sur la politique du Front populaire et son œuvre sociale – mais seulement d'un bilan économique.

Remarquons d'abord que les catastrophes annoncées n'ont pas eu lieu. Il n'y a eu ni multiplication des faillites, ni recul de la production, ni aggravation du chômage.

En fait, le chômage enregistre même un certain recul, de l'ordre de 20 % par rapport au maximum de 1935 (soit, en chiffres absolus, une diminution d'environ 80 000 du nombre des chômeurs secourus). Sans être négligeable, ce résultat apparaît néanmoins décevant au regard des objectifs de la loi des 40 heures, d'autant plus qu'il ne peut être porté entièrement à son crédit (le chômage est alors en recul presque partout dans le monde, à la suite de la reprise de 1937). Il est vrai que le nombre d'*emplois supplémentaires* a été supérieur à la *diminution du chômage* : on en compte 60 000 dans les chemins de fer, 160 000 dans les établissements industriels de plus de 100 salariés. Le rapprochement avec le faible recul du chômage implique que la plupart des emplois créés n'ont pas bénéficié à des chômeurs. En fait, le chômage de 1936 est un chômage en grande partie de nature « résiduelle » – concernant notamment des travailleurs âgés non qualifiés, très difficiles à réemployer – qui aurait dû relever d'une politique sociale spécifique, plutôt que d'une politique globale de relance.

En ce qui concerne la production, il s'est produit une incontestable reprise. Le redressement remarquable des cours en bourse vers le début de 1937 (l'indice des valeurs françaises en janvier 1937 a pratiquement doublé par rapport à juillet 1936) prouve que les milieux d'affaires ont cru, au moins temporairement, à cette reprise. Le relèvement de la production a été plus marqué qu'en 1935-1936, mais encore très insuffisant : la reprise est incomplète (au printemps 1937, l'indice de la production industrielle reste

15 % au-dessous du maximum de 1929-1930), faible par comparaison avec les autres pays (notamment avec la Suisse et la Hollande, qui ont dévalué en même temps que la France) et limitée dans le temps (l'indice plafonne de nouveau à partir de mars-avril 1937).

Toute l'interprétation de cette période tourne autour de deux questions essentielles : à quoi est due la reprise ? et à quoi est due son interruption prématurée ? En ce qui concerne les facteurs de la reprise, on peut hésiter entre la dévaluation (A. Sauvy lui attribue une influence déterminante, mais il faut noter que la dévaluation n'a donné, pour diverses raisons, qu'une faible impulsion aux exportations françaises et n'a pas empêché le déficit commercial de battre de nouveaux records), les effets stimulants de la politique du pouvoir d'achat (la relance de la demande étant d'ailleurs imputable pour l'essentiel aux augmentations de salaires, non prévues initialement), ou encore d'autres facteurs plus généraux, comme la reprise mondiale.

La seconde question – à quoi faut-il imputer la limitation et l'arrêt de la reprise ? –, la plus décisive en fin de compte, est encore plus difficile à trancher. L'évasion des capitaux est-elle responsable ? Mais elle a pratiquement cessé à l'automne 1936, lorsque les milieux industriels croient à la reprise ; de plus, le mouvement des capitaux flottants n'a qu'une faible incidence sur l'évolution des investissements, et de toute façon l'influence sur le potentiel de production ne pouvait être immédiate. Faut-il incriminer l'alourdissement des charges des entreprises ? Il y a eu, effectivement, une hausse brutale du coût de l'heure de travail : aux augmentations de salaires découlant des accords Matignon et des conventions collectives (+ 20 %), s'est ajoutée l'incidence des congés payés (2 semaines pour 50 semaines de travail, soit 4 %), la majoration des cotisations sociales pour les assurances sociales et les allocations familiales (+ 2 %), et enfin la majoration du salaire horaire compensant la réduction de la durée du travail à 40 heures (+ 20 %), soit au total un accroissement de plus de moitié en quelques mois du coût horaire de la main-d'œuvre. Une pareille hausse des prix de revient ne pouvait manquer de se répercuter sur les prix de vente à la production, et à partir de là de se propager peu à peu aux prix de détail : d'où, après cinq ans de baisse des prix, le retour d'une conjoncture inflationniste (dont on peut noter au passage qu'elle persistera jusqu'aux années 1990). Un tel retournement est loin d'être entièrement défavorable, dans la mesure où la hausse des prix contribue à la reconstitution – imprévue elle aussi – des marges de profit. Bien plus : partout où la demande le permet, les entreprises n'ont pas hésité à anticiper sur la hausse des coûts de production. Ce type de réaction est compréhensible, mais fâcheux : la hausse du pouvoir d'achat, qui devait constituer le moteur de la reprise, se trouve en grande partie annulée au fur et à mesure, avant d'avoir pu faire sentir son influence ; les syndicats réclament de nouvelles hausses de salaires compensatrices, et l'on entre ainsi dans la « course des salaires et des prix ». L'inflation contribue à accroître le déficit budgétaire (ce sera l'occasion directe du renversement du gouvernement Blum). Elle tend aussi à annuler les effets favorables de la dévaluation, le niveau des prix français se rapprochant très rapidement du niveau des prix étrangers.

Mais la cause principale de l'aggravation du déficit commercial est sans doute ailleurs – car il faut aussi envisager l'influence de la semaine de 40 heures comme facteur direct (et non plus seulement indirect, à travers les prix de revient) de limitation de la production. Cette influence a été, à coup sûr, démesurément exagérée parfois. Citons un exemple très caractéristique des polémiques de cette époque : en 1936, l'Allemagne nazie – déjà en plein réarmement – produit 2 880 avions, la France 280 ; il est vrai qu'en Allemagne, on travaille 54 heures par semaine, et en France 40 heures ; mais l'argument se retourne aisément contre les adversaires du Front populaire, car, même si la durée du travail avait été massivement augmentée dans l'industrie aéronautique française (ce sera d'ailleurs le cas sous l'éphémère second gouvernement Blum, en février 1938), la disproportion aurait été à peine atténuée. Il n'est pas vrai non plus qu'en réduisant d'un sixième la durée du travail, on ampute d'un sixième le potentiel de production : d'abord, parce qu'on partait d'une situation de fort chômage partiel ; d'autre part, le recrutement de main-d'œuvre supplémentaire a pu avoir lieu dans certains cas. Il demeure néanmoins que la réforme des 40 heures avait pour effet de limiter (du moins à court et moyen termes) le *maximum* d'heures de travail disponibles à peu près au niveau du *minimum* d'heures effectivement employées au plus profond de la crise.

Toutes les possibilités de reprise reposaient donc sur un accroissement des rendements (ou de la productivité), ce qui exige du temps. Même à court terme, il est vrai, on a assisté à un relèvement significatif de la productivité, malgré les accusations réciproques de « sabotage » dirigées contre le patronat, et de « mystique de la paresse » dirigées contre les syndicats. La plupart des branches n'ont pas directement souffert des 40 heures. Mais l'élasticité de la production s'est révélée insuffisante dans trois industries clefs : les mines (seule branche à avoir connu une baisse absolue de la production directement liée à la réduction du temps de travail), la métallurgie, et le travail des métaux (dans ces deux dernières branches, la production a augmenté, mais pas assez pour répondre à temps à toutes les commandes). Ce freinage de la production a eu des effets indirects sur toutes les autres branches : elles n'ont pas bénéficié de l'influence stimulante qu'une reprise plus vigoureuse dans ces trois branches aurait pu exercer sur le reste de l'économie. Les répercussions sur le commerce extérieur sont aussi indéniables : le freinage de la production se traduit – indépendamment de tout effet-prix – par plus d'importations et moins d'exportations ; le bénéfice de la dévaluation est donc pratiquement perdu. À cela se limite la responsabilité de la réforme des 40 heures (ou peut-être de ses modalités trop rigides) – mais cette responsabilité demeure malgré tout considérable.

La réforme pouvait certainement être assimilée à moyen terme. Mais les circonstances historiques ne l'ont pas permis. D'abord pour des raisons de politique intérieure : le Sénat refuse au gouvernement Blum le délai nécessaire. Puis en raison de la rechute économique mondiale de 1938. Et enfin parce que l'imminence de la guerre rend alors de plus en plus urgent le redressement de l'économie française.

III. De la fin du Front populaire à la guerre de 1939

La chute du ministère Blum ne marque pas la dislocation immédiate de la majorité du Front populaire. Elle inaugure cependant une nouvelle période, à la fois dramatique (chacun pressent la catastrophe) et terne, parce que les « gouvernements de Front populaire à direction radicale » (les deux gouvernements Chautemps et le gouvernement Daladier) sont aussi désemparés face à la rechute économique que face au péril allemand. Le véritable renversement de majorité intervient seulement à l'automne 1938, au lendemain de Munich, à l'occasion d'un simple remaniement ministériel, lorsque P. Reynaud passe du ministère de la Justice à celui des Finances.

Compte tenu de toutes les accusations formulées à l'époque contre la semaine de 40 heures, il est permis de se demander pourquoi il a fallu s'y reprendre à quatre fois avant d'en venir à bout. À quatre reprises en effet – en décembre 1937, en mai 1938, en août 1938 et en novembre 1938 – le gouvernement adopte des décrets d'« assouplissement », sans oser abroger la loi ; seul, le dernier aura un effet notable, et encore pas immédiatement. Ainsi, la question des 40 heures domine toujours cette sombre période.

1. La récession de 1938

Le ministère Chautemps, qui succède à Léon Blum, n'a aucune solution de rechange. Les socialistes restent en mesure de s'opposer à toute remise en cause des 40 heures, qui sont avant tout un symbole politique. Le gouvernement prend quelques mesures de faible portée contre le déficit budgétaire, décide la nationalisation des chemins de fer (qui n'était pas inscrite au programme du Front populaire), selon des modalités d'ailleurs extrêmement favorables aux anciens actionnaires, et crée la SNCF, doyenne des grandes sociétés nationales. Mais le seul fait marquant est sans doute la nouvelle dévaluation du franc, à l'été 1937, qui consacre l'échec de la dévaluation de septembre 1936. Le « glissement » du franc se poursuit jusqu'en mai 1938 : le franc perd ainsi, au total, en moins de deux ans, 57 % de sa valeur par rapport à l'or, à la livre ou au dollar. Comme dans les années 1920, la baisse du franc sur le marché des changes est plus forte que la baisse de son pouvoir d'achat intérieur, de sorte que la hausse du prix des biens importés contribue à accélérer la hausse des prix français. En deux ans, les prix de détail ont augmenté de moitié, et le pouvoir d'achat hebdomadaire du salaire ouvrier est pratiquement retombé à son niveau de mai 1936.

La seconde dévaluation a eu cependant pour effet de donner un « coup de fouet » immédiat à l'économie française. À l'automne 1937, les maxima du printemps 1937 sont retrouvés, et – une nouvelle fois – la reprise vient buter sur le même obstacle invisible : la capacité de production maximum réalisable dans certaines branches sous le régime des 40 heures. Les premiers aménagements, presque symboliques, apportés fin 1937 au régime des 40 heures témoignent d'une prise de conscience encore toute relative.

Mais, à cette date, l'économie française est déjà sur le point d'être entraînée dans la nouvelle dépression de l'économie mondiale. Aux États-Unis, la production industrielle a reculé d'un quart au cours du second semestre de 1937. La France à son tour est atteinte, avec retard une fois de plus, mais très profondément, dans les premiers mois de 1938 : la production industrielle retombe alors à peine au-dessus de l'étiage de 1934 (alors qu'en Allemagne, le maximum de 1929 est largement et durablement dépassé). Le chômage complet recommence à augmenter, et le chômage partiel se réinstalle malgré les 40 heures. Les décrets tendant à faciliter les heures supplémentaires sont accueillis, dans ces conditions, comme une brimade : « Donnez du travail aux 40 heures, avant de leur mettre une rallonge ! » Jamais l'impasse économique n'est apparue aussi totale qu'en 1938 : l'occasion d'une reprise économique semble avoir été irrémédiablement perdue.

2. L'ultime tentative de redressement

Ce dernier sursaut revêt avant tout une signification politique. Après le « lâche soulagement » qui a suivi les accords de Munich, dans un climat de mauvaise conscience, le gouvernement éprouve le besoin de « faire quelque chose » pour réveiller le pays et amorcer un redressement intérieur. Le 4 octobre 1938, il obtient des pouvoirs exceptionnels pour prendre des décrets-lois ; le 1er novembre, Paul Reynaud est nommé ministre des Finances ; le 12 novembre, sortent les décrets-lois, qui comprennent surtout des mesures financières assez classiques. Le contrôle des changes a été encore une fois écarté. Mais les nouvelles mesures d'« aménagement » des 40 heures sont cette fois bien plus énergiques : l'octroi d'heures supplémentaires devient quasi automatique dans les limites d'une durée hebdomadaire de 48 heures ; la majoration du taux des heures supplémentaires est limitée à 5 ou 10 % ; la semaine de cinq jours est catégoriquement bannie. Un autre décret prévoit des sanctions à l'égard des travailleurs qui refuseraient les heures supplémentaires autorisées dans l'intérêt de la Défense nationale.

L'épreuve de force est alors inévitable. La CGT appelle à la grève générale pour le 30 novembre. C'est un échec ; le gouvernement prend de lourdes sanctions. Le cours des actions remonte aussitôt, et le retour des capitaux s'amorce : la victoire politique de la droite est jugée plus importante par les milieux d'affaires que la menace de guerre. Le gouvernement a désormais les mains libres sur le front social : en mars-avril 1939, il pourra prendre – sans susciter de réaction – de nouvelles mesures supprimant toute majoration du taux de salaire jusqu'à 45 heures par semaine et portant la durée du travail à 60 heures par semaine dans les établissements travaillant pour la Défense nationale. La loi des 40 heures n'est donc plus qu'un souvenir.

Mais la réalité des 40 heures persiste le plus souvent, pour des raisons strictement économiques. Beaucoup d'entreprises connaissent toujours le chômage partiel (horaire effectif inférieur à 40 heures par semaine), et la durée hebdomadaire moyenne du travail atteint tout juste 40,6 heures en avril 1939. En un sens, il y a là le démenti le plus évident aux accusations contre les 40 heures : les modifications au régime légal de la durée du travail n'ont rien apporté qui ressemble, de près ou de loin, à une brusque libération des énergies. Et pourtant, une indiscutable reprise se dessine au cours du 1er semestre de 1939, dans des conditions typiquement « keynésiennes » : le budget de 1939 a été présenté avec un déficit gigantesque, ce qui n'empêche pas une quasi-stabilité des prix. En juin 1939, l'indice de la production industrielle dépasse pour la première fois le « plafond » auquel s'était heurtée deux fois coup sur coup la reprise de 1937, et il retrouve son niveau le plus élevé depuis 1931. Ce redressement est évidemment lié au réarmement, puisque les deux branches motrices sont la métallurgie et le travail des métaux ; à partir de là, il tend peu à peu à se généraliser à l'ensemble de l'industrie.

C'est cependant la production d'armements qui devient,

de plus en plus à l'approche de la guerre, le critère par excellence de l'activité économique. Reprenons l'exemple des constructions aéronautiques, comme étalon de l'effort de guerre.

Nombre annuel d'avions construits

	Allemagne	France
1936	2 880	280
1939	8 400	2 000

La comparaison est, en un sens, assez surprenante, puisque le rythme de construction a un peu moins que triplé en Allemagne, alors qu'il était multiplié par 7 en France (et la comparaison, en termes relatifs, avec la Grande-Bretagne serait encore plus favorable à la France). Mais ce redressement relatif est presque dérisoire, compte tenu de l'écart absolu qui continue à croître et de l'imminence de la guerre.

4

L'économie française à la veille de la Seconde Guerre mondiale

Ce chapitre aura pour objet de dresser un bilan d'ensemble de l'entre-deux-guerres et de dégager les tendances dominantes à long terme, facilement perdues de vue lorsqu'on étudie les phases de l'évolution conjoncturelle et les politiques à court terme.

Un tel bilan est, en l'occurrence, difficile à établir. Car il s'agit d'une période particulièrement hétérogène : il n'y a à peu près rien de commun entre les problèmes des années de guerre (1914-1918), ceux de la reconstruction, la croissance brillante des années 1920 et les phases successives de la dépression. Les retournements de tendance se succèdent dans tous les domaines. Les mouvements en sens opposé de la production et des prix constituent les plus visibles. Les variations d'activité se répercutent sur les courants migratoires : l'immigration atteint une intensité record durant la première décennie d'après-guerre ; puis le flux net d'immigration devient brusquement négatif au cours des années 1930 ; le solde s'inverse encore une fois à la veille de la guerre, avec l'arrivée des réfugiés (les réfugiés espagnols sont les plus nombreux en 1939). Les vicissitudes économiques – et politiques – françaises se reflètent plus directement encore dans les mouvements de capitaux : l'alternance des phases d'entrées et de sorties (nettes) de capitaux devient particulièrement accentuée. En ce qui concerne les capitaux investis en France, cette période se caractérise par des variations brutales de la situation respective des obligataires ou rentiers et des actionnaires :

l'inflation de guerre et d'après-guerre provoque la ruine des porteurs de valeurs à revenu fixe, qui sont au contraire largement gagnants par rapport aux actionnaires pendant la dépression. L'année 1938, qui cumule pour la première fois la hausse des prix avec un niveau d'activité économique très déprimé, peut être considérée comme une sorte de préfiguration de la « stagflation » des années 1970. En somme, ce qui fait l'unité et l'originalité de cette période, c'est l'instabilité chronique. Le calcul de taux de croissance moyen apparaît, plus que pour toute autre période, comme un exercice artificiel, qui risque de masquer l'essentiel, c'est-à-dire précisément cette instabilité.

Comparer la situation à la veille de la Seconde Guerre mondiale à celle qui prévalait à la veille de la Première Guerre – selon une approche de « statique comparative » – soulève en principe moins de problèmes. On se heurte toutefois à une difficulté : 1913 pouvait être considérée comme une année « normale », mais pas 1938 ; l'imminence de la guerre est bien plus fortement perçue en 1938 qu'en 1913, et il s'agit de toute façon d'une année de récession mondiale sévère. Raisonner sur la moyenne de 1937-1938 peut constituer un palliatif.

La difficulté fondamentale, cependant, vient de ce que le freinage global de la croissance n'a pas empêché la poursuite des transformations de structures. La modernisation de l'économie française s'est accélérée au cours des années 1920 ; et elle n'a certainement pas été stoppée de façon brutale et uniforme au cours des années 1930. Il faut souligner l'ambiguïté à cet égard des effets de la dépression, qui tout à la fois tend à rendre l'économie plus rigide, les adaptations plus difficiles, mais en même temps intervient dans certains secteurs comme facteur de rationalisation forcée. Tout au long des années 1930, les gains de productivité restent appréciables, malgré le recul ou la stagnation de la production – ce qui se répercute inévitablement sur l'emploi : le rapprochement avec la situation d'aujourd'hui, à cet égard, s'impose de lui-même.

Nous analyserons, dans une première section, la conjonction du freinage global et des transformations de structures. La seconde section insistera sur les signes d'affaiblissement durable de l'économie française.

I. Transformations de structures et ralentissement global

1. L'évolution des structures sectorielles

La France de 1938 ne ressemble pas à celle de 1913.

Elle est restée le plus agricole des grands pays occidentaux, mais son caractère rural et paysan s'est malgré tout sensiblement atténué. La population rurale représentait 56 % de la population totale en 1913, 48 % seulement en 1936. L'exode rural s'est ralenti au temps de la crise (comme le montre la comparaison des deux recensements successifs de 1931 et 1936), puis il reprend en 1937, sous l'effet des recrutements de main-d'œuvre liés à l'application de la semaine de 40 heures ; l'opinion conservatrice y voit une menace pour l'équilibre social et parle de « rupture de l'équilibre villes-campagne », refusant d'admettre que c'est là une tendance commune à tous les pays qui s'industrialisent.

Le nombre des très petites exploitations paysannes (jusqu'à 10 hectares), les plus mal placées pour se moderniser, a très nettement diminué – même si la prépondérance de la petite et moyenne exploitation reste une caractéristique de l'agriculture française. La diminution de la superficie cultivée dans les régions défavorisées annonce la tendance de longue période à la concentration de la production agricole sur les meilleures terres, dont le rôle comme facteur de progression des rendements moyens se confirmera après 1945. On note aussi une évolution significative de la répartition de la superficie cultivée : les cultures céréalières reculent au profit des cultures fourragères, ce qui reflète les progrès de la consommation de viande par rapport à la consommation de pain dans l'alimentation des Français au fur et à mesure de l'amélioration du niveau de vie.

Les structures du secteur industriel ont également évolué, mais les progrès de la concentration sont particulièrement difficiles à retracer. Le seul fait indiscutable est le recul de la toute petite entreprise artisanale ou quasi artisanale. La catégorie des « établissements sans aucun salarié » (qui représentait encore en 1906 une proportion non négligeable de l'emploi total) et celle des très petits établissements (jusqu'à 10 salariés) accusent une forte baisse. Inversement, les établissements de plus de 100 salariés regroupent environ la moitié des salariés de l'industrie en 1936 (contre 40 % en 1906) ; toutefois, leur part au sein de la population active employée dans les établissements de plus de 10 salariés n'a pratiquement pas varié : la part des établissements de dimension médiocre témoigne donc d'une grande stabilité.

La concentration au niveau des firmes et au niveau des groupes pose des problèmes d'appréciation encore plus délicats. L'automobile offre l'exemple type d'une industrie récente, dont la croissance rapide s'accompagne d'une forte concentration : on passe de 155 constructeurs en 1914 à 60 en 1932, puis à 31 en 1939 ; c'est le début de l'ère de la fabrication en série – l'automobile a cessé d'être un article de luxe – et ceux qui ont été les premiers à s'engager résolument dans cette voie, comme Citroën, élargissent rapidement leur part de marché ; la concentration progresse ici par croissance interne, plutôt que par fusions. Au contraire, dans l'industrie chimique, autre branche dynamique, les fusions jouent un rôle essentiel – telle celle qui donne naissance à Rhône-Poulenc en 1929. Le développement des filiales et des prises de participations est aussi très caractéristique des progrès de la concentration dans l'industrie chimique : Kuhlmann, par exemple, en 1938, contrôle

15 filiales et détient des participations dans 7 autres sociétés. Il n'existe aucune raison décisive *a priori* d'interpréter ce développement d'un « capitalisme de groupes » plutôt comme un facteur favorable au « malthusianisme économique » que comme un témoignage de dynamisme ; tout dépend du comportement des groupes en question.

L'évolution de la structure par branches de l'emploi industriel permet des conclusions plus nettes.

Répartition de la population active industrielle (en %)

	1913	1938	Variation
Énergie	4,0	6,2	+ 2,2
Matériaux de construction et bâtiment	18,6	16,9	– 1,7
Ind. métallurgiques et mécaniques	14,7	22,6	+ 7,9
Ind. chimiques	1,6	3,9	+ 2,3
Ind. textiles, habillement et cuir	42,4	29,7	– 12,7
Ind. agricoles et alimentaires	7,8	9,6	+ 1,8

On peut distinguer trois groupes d'industries : le textile-habillement, grande industrie de main-d'œuvre, connaît une régression impressionnante (– 36 % par rapport à 1913 en effectifs absolus) ; ce recul correspond à la fois à la contraction des marchés extérieurs et aux effets de la concentration (disparition de nombreuses petites entreprises). À l'opposé, se détache un groupe d'industries très dynamiques, dont la croissance s'est poursuivie même au cours des années 1930. C'est le cas d'une partie du secteur énergétique, dont la restructuration s'amorce : si le charbon conserve sa prépondérance, l'entre-deux-guerres se caractérise déjà par le développement de l'équipement hydro-électrique, et surtout du raffinage du pétrole, favorisé par une loi de 1928. Les industries chimiques et pharmaceutiques ainsi que la production de caoutchouc sont également en progression soutenue. Enfin, la branche qui met à son actif une croissance record pendant la dépression est… l'industrie du papier. Mais l'ensemble de ces industries progressives ne représente qu'une faible proportion de l'emploi total, et ne suffit pas à donner une impulsion d'ensemble. Le troisième groupe, enfin, correspond à des industries en croissance rapide jusqu'en 1929, mais fortement atteintes par la dépression : construction, industries métallurgiques et mécaniques surtout. Ces dernières ne forment pas du reste un ensemble homogène : le contraste est frappant entre l'industrie de l'aluminium, dont la production continue à augmenter, et la sidérurgie, « industrie sinistrée » des années 1930. La production d'acier, par exemple, qui avait triplé entre 1900 et 1913, passe seulement de 4,7 millions de tonnes en 1913 à 6,1 millions en 1938 (+ 30 %) ; elle représente alors un peu moins du quart de la production allemande d'acier, comme en 1913, malgré le retour à la France de l'Alsace-Lorraine. Autre anomalie : la France en 1938, malgré les besoins du réarmement, exporte environ 1 million de tonnes d'acier brut, ce qui traduit la faiblesse de la demande des industries mécaniques. Même l'industrie automobile a été fortement secouée par la dépression : les investissements excessifs de Citroën entraînent sa mise en liquidation et son rachat par Michelin en décembre 1934. L'ensemble des industries produisant des biens d'équipement ou des biens durables ont – comme toujours – bien plus mal résisté à la dépression que les branches travaillant pour la consommation courante.

Structure de la population active (en %)

	1913	1938
Agriculture	37,4	31,4
Industrie	33,8	32,3
Services	28,8	36,3

Ces difficultés de l'industrie contrastent avec la croissance à peu près continue et générale des activités tertiaires : commerce, institutions financières, services divers et administration. La tendance au développement du tertiaire est ancienne, mais elle connaît alors une forte accélération.

Le fait le plus marquant de la période, cependant, est la rupture qui est intervenue dans la dynamique de l'emploi industriel : après avoir régulièrement augmenté jusqu'en 1929, *la part de l'industrie dans l'emploi total est retombée en 1938 au-dessous de la proportion de 1913*, dépassant à peine celle de 1896. Encore n'a-t-il été question jusqu'ici que de proportions : l'évolution des effectifs absolus est plus défavorable encore.

2. *Production, emploi, productivité*

Arithmétiquement, l'évolution de la production peut être considérée comme le produit de deux composantes : l'emploi (ou, plus précisément l'« activité », c'est-à-dire le nombre d'heures de travail fournies) et la productivité (plus précisément, la productivité horaire du travail). La rupture des années 1930 est nette en ce qui concerne la croissance de la production, plus nette encore en ce qui concerne l'emploi – mais pratiquement imperceptible en ce qui concerne les gains de productivité.

Un fait est certain : en 1938, ni la production industrielle ni le revenu national n'ont retrouvé leur niveau de 1929. Une interruption de la croissance d'aussi longue durée est sans précédent. Elle est aussi sans équivalent parmi les grands pays industriels : même aux États-Unis, le niveau de production de 1929 a été du moins temporairement réatteint en 1937 ; en Grande-Bretagne et en Allemagne, il est durablement dépassé ; en France, il ne sera retrouvé que bien plus tard, vers 1948-1949. L'ampleur du recul est bien plus difficile à évaluer. Elle a certainement été surestimée par les contemporains sur la base d'appréciations subjectives, mais aussi sur la base des indices de production industrielle disponibles à l'époque, qui attribuent une pondération exagérée aux industries de base les plus sensibles à la conjoncture. D'après Sauvy, la production industrielle a diminué en fait seulement de 20 % entre 1929 et 1938, et le revenu national de 10 %. Carré, Dubois et Malinvaud concluent à un recul encore plus faible (10 % pour la production industrielle, et moins encore pour le revenu national). Même ainsi, cependant, l'ensemble de la période se caractérise par une décélération très marquée de la croissance industrielle (1,3 % par an entre 1913 et 1938, contre 2,4 % entre 1896 et 1913) ; le rythme de croissance de la production agricole, quant à lui, chute d'un peu plus de moitié (0,4 % contre 0,9 %). Période anormale ? Sans doute, puisqu'elle englobe à la fois une longue guerre et une longue dépression ; mais il faut souligner que le ralentissement à long terme doit être imputé essentiellement à la dépression, puisqu'en 1929 la production industrielle – comme on l'a vu – avait retrouvé la « droite de trend ».

En ce qui concerne l'emploi, ce n'est pas d'un ralentissement de la croissance qu'il s'agit, mais d'une diminution absolue. La population active occupée était de 19,9 millions de personnes en 1913 ; elle n'est plus que de 18,8 millions en 1938. Cette diminution, là encore, ne doit pas s'interpréter comme une conséquence directe des pertes de la guerre de 1914-1918, puisque, dans l'intervalle, le chiffre de la population active de 1913 a été retrouvé et légèrement dépassé vers 1929. Le recul de l'emploi agricole s'inscrit dans une tendance de longue période ; le rythme de décroissance s'est légèrement accéléré (– 1 % par an dans les années 1930, au lieu de – 0,7 % par an entre 1896 et 1913). Mais la chute de l'emploi industriel (le nombre total d'emplois industriels a baissé de 1 million entre 1929 et 1938) représente un renversement sans précédent, qui annule en quelques années l'accroissement total de l'emploi industriel entre 1896 et 1929. Or, dans le même temps, la durée du travail dans l'industrie a été réduite d'environ 60 heures par semaine à environ 40 !

Le rapprochement des indices de production et d'activité indique immédiatement que la productivité du travail a continué à progresser. Calculée pour l'ensemble des branches productives, la productivité horaire du travail semble avoir augmenté à un rythme voisin de 2,1 % par an au cours de chacune des trois périodes 1896-1913, 1913-1929 et 1929-1938 : il n'y a donc pas eu le moindre ralentissement des gains de productivité.

Si l'on envisage séparément l'agriculture, les calculs de productivité y sont bien plus aléatoires, mais la même conclusion semble justifiée. Les rendements à l'hectare, en tout cas, ont augmenté ; pour le blé, par exemple, la réduction des superficies est compensée par un accroissement de 20 % du rendement moyen entre 1909-1913 et 1932-1936. La consommation d'engrais, la mécanisation ont progressé, même s'il est toujours possible, dans les comparaisons « statiques » avec l'agriculture belge, hollandaise ou allemande, d'insister sur le caractère attardé de l'agriculture française et sur les écarts de rendement.

Dans l'industrie, la plupart des branches ont connu, après guerre, une (légère) accélération des gains de productivité par rapport à 1896-1913. C'est le cas, en particulier, des branches les plus traditionnelles, comme l'industrie charbonnière, les industries agricoles et alimentaires, le textile et l'habillement. Le rythme des gains de productivité se maintient le plus souvent durant les années 1930. On peut trouver à cela plusieurs explications. Tout d'abord, l'effet général de la réduction du temps de travail, qui est presque toujours partiellement compensée par une amélioration du rendement horaire. L'élimination des très petites entreprises inefficaces tend aussi à relever la productivité moyenne des branches. La mécanisation se poursuit : la puissance des machines à vapeur utilisées dans l'industrie a été multipliée par 3,5 entre 1913 et 1938. Une telle progression a de quoi surprendre, étant donné la baisse des investissements pendant la dépression ; mais l'industrie vit encore sur l'acquis du développement de l'appareil productif réalisé avant 1929, alors que le vieillissement de l'outillage ne fait sentir son influence qu'à long terme. De plus, la structure des investissements s'est modifiée : si les investissements « de capacité » (orientés vers l'accroissement de la production) se sont effondrés, il n'en est pas toujours de même des investissements « de rationalisation » (destinés à accroître la productivité). Le taux d'investissement productif est aussi élevé sur l'ensemble de la période 1918-1938 (et encore vers 1938) en France qu'aux États-Unis et en Grande-Bretagne.

L'évolution divergente de la *production* et de la *productivité*, qui caractérise les années 1930, préfigure d'ailleurs à certains égards les problèmes que connaît l'économie française depuis les années 1970.

À l'époque, les thèses de l'« école stagnationniste » expriment bien – tout en les poussant à l'extrême – les vues dominantes au sein d'une grande partie de l'opinion. Elles se caractérisent par un optimisme exagéré quant aux possibilités illimitées du progrès technique, qui permet de produire toujours plus, tout en réduisant indéfiniment le temps de travail – mais en même temps, par un pessimisme exagéré quant aux possibilités de ranimer l'activité économique, compte tenu de l'épuisement des innovations majeures, de la saturation de la demande et de la fermeture des marchés extérieurs. L'importance de l'investissement productif – qui sera soudainement redécouverte à la Libération – est très largement perdue de vue. Ce qui n'est pas sans rapport avec les changements intervenus dans la formation et l'emploi du revenu.

3. Fortunes et revenus

Les politiques économiques des années 1930 ont eu successivement comme principal objectif de « sauver la monnaie » (politiques déflationnistes appliquées jusqu'en

1935), puis, avec le Front populaire, d'accroître le pouvoir d'achat ouvrier. L'échec, comme le souligne A. Sauvy, a été double : le franc s'est trouvé en fin de compte bien plus fortement dévalué que toutes les autres grandes monnaies, et le salaire réel (hebdomadaire) est retombé en 1938 au voisinage du niveau du printemps 1936. Sur l'ensemble de la période, cependant, l'évolution apparaît nettement plus défavorable pour les *fortunes* que pour les *revenus*.

L'amputation des fortunes peut être illustrée d'abord, au niveau individuel, par le calcul suivant (emprunté à A. Sauvy) qui retrace l'évolution théorique, en valeur réelle (c'est-à-dire en pouvoir d'achat), d'un capital de 100 francs placé sous diverses formes en 1914 ; on suppose que ce capital obtient le rendement moyen des placements de la catégorie envisagée, et que tous les revenus sont réinvestis au fur et à mesure.

Valeur en francs constants d'un capital de 100 francs placé en 1914

	Rentes ou obligations	Actions	Or
Début 1929	38	148	91
Début 1939	53	93	183

Il ressort de ce tableau que la thésaurisation en or se révèle en fin de compte le seul « placement » avantageux : une telle évolution n'est évidemment pas de nature à encourager l'investissement. C'est l'inflation qui est responsable de la baisse des valeurs à revenu fixe, et la dépression (à travers la chute des dividendes) qui est responsable de la baisse des actions. La valeur réelle des propriétés bâties a également été atteinte, en raison cette fois du blocage des loyers instauré en 1914, et suivi d'un régime de contrôle qui sera constamment prorogé pour des raisons de circonstances jusqu'à la Seconde Guerre mondiale. La progression des loyers ne suit pas le coût de la vie et les propriétaires réagissent en sacrifiant l'entretien des immeubles ; la construction neuve, malgré les encouragements spécifiques, est indirectement freinée. On estime qu'entre les deux guerres, le rythme de renouvellement des logements a baissé de moitié par rapport à la période d'avant 1914, et la proportion de logements vétustes tend à augmenter.

Au total, la valeur moyenne des successions déclarées a diminué de moitié, en francs constants, entre 1913 et 1938 (et davantage encore pour Paris), sans avoir jamais retrouvé, tant s'en faut, même en 1929, le maximum du début du XXe siècle. Même si la fraude explique en partie cette diminution (mais il ne faudrait pas oublier qu'elle était déjà bien installée à la veille de la guerre de 1914 !), l'importance de l'amputation réelle des patrimoines ne fait aucun doute. La composition des fortunes s'est modifiée : la part des biens fonciers a diminué, celle des immeubles de rapport bien plus encore ; la part des valeurs mobilières françaises s'est accrue, alors que le portefeuille de valeurs étrangères n'a jamais retrouvé son importance d'avant 1914. Les fortunes moyennes, celles qui permettent de vivre dans une « honnête aisance », sont devenues moins nombreuses ; mais globalement, la concentration des patrimoines ne semble pas avoir varié de façon appréciable par rapport à 1913. Les changements essentiels sont d'ordre qualitatifs : « La fortune acquise, écrit A. Daumard, est devenue précaire. L'instabilité menace tous les possédants, même les plus riches, même les mieux informés. »

Le revenu réel par habitant, au contraire, a progressé entre 1913 et 1938 d'environ un quart. Le partage du revenu a évolué, au moins à première vue, dans un sens favorable aux salariés : la part des « revenus du travail » serait passée de 43 % en 1913 à 52 % en 1938. Mais cette progression correspond pour l'essentiel à l'accroissement de la proportion des salariés et retraités dans la population totale ; elle est du reste imputable bien plus à l'augmentation de la part des retraites et pensions qu'à celle des salaires et traitements. Apprécier l'évolution du salaire réel soulève toujours, pour cette période, des difficultés redoutables sur lesquelles nous reviendrons. Il faut en tout cas bien distinguer l'évolution du taux de salaire réel horaire (dont la progression est forte, aussi bien avant qu'après 1929, mais en grande partie « effacée » arithmétiquement, du point de vue du gain total, par l'application de la journée de 8 heures, puis de la semaine de 40 heures), celle du salaire réel hebdomadaire (dont l'accroissement entre 1913 et 1938 varie, selon les évaluations, entre 20 et 40 %) et enfin celle du gain annuel total des familles de salariés (qui est affecté notamment par le chômage total et partiel et par les fluctuations du taux d'activité). Le bilan à long terme paraît néanmoins favorable pour les ouvriers (pour ceux, du moins, qui ont conservé leur emploi), si on tient compte de la réduction du temps de travail, de l'instauration des allocations familiales et des assurances sociales, et du resserrement probable de l'éventail des salaires ; dans la fonction publique en tout cas, l'écrasement de la hiérarchie est très marqué.

En dehors des salariés, les professions libérales constituent la seule catégorie qui voit s'accroître sa part du revenu national. À l'opposé, ce sont les revenus agricoles qui subissent la plus forte diminution relative, nettement au-delà de la baisse de la proportion des agriculteurs dans la population active. L'évolution des autres revenus « de l'entreprise et du capital » est plus incertaine encore. Divers clivages – par exemple, entre revenus des immeubles anciens et nouveaux – prennent une importance déterminante. La situation relativement favorable des propriétaires de fonds de commerce contraste, semble-t-il, avec la chute des profits industriels, tandis que certaines compensations s'établissent parmi les revenus des valeurs mobilières. Dans l'ensemble, cependant, on est frappé par la rigidité des structures de répartition : à travers la dépression, les réformes du Front populaire et l'inflation de 1936-1938, malgré de brusques mouvements à court terme, les proportions fondamentales ont étonnamment peu varié entre 1930 et 1938 (d'après A. Sauvy, la part des revenus du travail, de l'entreprise et du capital représentait respectivement 50,6 %, 32,5 % et 16,9 % en 1930, 51 %, 33 % et 16 % en 1938). L'introduction de l'impôt général sur le revenu ne paraît pas avoir modifié de façon sensible par rapport à avant 1914 la répartition des « revenus disponibles ».

Si on considère enfin l'emploi du revenu national, le fait marquant est l'accroissement de la part de la consommation au détriment de l'investissement. C'est un phénomène habituel en période de dépression (la dépression réduit à la fois les occasions d'investissement rentable et le montant des profits disponibles pour être réinvestis), mais en l'occurrence la baisse des investissements a été particulièrement prolongée. Le taux d'investissement brut en France avait enregistré au XIXe siècle une hausse de longue période, et il s'élevait à 17 % en 1913 ; la hausse reprend après guerre, pour atteindre 21 % en 1930 ; mais, en 1938, le taux d'investissement est retombé à 13 %. Les dépenses d'outillage productif, il est vrai, se sont mieux maintenues que les dépenses de construction. Mais le montant total des investissements, pour la moyenne des années 1934-1938, est retombé non seulement au-dessous du maximum de 1930 (l'écart est de plus d'un tiers), mais au voisinage immédiat du niveau de 1913…

II. Les facteurs d'affaiblissement durable

1. Le vieillissement démographique

Les logements et les installations productives ne sont pas seuls à vieillir : le vieillissement affecte aussi la population française.

La population totale de la France a complètement stagné

sur l'ensemble de la période : 41,7 millions d'habitants en 1913 (dans les frontières de 1918), 41,9 millions en 1938. Les pertes de guerre ont été compensées dans les années 1920, en partie sous l'influence des mouvements migratoires ; puis la population a complètement cessé de s'accroître.

Le mouvement naturel peut s'analyser comme la résultante de deux tendances de longue période : la baisse de la mortalité et la baisse de la natalité.

La baisse de la mortalité s'est poursuivie et même accélérée durant la dépression des années 1930. La mortalité infantile, notamment, a diminué de moitié entre 1911 et 1936. En un quart de siècle, l'espérance de vie à la naissance s'est accrue de 7 ans pour les hommes et de 9 ans pour les femmes.

La natalité, après un relèvement temporaire dans les années d'après guerre, a repris sa baisse ; son recul s'accentue pendant la dépression (y compris par exemple dans les familles de fonctionnaires, qui bénéficient pourtant de la sécurité de l'emploi et d'une amélioration de leur pouvoir d'achat). Le nombre annuel de naissances, qui s'élevait encore à 750 000 vers 1913, n'est plus que de 620 000 en moyenne en 1936-1938. La baisse de la fécondité, il est vrai, tend alors à se généraliser en Europe ; vers 1930, le taux de reproduction net de la population est pour la première fois un peu plus élevé en France qu'en Grande-Bretagne ou en Allemagne ; et il est d'ailleurs stabilisé en France sur l'ensemble de la période (0,92 en 1913, 0,91 en 1938). Mais la spécificité de la démographie française est que le mouvement de dénatalité y est beaucoup plus ancien, et par suite ses effets se font sentir de façon cumulative ; autrement dit, la stabilisation de la fécondité n'empêche pas la natalité de continuer à baisser, parce que l'effectif des générations en âge d'avoir des enfants continue à diminuer. Cette tendance de longue période est brusquement accentuée par l'arrivée à l'âge du mariage des « classes creuses » nées pendant la guerre de 1914.

Il en résulte deux conséquences.

La première, très visible, est la réapparition des excédents de décès sur les naissances à partir de 1935, ce qui frappe vivement l'opinion. Après l'action purement répressive (loi de 1920 sur les pratiques contraceptives), la loi de 1932 sur les allocations familiales marque un premier jalon vers une politique familiale, mais le taux des versements est presque symbolique. L'ensemble des aides à la natalité et à la famille est réorganisé et considérablement renforcé en 1938-1939.

L'autre conséquence, au contraire, passe inaperçue, parce qu'elle est extrêmement progressive : il s'agit de la modification de la structure par âge de la population.

Structure par âge de la population française (en %)

	1911	1936
Moins de 20 ans	33,5	30
De 20 à 64 ans	58	60
65 ans et plus	8,5	10

Déjà, la charge des retraites afférentes à certaines catégories (fonctionnaires, employés de chemin de fer) commence à augmenter sensiblement. Le vieillissement, il est vrai, n'a toujours pas d'incidence globale sur le taux d'activité. Mais il représente un facteur de rigidité manifeste : les mutations structurelles sont bien plus difficiles au sein d'une population stagnante que dans une population en expansion, où même les activités en perte de vitesse peuvent s'adapter sans avoir à subir de régression absolue. Ce risque est très mal compris, comme le prouvent par exemple les réactions xénophobes d'une partie de l'opinion, alors que les courants migratoires contribuent précisément à atténuer ces rigidités structurelles.

2. Repli et fermeture de l'économie française

Jusqu'à la guerre de 1914, le commerce extérieur avait constitué un des moteurs de la croissance : l'élasticité des importations, comme des exportations, par rapport au produit national demeurait constamment supérieure à 1, et – même après le rétablissement du protectionnisme – le taux d'ouverture de l'économie française était régulièrement croissant.

La crise de 1929 marque à cet égard une rupture profonde. Elle amorce un mécanisme cumulatif de contraction, au cours duquel les échanges extérieurs diminuent bien plus vite encore que la production. Les « taux d'ouverture » calculés pour le milieu et la fin des années 1930 (8,6 % du revenu national pour la moyenne de 1934-1936, contre 14,4 % en 1930) sont les plus faibles jamais enregistrés depuis le milieu du XIXe siècle.

Cette évolution est en grande partie le résultat d'un cloisonnement de l'économie mondiale dont les causes dépassent largement l'économie française. La dépression s'accompagne d'une véritable dislocation des réseaux d'échanges internationaux. Les tentatives pour préserver certaines relations privilégiées dans le cadre de « zones monétaires » (zone sterling, zone dollar, et – à une échelle bien plus réduite – zone franc) ne constituent qu'un palliatif, qui tend à rendre irréversible le cloisonnement mondial. Le système monétaire international n'avait du reste jamais retrouvé un véritable équilibre après 1914. Les mouvements alternés des capitaux spéculatifs entre les places financières, selon les vicissitudes monétaires (Paris, « place refuge » des années 1928-1932, voit s'accélérer les sorties de capitaux à partir de 1934), sont l'un des principaux facteurs d'instabilité de l'entre-deux-guerres, et ils ont pour le moins contribué à amplifier les effets de la crise de 1929.

À cela s'ajoutent, pour l'économie française, des faiblesses spécifiques. La plupart des exportations traditionnelles – textiles, vêtements, maroquineries et articles de luxe – sont gravement atteintes, à la fois par manque de compétitivité et parce qu'il s'agit de spécialisations désavantageuses à l'égard de l'évolution à long terme ou particulièrement vulnérables en périodes de dépression. Leur déclin est donc plus marqué encore que celui du commerce mondial. La France, qui en 1929 effectuait encore 11,2 % des exportations d'articles manufacturés, n'en assure plus en 1937 que 5,8 %, et la baisse de ses « parts de marché » – comme le souligne R. Girault – concerne aussi bien des spécialisations récentes, comme l'automobile, que des exportations traditionnelles, comme les textiles. Les dévaluations en cascade, qui ont pourtant fini par ramener le niveau des prix-or français en 1938 près d'un tiers au-dessous des prix anglais, n'apportent qu'un médiocre soutien aux exportations françaises.

Dans ces conditions, le déficit commercial relativement stable et modéré d'avant 1914 fait place à des soldes brutalement fluctuants, excédentaires vers le milieu des années 1920, mais massivement déficitaires tout au long des années 1930. Le déficit se creuse dès 1930-1931 (sous l'effet de la chute des exportations), mais par la suite, comme on l'a vu, toutes les mesures protectionnistes ne parviennent pas à rétablir un équilibre même relatif. Il s'agit pourtant d'un protectionnisme bien différent de celui de la période 1892-1913, non seulement par son intensité, mais par sa nature même (en 1937, 58 % des importations françaises s'effectuent sous régime de licences et contingentements). À partir de 1932, la balance des paiements courants elle-même est chroniquement déficitaire, ce qui ne s'était plus produit depuis les années 1880 : les revenus des capitaux placés à l'extérieur ne suffisent plus à compenser le solde commercial négatif. La France n'a d'ailleurs jamais retrouvé la position financière qui était la sienne dans le monde d'avant 1914 : les investissements français à l'étranger ne représentent plus en 1939, d'après R. Girault, que 7 % du total mondial (au lieu d'un quart en 1913), le tiers de ceux des États-Unis, le sixième de ceux de la Grande-Bretagne…

Ce déclin – absolu et relatif – de la position mondiale de l'économie française contribue à expliquer son « repli » sur l'Empire colonial. L'évolution dans ce sens s'amorce, il est vrai, dès les années 1920 par des mesures douanières visant à réserver à la France le marché colonial (loi de 1928), tandis que les émissions de valeurs coloniales représentent une part croissante des placements extérieurs français. Mais c'est surtout au cours des années 1930 que la part du commerce colonial augmente dans le total des échanges extérieurs, d'abord aux exportations (l'Empire absorbe par exemple les exportations textiles les plus difficiles à placer), puis également aux importations, avec les efforts de « mise en valeur ». Vers 1936-1938, les échanges coloniaux atteignent – dans les deux sens – 25 à 30 % du commerce extérieur français, et la part de l'Algérie à elle seule (environ 12 %) est aussi élevée que celle de tout l'Empire en 1913. Malgré cet essor, l'ensemble est loin d'atteindre une importance comparable à celle du Commonwealth pour l'économie britannique.

Remarquons que ce mouvement de « fermeture » et de repli colonial ne signifie pas que l'économie française ait progressé vers l'autosuffisance. Elle reste affectée d'une dépendance énergétique ancienne, mais qui est appelée à s'accroître avec l'augmentation de la part du pétrole. Les conséquences de la dépendance alimentaire se révéleront encore plus dramatiques pendant la guerre : les importations représentent, chaque année, l'équivalent de deux mois et demi d'approvisionnement alimentaire (21 % de la consommation totale). Le protectionnisme a fait preuve d'une étonnante inefficacité dans ce domaine vital. Il se traduit, au mieux, par la simple substitution d'importations coloniales aux importations alimentaires en provenance de l'étranger. Parfois même, il provoque des effets pervers : la production agricole française se concentre sur les grands produits protégés (dont le prix est artificiellement maintenu), et il faut importer les produits délaissés.

3. Recul du marché, alourdissement des charges, passivité de l'État.

L'économie libérale de « concurrence parfaite » n'a jamais existé, et l'on relevait à coup sûr, dès avant 1914, bien des entorses aux mécanismes de l'offre et de la demande (nous avions signalé la tolérance croissante à l'égard des ententes, dès la première décennie du XXe siècle). L'entre-deux-guerres se caractérise cependant par un nouveau recul de l'influence du marché. Non seulement les efforts des professionnels pour « tenir les prix » sont bien accueillis, mais les pouvoirs publics tendent de plus en plus à intervenir directement. Nous en avons rencontré plusieurs exemples : la tentative pour imposer (en juillet 1933) un prix minimum du blé, en ignorant délibérément les conditions de l'offre et de la demande ; ou encore la réglementation des loyers, qui crée une véritable « rente de situation » au profit des locataires occupant des immeubles construits avant 1914, et qui contribue indirectement à aggraver les problèmes de logement du reste de la population. Dans un domaine différent, les accords Matignon et les conventions collectives fournissent le premier exemple d'une négociation nationale aboutissant à une hausse générale des salaires en pleine période de chômage.

L'entre-deux-guerres a été marqué également par la mise en place des assurances sociales à partir de 1930 et des allocations familiales à partir de 1932. Il en résulte plusieurs majorations successives des cotisations sociales, dont le taux reste modeste par rapport à ce que l'on connaît depuis 1945, mais qui n'en sont pas moins ressenties – et dénoncées – par les employeurs comme une charge supplémentaire en période de dépression. La réforme des congés payés et celle des 40 heures ont eu aussi pour effet d'accroître le coût horaire de la main-d'œuvre, sans majoration correspondante du revenu annuel et du pouvoir d'achat des travailleurs.

Le poids de l'État dans l'économie nationale s'est fortement accru par rapport à l'avant-guerre, surtout au cours des années 1930. L'importance relative des dépenses publiques (au sens large) progresse, modérément d'abord pendant la phase de « retour à la normale » (12 % du revenu national en 1912, 14 % en 1926, 16 % en 1929), puis dans des proportions considérables au cours des années 30 (27,5 % du revenu national en 1938).

Évolution des éléments autonomes de la demande globale (en milliards de francs de 1901-1910)

	Dépenses des administrations	Exportations	Investissements
1913	6,1	6,3	8,1
1938	13,6	5,8	8,7

D'après J.-J. Carré, P. Dubois et E. Malinvaud, *La Croissance française*.

Face à la montée des dépenses budgétaires, l'État laisse se perpétuer le déficit. Il apparaît surtout comme le grand bénéficiaire de l'inflation des années 1921-1926 et 1936-1939, qui allège la charge de la dette (44 % des dépenses de l'État en 1925, 18 % en 1928), malgré un endettement croissant. Les recettes budgétaires de l'État de leur côté progressent seulement de 12 % du revenu national en 1913 à 17 % en 1938, et les ressources fiscales de 8 % à 13 %. Les structures fiscales elles-mêmes n'ont pas été profondément transformées par l'entrée en application de l'impôt général sur le revenu : la création en 1920 de la « taxe sur le chiffre d'affaires » aboutit à maintenir la primauté traditionnelle de la fiscalité indirecte ; les régimes de forfait accordés à certaines catégories (exploitants agricoles, commerçants…) équivalent en fait à un allègement notable de l'impôt, tandis que les projets de contrôle sur les revenus des valeurs mobilières n'aboutissent pas… La notion même de redistribution sociale des revenus n'a pas encore réellement percé.

De façon plus générale, l'entre-deux-guerres se caractérise par l'absence de tout effort systématique de la part de l'État pour exercer de façon cohérente les responsabilités nouvelles que lui donne son poids économique. Son interventionnisme dans le secteur de l'énergie et dans celui des transports (politique de « coordination », orientée vers un partage du trafic entre le rail, la route et la voie d'eau), son action pour contrôler ou soutenir certains prix ne s'inscrivent dans aucun plan d'ensemble. Si l'on met à part quelques progrès dans le domaine de l'observation économique (élaboration d'indices des prix et de la production industrielle), l'État n'a toujours ni les moyens ni la volonté de mener une véritable politique économique. Il intervient massivement comme emprunteur sur le marché des capitaux, offrant un débouché à l'épargne privée sans emploi ; mais cette démarche est simplement imposée par la nécessité de financer le déficit budgétaire (sans recourir à la création monétaire, qui est mal vue de l'opinion), et ne relève pas d'une politique délibérée. La part des dépenses à objectif économique dans le total des dépenses publiques reste très limitée. Celle des dépenses d'éducation est pratiquement la même en 1938 (6,3 %) qu'en 1900 (6,2 %). On ne relève aucune tentative de la part de l'État pour se substituer à l'investissement privé défaillant ; les dépenses d'investissement de l'État, au cours des années 1935-1938, ne représentent que la moitié des subventions accordées (notamment) aux compagnies de navigation et de chemins de fer. C'est uniquement sous la pression des circonstances que l'État se trouve amené, au cours de la dépression, à renflouer Air France, la Compagnie générale transatlantique, la Banque nationale de crédit. Même la nationalisation des chemins de fer, réalisée en août 1937, après la chute du gouvernement Blum, et qui donne naissance à la SNCF, est une opération de circonstances, imposée pour ainsi dire par le déficit croissant des compagnies, et réalisée dans des conditions inespérées pour les détenteurs du capital : le contraste est frappant à cet égard avec la grande vague de nationalisations de 1945-1946.

La crise des années 1970 a été à l'origine d'un renouveau des analyses consacrées à la crise de 1929 et, plus généralement, à la place de l'entre-deux-guerres dans l'histoire du capitalisme français. La croissance des années 1920 doit-elle être considérée comme le prolongement de celle de la « Belle Époque », ou comme la préfiguration de la croissance d'après 1945, ou l'un et l'autre à la fois ? Est-elle le point de départ d'un régime d'accumulation intensive propre au capitalisme du XXe siècle ? La crise de 1929 est-elle la « première crise du XXe siècle », ou la « dernière crise du XIXe siècle », ou ni l'un ni l'autre « mais le divorce explosif entre deux mondes, le monde productiviste du XXe siècle qu'annonce l'essor fantastique de la productivité dans les années 1920 et le monde du XIXe siècle où le salaire et la consommation sont encore soumis à la "loi d'airain" » (J. Marseille) ? Diverses analyses (par exemple, R. Boyer, *la Crise actuelle : une mise en perspective historique*, CEPREMAP, 1979 ; J. Marseille, « Les origines "inopportunes" de la crise de 1929 en France », *Revue économique*, juillet 1980 ; H. Bertrand, J. Mazier, Y. Picaud et G. Podevin, « Les deux crises des années 30 et des années 70. Une analyse en sections productives dans le cas de l'économie française », *Revue économique*, mars 1982), relevant de problématiques voisines ou complémentaires, aboutissent à des conclusions que les auteurs tiennent pour convergentes, malgré les « nuances » qui les séparent sur certains points cruciaux.

L'angle d'attaque choisi par J. Marseille l'amène d'abord à contester l'un des points de fait apparemment les mieux établis : l'entrée tardive de l'économie française dans la dépression. Les principaux arguments invoqués concernent le mouvement des prix de gros (déjà orientés à la baisse durant l'année 1929), l'insuffisance – bien réelle – des données disponibles sur le chômage, le fléchissement précoce de la production dans certaines branches (l'indice culmine dès le 2e trimestre 1928 pour les industries de la laine et de la soie – mais ne faudrait-il pas remonter plus haut encore ?). L'enjeu, on s'en doute, dépasse celui d'une simple rectification chronologique : « Admettre que la crise est précoce, c'est en même temps se poser la question de ses origines nationales, des contradictions *internes* de la croissance économique des années 1920… C'est chercher la part de responsabilité du capitalisme français dans son déclenchement. » Disons franchement que le mouvement concordant de l'ensemble des indices généraux d'activité (quels que soient les démérites de chacun d'eux) est *a priori* peu favorable à la thèse de J. Marseille : car l'indice de la production industrielle (en hausse continue à travers toute l'année 1929, alors qu'aux États-Unis, l'indice a déjà baissé de 20 % entre juin et décembre 1929) n'est pas seul à témoigner d'une consolidation de l'activité économique française à un niveau encore élevé au 1er semestre 1930 (indice 144, contre 138 au 1er semestre 1929 et 141 au 2e semestre 1929, calculé d'après A. Sauvy, *Histoire économique de la France*…, I, p. 464) ; il est conforté par l'indice des faillites (un peu moins de faillites encore en novembre 1929 qu'en 1927… ou en 1913), par celui des wagons chargés, et davantage encore par les statistiques douanières d'importations de matières premières pour l'industrie (en poids, non bien sûr en valeur, elles augmentent encore de 1929 à 1930, pour ne baisser fortement qu'en 1932), sans parler des salaires nominaux, dont la baisse s'amorce tout juste au 2e semestre 1931.

L'intérêt du débat est ailleurs : c'est de rappeler toute la complexité de l'évolution des années 1920, et l'influence souvent déterminante des relations extérieures. Ainsi, la courbe du taux de profit monte en flèche jusqu'en 1926 (sommet de l'inflation et apogée des exportations, stimulées par la dépréciation du franc), baisse en 1927 à la suite de la « stabilisation », se redresse en 1928, se stabilise en 1929-1930 à un niveau exceptionnellement élevé (bien supérieur à celui de 1913, et qui ne sera jamais retrouvé même après 1945), avant d'être entraîné en 1931-1932 dans la dépression mondiale. La baisse des prix de gros français en 1929 (– 8,7 % de janvier à décembre, d'après A. Sauvy, *ibid.*, p. 498), invoquée par J. Marseille, est en réalité la résultante d'une baisse de 18,6 % sur les produits importés et de 2,9 % seulement sur les produits nationaux (qui remontent même légèrement d'août à décembre !). Mais ce sont surtout les écarts interbranches, point central de l'argumentation, qui doivent être regardés de près : ils opposent des branches traditionnellement exportatrices, comme les industries textiles, fortement atteintes dès 1926-1928, aux industries davantage tournées vers le marché intérieur (industries extractives, électricité, industries mécaniques, bâtiment), où l'essor se poursuit jusqu'au début de 1930.

On voit mal de prime abord comment un tel décalage constituerait la preuve des origines *internes* de la crise française… Il faut comprendre, semble-t-il, que, pour J. Marseille, le rôle moteur des exportations jusqu'en 1926 n'est précisément que le reflet des « contradictions internes » du capitalisme français : leur essor, entièrement imputable au « formidable coup de veine de la dépréciation du franc », apparaît comme le seul exutoire face à une surproduction croissante… Mais dans ce cas, ne faut-il pas logiquement faire remonter à 1926-1927 l'antériorité de la crise française ? Et comment expliquer alors l'accroissement de 37,5 % de la production industrielle en trois ans (+ 11,2 % par an, du 2e trimestre 1927 au 2e trimestre 1930 !), malgré la situation de plus en plus difficile des branches exportatrices ?

R. Boyer procède différemment, en axant son analyse sur les conditions internes de l'accumulation, et en ne mentionnant les « problèmes internationaux » que comme un simple « révélateur » des contradictions fondamentales. « C'est le bouleversement des normes de production sans changement correspondant de la norme de consommation ouvrière qui viendrait rompre l'unité contradictoire des procès de production et de consommation [une fois "épuisées" les possibilités d'écoulement auprès des autres classes sociales]... Il ne semble pas faux de caractériser la crise de 1929 comme un épisode critique au cours duquel le caractère contradictoire de la reproduction sociale prend l'apparence d'une surproduction massive » (*La Crise actuelle*, p. 29-30). Plus simplement : « Le boom de l'accumulation intensive vient à terme buter sur l'inadéquation de la demande globale face à l'expansion considérable des capacités de productions » (« Les salaires en longue période », *Économie et Statistique*, septembre 1978, p. 42). Bref, on rejoint ici les explications anciennes de la crise en termes de surproduction ou de sous-consommation, comme celles de Varga (1935) et de Sweezy (1940), auxquels se réfère l'auteur. Les années 1920 ne sont pourtant pas, selon R. Boyer, la première phase d'accumulation intensive en France ; quant à l'existence d'un écart positif entre croissance de la productivité et croissance du salaire réel, c'est là bien sûr un trait quasi permanent de la croissance capitaliste au XIXe siècle. À quoi tient alors la gravité exceptionnelle de cet « épisode critique », de cette « grande crise » de 1929 ? À un « décalage sans précédent entre les tendances de la productivité et celles des salaires ».

Cette explication simple soulève plusieurs problèmes – et d'abord des problèmes de mesure. R. Boyer évoque « l'explosion sans précédent » de la productivité industrielle (par travailleur), liée au développement du taylorisme : + 5,8 % par an entre 1920-1930 (contre 0,3 % à 0,5 % entre 1895 et 1913), tandis que le salaire réel ne progresse qu'à un rythme voisin du passé (+ 2,2 % par an). Les estimations de J.-J. Carré, P. Dubois et E. Malinvaud (*La Croissance française*, p. 110) ne portent nulle trace d'une accélération aussi dramatique.

Taux de croissance moyens annuels de la productivité par travailleur (en %)

	Industrie (Carré, Dubois, Malinvaud)	Ensemble des branches	Industrie (Boyer)
1896-1913	1,7	1,7	0,3/0,5*
1913-1920 1920-1929	{ 2,1	{ 1,5	1,8 5,8** } 2,5

* 1895-1913.
** 1920-1930

Prendre en compte l'ensemble de la période 1913-1929 (ce qui élimine à la fois l'anomalie de l'année de base 1920 et les phénomènes de « rattrapage » propres à la période de reconstruction) suffit déjà à réduire sensiblement la divergence. H. Bertrand, J. Mazier *et al.* soulignent pour leur part que le taylorisme ne pénètre encore, durant les années 1920, qu'un nombre limité de branches ; « le mode d'accumulation demeure à dominante extensive, au sens où les gains de productivité sont limités, et où le capital par tête s'accroît faiblement ». Ce qui, pour ces auteurs, caractérise la croissance des années 1920, ce n'est donc pas l'avènement général de la croissance intensive, mais « une auto-accumulation de la section des biens d'équipement (section I), qui s'explique par le caractère limité des transformations intervenant dans la section des biens de consommation (section II) » ; il ne s'agit là du reste que de l'accentuation d'une dissymétrie ancienne, le développement de la section II ayant toujours été entravé par la progression insuffisante des débouchés en régime de

« régulation concurrentielle » des salaires, de sorte que les auteurs sont enclins à voir dans la crise de 1929 la « dernière crise du XIXe siècle ». Cependant, leur thèse centrale – l'autodéveloppement de la section I – est elle-même étrangement contredite par la plupart des données quantitatives qu'ils avancent : la part de la section I dans le total des investissements reste modeste en 1929 (12,8 %), et même en léger recul par rapport à 1913 ; la productivité du travail a augmenté plus vite entre ces deux dates dans la section II que dans la section I ; et le montant du capital par travailleur augmente dans la section II, alors qu'il *diminue* dans la section I entre 1921 et 1929…

Le retard des salaires réels sur la croissance de la productivité apparaît, dans ce débat, comme l'un des rares points bien établis. Toutes les séries concordent pour admettre une baisse absolue du gain réel des ouvriers pendant les années d'inflation 1922-1926, ce qui prouve combien les progrès vers l'« indexation des salaires sur les prix » demeurent limités. Il n'est pas inutile toutefois de rappeler, en confrontant différentes évaluations, la *marge d'incertitude* qui affecte encore pour cette période une variable aussi essentielle que le salaire réel moyen des ouvriers – sans parler du pouvoir d'achat des autres catégories, bien plus mal connu encore.

Évaluations des variations du salaire réel dans l'industrie

	Taux moyen annuel de variation		Variation totale	
	1913-1920	1920-1930	1913-1920	1920-1930
A. Sauvy (salaire ouvrier journalier)[1]	+ 0,8 %*	+ 1,0 %	+ 5,7 %*	+ 11,1 %
R. Boyer (salaire hebdomadaire)[2]	– 3,0 %	+ 2,2 %	– 19,2 %	+ 24,3 %
M. Baslé, J. Mazier, J. F. Vidal (salaire annuel)[3]	+ 5,5 %	– 2,0 %	+ 45,6 %	– 18,7 %

1. *Histoire économique*, t. I, p. 511.
2. *Économie et Statistiques*, septembre 1978.
3. SEF, série orange, n° 40, 1979.
* 1914-1920

N.B. : Comme le nombre de jours de travail par semaine n'a pas varié, ni le nombre de semaines par an, les trois séries *devraient* être approximativement comparables ; en revanche, l'évolution du salaire réel *horaire* serait bien plus favorable, compte tenu de la réduction de la durée du travail.

La fragilité de la base factuelle, l'ampleur des divergences incitent donc à une certaine prudence. Or, parmi les quelques faits incontestés que toute analyse doit prendre en compte, il en est un qui, semble-t-il, n'a pas reçu toute l'attention requise : il s'agit de l'ample déplacement – ou « revirement » – du partage salaires/profits, qui s'opère à partir de 1926 en faveur cette fois des salaires. Non seulement le salaire réel se redresse (+ 18 % selon A. Sauvy entre le 4e trimestre de 1926 et le 4e trimestre de 1929), mais la part des salaires dans la valeur ajoutée retrouve en 1930 (selon M. Baslé *et al.*, *loc. cit.*, cf. R. Boyer, *La Crise actuelle...*, graphique p. 31) la moyenne des années d'avant-guerre. Toute interprétation de la crise en termes de sous-consommation – qui explique sans difficulté le ralentissement de 1926-1927 – rencontre là un problème, que quelques précautions de langage ne suffisent pas à esquiver. H. Bertrand *et al.* suggèrent fort bien que les analyses de J. Marseille et de R. Boyer pourraient être « nuancées » et que les contradictions essentielles dégagées par eux « paraissent dans une certaine mesure être demeurées potentielles ».

Redressement des salaires réels, maintien des taux de profit à un niveau exceptionnellement élevé, contradictions « potentielles » : n'y aurait-il aucune place pour des explications plus directes de la contraction – bien réelle – de l'activité à partir de 1930 ? Faut-il en fin de compte rejeter l'interprétation admise jusqu'ici, attribuant aux facteurs externes un rôle déterminant à l'égard de l'« entrée » de l'économie française dans la crise ? À titre de conclusion provisoire, nous admettrons que la « cassure » initiale des exportations, le refus obstiné de dévaluer jusqu'en septembre 1936, avec leurs conséquences cumulatives, et, bien sûr, la dislocation du commerce mondial sous l'effet d'un protectionnisme de type nouveau expliquent pour une large part le « Sedan économique » des années 1930.

4

Croissance économique et ruptures depuis 1945

Nous commencerons par dégager brièvement ce qui fait l'unité et l'originalité de cette nouvelle phase de la croissance économique française, avant de justifier la périodisation adoptée, qui s'articule autour de deux points tournants : 1958 et 1973.

Le fait nouveau essentiel, c'est l'accélération de la croissance aussi bien par comparaison avec l'entre-deux-guerres que dans une perspective de très long terme.

Taux de croissance moyen annuel

	du PIB	de la production industrielle
1896-1913	1,9	2,4
1913-1929	1,5	2,6
1929-1938	– 0,3	– 1,1
1938-1949	1,1	0,8
1949-1969	4,6	5,3
1969-1973	6,6	6,5
1973-1978	3,2	2,4

SOURCE : F. Caron, *Histoire économique de la France*, p. 158.

L'économie française connaît donc un rythme de croissance sans précédent, maintenu – au-delà de la période de reconstruction – sur un quart de siècle. Il paraît donc difficile, au vu de ces chiffres, de soutenir, avec Carré, Dubois et Malinvaud, que le point de départ de l'accélération séculaire de la croissance française puisse être placé « aussi valablement vers 1900 que vers 1950 ». Il est bien vrai que l'économie française avait déjà témoigné d'un réel dynamisme jusque vers 1930 ; et à deux reprises déjà (entre 1907 et 13, puis entre 1924 et 29), elle avait enregistré des taux de croissance de la production industrielle supérieurs à 4 % par an ; mais il s'agissait là de brèves périodes de « boom » ; l'agriculture était peu concernée. Au contraire, la période d'après-guerre se caractérise, dans tous les secteurs, par la continuité de l'expansion ; autrement dit, la *régularité* de la croissance apparaît comme un facteur essentiel de l'accélération de longue période.

La « performance » de l'économie française est d'autant plus remarquable que la population active a presque complètement stagné sur la plus grande partie de la période : c'est seulement vers 1965 que l'effectif total de la population active retrouve puis dépasse le chiffre de 1913. Même la population active industrielle s'est à peine accrue de 420 000 travailleurs entre 1929 et 1969 (soit un rythme de croissance d'à peine 0,1 % par an) ; l'augmentation de la production correspond presque entièrement à des gains de productivité.

L'accélération de la croissance est, à vrai dire, générale au sein du monde industrialisé, tant du point de vue de la production que de la productivité. Même la Grande-Bretagne, devenue depuis 1945 la « lanterne rouge » de l'Europe, dépasse après la Seconde Guerre mondiale le taux de croissance qu'elle atteignait dans les meilleures décennies du XIXe siècle. La France, pour sa part, se situe indiscutablement dans le groupe des pays à croissance rapide ; devancée par le Japon, elle distance la Grande-Bretagne, la Belgique et les États-Unis (en termes de croissance, bien entendu, et non de niveau absolu). La comparaison avec l'économie ouest-allemande est sans doute plus significative, et ses résultats plus inattendus.

Rythmes de croissance comparés
(taux de croissance moyens annuels) du volume du PIB

	1950-1960	1960-1970	1968-1973
France	4,4	5,1	6,0
RFA	5,5	5,5	5,1

La croissance économique française tend à s'accélérer en cours de période, et à dépasser légèrement celle de l'Allemagne à partir des années 1960. Le rythme de croissance de la productivité du travail est aussi très légèrement plus élevé en France. Si le « modèle de croissance » allemand peut être considéré comme « supérieur », c'est donc (seulement) du point de vue de la « qualité » de la croissance, et plus précisément d'une plus grande stabilité monétaire liée à une meilleure maîtrise de l'inflation. En revanche, la croissance française est non seulement plus forte, mais – contrairement aux idées reçues – plus régulière : alors que l'économie ouest-allemande enregistre en 1967 une légère *diminution absolue* de son PIB, le taux de croissance annuel du PIB français n'a pratiquement jamais fléchi au-dessous de 5 % pendant toute la période 1960-1973.

Ce qui nous conduit au problème de la périodisation. Outre l'accélération intervenue entre les années 1950 et les années 1960, plusieurs raisons incitent à distinguer deux sous-périodes, de part et d'autre de la coupure de 1958. 1958 revêt d'abord pour la France une signification politique, avec le retour au pouvoir du général de Gaulle, immédiatement suivi d'un effort de redressement financier intérieur et extérieur, dont la dévaluation de 1958 devait marquer le point de départ. Cette date correspond aussi à un point tournant de la conjoncture mondiale : la récession de 1958 est l'une des plus sévères de l'après-guerre, et c'est aussi la dernière récession marquée avant 1973. Rappelons enfin qu'à la suite de la signature du traité de Rome (mars

1957), le Marché commun entre officiellement en vigueur le 1er janvier 1959 ; l'application du traité de Rome s'effectue en fait de façon très graduelle, mais les conséquences de l'instauration du Marché commun et ses implications politiques dominent largement les années 1960.

Le choix de 1973-1974 comme rupture moyenne n'exige pas de longues justifications. Il n'interdit certes pas de rechercher avant cette date les signes précurseurs de la crise (ses « causes profondes » ?). Mais nous pouvons relever dès maintenant qu'il s'agit, dans le cas de la France, d'une rupture particulièrement tranchée : le déclenchement de la crise n'a rien à voir avec un affaiblissement graduel du dynamisme de l'économie française ; il se présente plutôt comme un coup de frein brutal à la croissance industrielle, brisant net l'accélération des années 1968-1973.

1

De la reconstruction à la croissance soutenue (1945-1958)

Le relèvement économique français s'explique à la fois par des causes d'ordre extérieur et d'ordre intérieur. Les crédits du plan Marshall, la réorganisation du système monétaire international sous l'égide du dollar, le décloisonnement progressif de l'économie mondiale ont certainement joué un rôle important. Cependant, le développement de la production en France durant cette période reste axé, à titre principal, sur le marché intérieur. Les réformes de structures de la Libération ont considérablement accru les responsabilités du gouvernement dans le domaine économique : il s'agit notamment d'une part des *nationalisations* (dont l'ampleur peut être comparée à celles du gouvernement travailliste en Grande-Bretagne, ou même à celles de la Tchécoslovaquie vers 1946), et d'autre part de l'expérience française de *planification*, expérience originale qui ne s'inspire d'aucun modèle préétabli. L'accroissement des dépenses publiques, et de la contribution publique au financement des investissements, correspond alors à une tendance générale en Europe occidentale, mais prend dans le cas de la France une signification particulière en liaison avec les nationalisations et le Plan.

Nous envisagerons dans une première section les bases du redressement, puis dans une seconde section les acquis et les limites du redressement économique réalisé sous la IVe République.

I. Les bases du redressement

1. Les priorités de la reconstruction

Le bilan de la guerre de 1939-1945 diffère à plusieurs égards de celui de la guerre de 1914-1918. Les pertes humaines ont été globalement moins lourdes, leur répartition est différente : le nombre des victimes civiles (déportés, victimes des bombardements...) l'emporte sur les pertes militaires. Les destructions matérielles ont été bien plus considérables, et s'étendent à presque tout le territoire. On compte 1 200 000 immeubles détruits ou endommagés. La production agricole est bien plus fortement amputée qu'en 1918. Dans l'immédiat, c'est d'abord la situation critique des transports – aussi bien en ce qui concerne les infrastructures que les matériels – qui fait obstacle au rétablissement d'une activité normale. Au total, les dommages peuvent être évalués à plus du quart de la fortune nationale (au lieu d'un dixième pour la Première Guerre mondiale). À cela s'ajoutent les effets moins visibles du non-renouvellement de l'outillage au cours de six années de guerre, faisant suite à neuf ans de dépression.

Face à l'ampleur des destructions, la réaction de la France a été très différente de celle de 1918. Les illusions du premier après-guerre sur les réparations allemandes ne se sont pas renouvelées. Un très large accord s'est réalisé dans tous les secteurs de l'opinion, par-delà les divisions politiques, pour attribuer une priorité absolue aux tâches de la reconstruction. La CGT, le PC s'engagent sans réserve dans la « bataille de la production », comme en témoigne le célèbre discours de Maurice Thorez aux mineurs de Waziers, en juillet 1945 : « Produire, produire et encore produire, faire du charbon, c'est aujourd'hui la forme la plus élevée de votre devoir de classe, de votre devoir de Français. » La quasi-absence de grèves jusqu'à l'exclusion des ministres communistes (en mai 1947) contraste avec les grèves géantes de 1919-1920.

Non moins caractéristiques apparaissent les conditions du rétablissement de la semaine de 40 heures. Le principe des 40 heures est rétabli par une loi de février 1946, parce que c'est un symbole, mais son application effective est subordonnée sans aucune équivoque aux nécessités de la reconstruction. L'article premier ne proclame même pas : « La durée normale du travail est de 40 heures par semaine », quitte à prévoir ensuite toutes les dérogations requises ; il est ainsi rédigé : « Les heures supplémentaires effectuées au-delà d'une durée normale de 40 heures par semaine donneront lieu à une majoration de salaire. » La durée effective du travail redevient voisine de ce qu'elle était après 1919, et le restera jusqu'au milieu des années 1960. C'est là un retournement remarquable par rapport à 1936 : la durée du travail est désormais plus élevée en France qu'à l'étranger, où en général (les États-Unis mis à part) la tendance de longue période à la diminution du temps de travail a continué à s'exercer de façon plus ou moins régulière.

Mais la condition implicite de cet effort de travail était qu'il ne reste pas sans contrepartie : il devait absolument s'accompagner d'un effort d'investissement qui, pour la grande majorité de l'opinion, ne pouvait avoir lieu que sous l'impulsion et sous le contrôle de l'État. La France de la Libération est animée, bien au-delà des partis de gauche, d'un esprit anticapitaliste dont on a peine aujourd'hui à imaginer l'intensité. Pour l'ensemble des courants de la Résistance, la défaite et la collaboration ont été une sorte de révélateur de la « faillite des classes dirigeantes ». La condamnation porte en premier lieu sur la « dictature des féodalités économiques », le pouvoir des « trusts », et le « malthusianisme économique » de l'entre-deux-guerres dont on les rend responsables. De toute façon, la plupart des « dirigeants et privilégiés » se sont « disqualifiés » – c'est le général de Gaulle qui s'exprime en ces termes –

sous le régime de Vichy. Il incombe donc à l'État de prendre le relais : « Oui, désormais, c'est le rôle de l'État d'assurer lui-même la mise en valeur des grandes sources d'énergie : charbon, électricité, pétrole, ainsi que les principaux moyens de transport… C'est son rôle de disposer du crédit, afin de diriger l'épargne vers les vastes investissements… » (discours du général de Gaulle devant l'Assemblée constituante, en mars 1945). Trois grands axes se dégagent clairement : la priorité aux secteurs de base (énergie et transports), dont dépend le relèvement du reste de l'économie ; l'importance cruciale des investissements qui, par-delà la reconstruction, doivent être orientés vers la modernisation du potentiel de production ; et enfin, la nécessité pour l'État de prendre en main les « leviers de commande » (à commencer par le crédit) en vue de contrôler et orienter les investissements. Les réformes de structures de 1945-1946 découlent directement de cet ensemble de priorités.

2. *Les réformes de structure : les nationalisations et le Plan*

Le contraste est frappant avec la quasi-absence de réformes de structure dans le programme du Front populaire. Au contraire, les nationalisations tiennent une place centrale dans le programme du Conseil national de la Résistance, adopté en mars 1944, et qui sert de charte commune aux trois partis (communistes, socialistes et MRP) associés au gouvernement lors de la Libération sous la présidence du général de Gaulle. Le ralliement des communistes aux nationalisations a été relativement tardif (en janvier 1945 encore, *l'Humanité* rappelle que les nationalisations ne sont pas intrinsèquement une réforme socialiste, tandis que M. Thorez s'affirme résolu à « ne pas aider le régime capitaliste à s'amender »), et celui du MRP passablement ambigu. L'ambiguïté portait notamment sur la délimitation des branches nationalisables : le programme comportait un « noyau central » de nationalisations prioritaires (énergie, transports, crédit), avec des extensions aux contours moins nettement définis, mais qui devaient englober, entre autres, les mines de fer, la sidérurgie et les industries chimiques.

En fait, le processus s'est déroulé en deux temps. D'abord, au lendemain de la Libération, se situe la phase des nationalisations « spontanées » de l'automne 1944, réalisées sous la pression directe des travailleurs (dans des entreprises dont les patrons étaient accusés de collaboration), et consacrées par ordonnance : c'est le cas de Renault et des Charbonnages du Nord. La seconde phase est celle des « nationalisations légales », votées par l'Assemblée constituante avant et après le départ du général de Gaulle, phase également très brève, puisque les nationalisations essentielles (crédit et assurances, gaz et électricité, ensemble des houillères) ont eu lieu entre décembre 1945 et mai 1946. L'organisation des transports aériens et maritimes en compagnies d'économie mixte interviendra en 1948, dans un contexte politique déjà très différent. L'ensemble ainsi formé n'est pas pleinement cohérent ; les banques d'affaires ont échappé de justesse à la nationalisation, la sidérurgie a été finalement laissée de côté.

Pas plus que la création en février 1945 des comités d'entreprise dans le secteur privé, les nationalisations n'ont suffi à transformer de façon décisive en faveur du personnel les rapports du pouvoir au sein de l'entreprise. Mais elles ont été, pour le gouvernement, l'instrument d'une modernisation rapide des secteurs de base, et c'était bien là le plus urgent pour surmonter les pénuries. Comme l'explique en mars 1946 Marcel Paul, ministre communiste de la Production industrielle, lors du débat sur la nationalisation de l'électricité : « L'électricité, c'est l'armée de la reprise économique française... Il faut considérer le problème de l'électricité sous l'aspect d'une mobilisation... On doit mobiliser avec férocité tous les moyens énergétiques. »

La mise en place d'un plan économique national figurait

également dans le programme du Conseil national de la Résistance, mais elle a donné lieu à beaucoup moins de passions et s'est effectuée dans une relative discrétion. Le commissariat général du Plan, réunissant à peine quelques dizaines de fonctionnaires, a été créé en 1946 sous la direction de Jean Monnet. Le premier « Plan de modernisation et d'équipement » a été adopté en janvier 1947 pour la période 1945-1950. Le Plan devait servir à coordonner l'activité du secteur public, et au-delà à orienter les efforts de reconstruction en préparant les bases d'une croissance à long terme. Il ne s'agissait pas du reste d'un Plan exhaustif, puisqu'il ne fixait d'objectifs précis que pour les activités de base – énergie, acier, ciment, transports, matériel agricole. Cependant, les moyens dont dispose l'État pour agir sur l'économie dans son ensemble sont alors considérables, puisque les fonds publics financent durant toute cette période entre la moitié et les deux tiers des investissements ; le Ier Plan devait d'ailleurs être prorogé jusqu'en 1952, pour assurer la répartition des crédits américains de l'aide Marshall.

Contrairement aux nationalisations, réalisées « une fois pour toutes » et dont les frontières n'ont plus varié (jusqu'en 1981-1982), la planification française est demeurée depuis les années 1950 une réalité en constante évolution. Le IIe Plan (1954-1957) marque un élargissement notable à de nouvelles activités et à de nouveaux objectifs (industries de transformation, construction de logements, recherche scientifique, aménagement du territoire). En même temps, se développe l'« économie de concertation », notamment dans le cadre des commissions du Plan, où se retrouvent hauts fonctionnaires et représentants des secteurs d'activité.

Il faut signaler enfin la naissance de la Sécurité sociale, avec les ordonnances de 1945, puis la loi de mai 1946. Quant aux allocations familiales, leur taux est fortement majoré, de sorte que leur montant relatif (exprimé en prenant comme étalon le salaire moyen) atteint dans l'immédiat après-guerre un niveau très supérieur à celui de 1938, et qui ne devait d'ailleurs pas cesser de diminuer par la suite.

3. Le renouveau démographique

La Première Guerre mondiale, déjà, avait été suivie d'une reprise temporaire de la natalité. Mais la Seconde Guerre mondiale marque bien davantage un tournant de l'histoire démographique : le redressement de la natalité a été plus précoce (il s'amorce dès 1942), bien plus ample et plus durable.

Le redressement de la fécondité se traduit par une remontée du taux de natalité (pour la moyenne des années 1946-1950) à 21 ‰, niveau qui n'avait plus été atteint depuis un demi-siècle. Mais surtout, contrairement à ce qui s'était passé au cours des années 1920, le taux de natalité n'a que faiblement baissé au cours des années 1950, oscillant jusqu'en 1960 entre 18 ‰ et 19 ‰ ; il atteindra encore – malgré la rechute de la fécondité, qui commence alors à se confirmer – 17 ‰ pour la moyenne des années 1966-1973. La proportion de « familles nombreuses » enregistre un redressement inattendu, tandis que se raréfient les couples sans enfant.

Répartition des familles selon le nombre d'enfants

	Couples constitués en :	
	1920-1924	1950-1951
Familles de 0 ou 1 enfant	46 %	31 %
Familles de 3 enfants ou plus	27 %	38 %

La mortalité continuant à reculer, le taux d'accroissement naturel – qui était pratiquement nul avant guerre – remonte à 0,8 % par an entre les recensements de 1946 et de 1962, rythme de croissance le plus rapide de l'histoire démographique française.

La proportion des moins de 20 ans réaugmente jusqu'en 1962, tandis que le vieillissement se poursuit : la classe d'âge intermédiaire se trouve donc « comprimée » entre les deux extrêmes. D'autres facteurs encore contribuent à la diminution du taux d'activité : l'abaissement de l'âge de la retraite, l'allongement de la scolarité, et surtout l'étonnante diminution du taux d'activité féminin jusqu'au minimum de 1962 (27,5 % contre 36 % en 1901).

Le recul du taux d'activité général a été compensé par le maintien d'une durée du travail plus élevée que partout ailleurs en Europe, par une reprise de l'immigration et surtout par l'ampleur des gains de productivité. La faiblesse de l'« offre de main-d'œuvre » contribue aussi à expliquer le maintien du plein-emploi à travers toute cette période, avec des taux de chômage inférieurs à 1 %.

Il est difficile de se prononcer sur le rôle respectif de chacun des facteurs envisagés ci-dessus dans le redressement économique d'après guerre. Toute interprétation en termes de causalité univoque doit être rejetée. Ainsi, il y a eu interaction manifeste entre l'expansion économique et l'expansion démographique, qui en est à la fois la cause et la conséquence. Mais on doit aussi reconnaître le rôle essentiel joué par le Plan, qui a consisté moins à fournir un ensemble réellement cohérent de prévisions (puisqu'en fait, les divergences entre l'évolution effective et les objectifs des premiers plans ont été considérables) qu'à créer un climat général de confiance dans un processus de croissance ininterrompue ; ainsi les *anticipations de croissance*, en suscitant un flux d'investissement important et constamment accru, deviennent du même coup le facteur décisif de la croissance. Quant aux nationalisations, elles ont pu contribuer de façon déterminante à l'« amorçage de la pompe », non plus en un sens purement conjoncturel (« keynésien »), mais à travers l'effort initial d'investissement qu'elles ont permis de réaliser.

II. Les étapes du relèvement

1. Le succès de la reconstruction

Le succès de la reconstruction, c'est d'abord le relèvement de la production, plus rapide que lors du premier après-guerre, malgré des destructions plus considérables. Il avait fallu environ six ans pour retrouver, en 1924, le produit national de 1913. Après la Libération, le niveau de production de 1938 est retrouvé dans le courant de l'année 1948 ; le caractère fortement déprimé de l'activité économique en 1938 réduit, il est vrai, la portée de cette comparaison ; mais le maximum de 1929 se trouve lui-même dépassé dès 1949. L'ordre dans lequel les différentes branches ont retrouvé leur niveau de production ou d'activité d'avant guerre est particulièrement significatif, car il reflète bien les priorités de la reconstruction. C'est le cas dès le mois de décembre 1945 pour les transports ferroviaires et la production de charbon. L'évolution ultérieure de l'extraction houillère a été moins favorable, et l'objectif de 65 millions de tonnes fixé pour 1950 est loin d'être atteint (avec 52,5 millions de tonnes seulement). En revanche, la production hydro-électrique s'accroît de façon spectaculaire, avec l'achèvement dès 1949 du barrage de Génissiat et de plusieurs centrales dans les Alpes. La capacité de raffinage pétrolier connaît un développement encore plus rapide (on passe de 8 millions de tonnes en 1938 à 16 millions en 1950), et qui dépasse même l'objectif du Plan. Le goulet d'étranglement énergétique s'est donc trouvé progressivement desserré. Parmi les industries de transformation, la diversité est très grande, depuis le textile qui, en 1949, retrouve tout juste son niveau de production fort médiocre de 1938, jusqu'aux industries les plus dynamiques – comme les industries chimiques, celles de l'automobile et du caoutchouc – qui ont alors déjà largement dépassé le niveau de 1929. Les industries mécaniques dans leur ensemble, cependant, l'automobile mise à part, sont dans une situation assez peu brillante : les exportations d'acier brut ont encore augmenté par rapport à l'avant-guerre. La nécessité de remédier à ces distorsions explique l'infléchissement vers les industries de transformation des priorités du IIe Plan. L'agriculture, enfin, ne retrouve qu'en 1950 le niveau de production de 1938 ; mais l'effort de mécanisation déjà engagé va permettre de maintenir une croissance soutenue avec une main-d'œuvre en diminution rapide : en 1950, le parc des tracteurs est 5 fois plus élevé qu'en 1938, et la production annuelle de tracteurs 10 fois supérieure à son maximum de 1929.

Ce redressement a été acquis à travers d'intenses déséquilibres, mais l'ampleur de ces déséquilibres est allée en décroissant, et ils pouvaient paraître à peu près maîtrisés vers 1949-1950.

L'un des faits majeurs de l'après-guerre est le retard du relèvement du pouvoir d'achat des salariés par rapport au rétablissement de la production. Au printemps 1947, le pouvoir d'achat des salaires reste inférieur d'un tiers à son niveau de 1938 ; il tend par la suite à se redresser, mais selon un rythme relativement lent et surtout très heurté. La compression de la consommation a ainsi indirectement servi à financer l'effort d'investissement – ce qui n'est pas sans évoquer les conditions du premier après-guerre, lui aussi fortement inflationniste.

La hausse des prix résulte d'abord des pénuries alimentaires. L'année 1948 est celle qui connaît le rythme de hausse maximum, mais aussi celle qui prépare le rétablissement des équilibres. La suppression des subventions budgétaires sur l'énergie et les produits de base fait monter l'indice des prix industriels, qui tend à rejoindre celui des prix agricoles. Les salariés sont encore une fois perdants dans l'immédiat, mais le retour à une certaine « vérité des prix » permet l'abolition, en 1949, du rationnement des biens de consommation, sans provoquer de déséquilibre ni relancer la hausse des prix ; cette dernière est retombée pour la première fois, au début de 1950, au voisinage d'un rythme annuel de 10 %. Le SMIG (salaire minimum interprofessionnel garanti, destiné à protéger le pouvoir d'achat contre l'inflation, mais non pas encore à assurer sa progression régulière) est institué en 1950.

Le rétablissement des équilibres extérieurs, grandement facilité à partir de 1948 par l'aide américaine, semble aussi en voie de réalisation vers la même date. Le franc est dévalué par rapport à la livre et au dollar, en 1948, puis en 1954 ; les nouvelles parités s'établissent à 980 francs pour 1 livre, et 350 francs pour 1 dollar ; en dix ans, de 1939 à 1949, le franc a perdu environ 80 % de sa valeur par rapport à la livre et 90 % par rapport au dollar. (Cette dévaluation ne sera certes pas la dernière, mais il est relativement réconfortant de remarquer que, de 1949 à 1984, le franc aura « seulement » perdu la moitié de sa valeur par rapport au dollar, et moins encore par rapport à la livre, alors qu'entre 1914 et 1949, donc en 35 ans également, le franc avait perdu 98 % de sa valeur par rapport à la livre et 99 % par rapport au dollar). Le retour à une relative stabilité monétaire aura donc exigé 4 ans, au lieu de 8 ans entre 1918 et 1926. La balance commerciale française redevient, en 1950, quasiment équilibrée, le taux de couverture des importations par les exportations atteignant 96 %. Le bilan de cette période se caractérise donc à la fois par le redressement de la production et par le rétablissement des équilibres. Toutefois, ces deux résultats ne sont pas à mettre sur le même plan : le dynamisme de la croissance est désormais bien assuré ; au contraire, les équilibres fondamentaux vont se révéler très fragiles.

2. *La croissance des années 1950*

Il s'agit d'une période de croissance ininterrompue (même la plus « mauvaise » année, 1953, enregistre un taux de croissance positif), qui prolonge à bien des égards la phase précédente. Le IIe Plan avait retenu, pour 1954-1957, l'objectif d'une croissance annuelle de 6 %, et cet objectif ambitieux ne sera pas loin d'être atteint.

Les années 1950 représentent un tournant dans l'histoire de l'agriculture française, qui devient en quelques années un des points forts de l'économie. Les rendements moyens commencent à se rapprocher des agricultures les plus évoluées d'Europe, l'effort d'équipement s'accélère (le parc de tracteurs a de nouveau triplé entre 1950 et 1957), et les gains de productivité dépassent tous les records (6,8 % par an entre 1949 et 1962, contre 5,5 % pour l'ensemble de l'économie, alors qu'on avait cru longtemps à une impossibilité « naturelle » pour l'agriculture de réaliser des gains de productivité comparables à ceux de l'industrie). L'agriculture contribue indirectement à la croissance des autres secteurs, en libérant de la main-d'œuvre à un rythme jamais atteint dans le passé : chaque année, la diminution de l'emploi agricole représente l'équivalent de près de 1 % de la population active totale ; la part des deux autres secteurs augmente au sein de l'emploi total, mais celle de l'industrie nettement plus que celle du tertiaire.

Le poids relatif des différentes branches industrielles continue également à se modifier. Au recensement de 1954, l'emploi dans les industries métallurgiques et mécaniques dépasse pour la première fois l'emploi textile ; ce renversement est l'aboutissement d'une évolution de longue période. Le dynamisme de la sidérurgie doit être rapproché de la signature, en 1951, du traité instituant la Communauté européenne du charbon et de l'acier (CECA), qui entre en vigueur en 1953 ; cette doyenne des « Communautés européennes » est aussi celle qui comporte le plus fort élément de supranationalité. Les pays de la CECA réussissent à abaisser le niveau relatif de leurs prix de revient, et à élargir nettement en quelques années leur part au sein de la production et des exportations mondiales. Cette prospérité, il est vrai, sera de courte durée, et la sidérurgie française a participé dans une moindre mesure que celle des partenaires de la France à l'essor général ; les industries situées en aval ont néanmoins été bénéficiaires.

Un autre secteur qui se trouve désormais entraîné dans la croissance est la construction de logements. Le redressement, en ce domaine, a été tardif, puisque le nombre moyen annuel de logements construits entre 1948 et 1952 ne dépassait pas 90 000. Le logement devient l'une des priorités du IIe Plan, les aides à la construction sont renforcées notamment en 1953, et le rythme de construction s'élève à 250 000 par an pendant la durée du Plan, puis à 320 000 en 1959.

De façon générale, l'effort d'investissement s'est poursuivi sur sa lancée des années d'après guerre ; après un ralentissement temporaire vers 1952, le taux d'investissement dépasse de nouveau 20 % dans les années 1954-1958. Comme durant la période de reconstruction, l'investissement est assuré en grande partie dans tous les secteurs par des financements publics, et les investissements publics eux-mêmes – ceux des entreprises nationales et des administrations – représentent toujours une proportion élevée de l'investissement total. Mais cette proportion commence à décroître (39,4 % entre 1949 et 1953, 34,8 % entre 1954 et 1958). Autrement dit, ce sont les investissements du secteur privé, encouragés par les aides publiques, qui tendent de plus en plus à prendre la relève. L'autofinancement est élevé dans la plupart des branches, et l'on assiste aux premiers signes d'une reprise du financement boursier (émission de valeurs sur le marché financier).

La croissance est donc bien lancée, et son dynamisme est d'autant plus remarquable qu'elle se poursuit à travers une succession de déséquilibres.

3. Limites et fragilité du redressement

En termes purement quantitatifs, d'abord, la croissance française, comparée à celle des autres grands pays européens, apparaît seulement honorable : elle est nettement supérieure à celle de la Grande-Bretagne, mais le taux de croissance français n'atteint ni celui de l'Allemagne, ni celui de l'Italie, pour ne rien dire du Japon (personne ne parle de « miracle économique français », comme on parle de miracle japonais, allemand ou italien). Au sein de la CECA, si on compare l'évolution de la production d'acier, la production française a augmenté de 40 % entre 1950 et 1958, mais l'Allemagne – à partir d'un niveau initial très supérieur – et l'Italie – à partir d'un niveau initial plus faible – ont l'une et l'autre doublé la leur. Un autre signe est peut-être plus inquiétant : la croissance de la production française d'acier n'a pas suivi celle de l'extraction de minerai de fer en France, qui a elle aussi doublé entre 1950 et 1958 et dont une proportion croissante est exportée brute. Plus généralement, le taux d'investissement, qui est à la fois un *facteur* de la croissance et un *reflet* de son dynamisme, est lui aussi intermédiaire entre le taux d'investissement des pays à croissance lente (Grande-Bretagne, Belgique, États-Unis) et celui qu'atteignent la plupart des autres pays européens et le Japon.

L'évolution des structures économiques (du point de vue de la concentration par exemple) et celle des mécanismes de croissance ne révèlent pas encore de mutation décisive. La production reste orientée vers le marché interne, surtout si on rattache au marché interne les marchés fortement protégés de l'Union française. Les pays de la zone franc absorbent 30 à 40 % des exportations françaises, ce qui dépasse encore la part des marchés coloniaux dans les années 1930. Il est vrai que le montant global des exportations françaises hors zone franc a presque doublé entre 1950 et 1957, mais leur part dans le PIB reste très faible (6 % environ). La France a d'autre part la plus grande difficulté à respecter ses obligations à l'égard de ses partenaires de l'Organisation européenne de coopération économique en matière de libération des échanges (suppression des contingentements), et de fait les respecte fort mal, non par déloyauté, mais en raison de la situation précaire de sa balance des paiements.

Ce qui conduit à évoquer les déséquilibres de la croissance française des années 1950. Il ne s'agit pas du chômage (qui est très faible), mais de deux déséquilibres étroitement associés : la hausse inflationniste des prix, et le déficit extérieur. La conjonction est d'autant plus étroite qu'en régime de changes fixes, la hausse des prix intérieurs a pour effet immédiat de stimuler les importations et de pénaliser les exportations, à moins bien sûr qu'on ne se résigne à dévaluer. Le problème n'est pas propre à la France : la Grande-Bretagne doit, à plusieurs reprises, « casser son expansion » pour éviter une dévaluation. Mais l'économie française d'après guerre est particulièrement vulnérable à l'inflation. On relève deux grandes poussées inflationnistes, en 1951-1952 et en 1956-1957, séparées par une phase bienheureuse – mais très brève – de croissance dans la stabilité des prix vers 1954-1955. Les deux phases d'inflation diffèrent à la fois du point de vue de l'origine de la poussée inflationniste et du point de vue de la réaction gouvernementale face aux déséquilibres internes et externes.

L'inflation de 1951 est une inflation mondiale, provoquée par la guerre de Corée, et qui correspond à une hausse particulièrement brutale du cours des matières premières. Les conséquences de cette inflation ont été combattues en France par le gouvernement Pinay, au prix d'un coup de frein très marqué aux dépenses publiques, aux investissements et à la croissance : c'est un exemple typique de sacrifice temporaire de la croissance au rétablissement de l'équilibre, non sans succès d'ailleurs. Le nouvel élan de l'inflation à partir de 1956-1957 est beaucoup plus grave, d'abord parce qu'il s'agit cette fois d'une inflation purement française : la cause principale en est l'alourdissement des charges de la guerre d'Algérie. De plus, les gouvernements français ont renoncé en l'occurrence à agir sur l'inflation, donnant la priorité au maintien de la croissance. Deux corollaires de ce choix ont largement contribué à discréditer la IVe République. Tout d'abord, les manipulations de l'indice officiel des prix, pour empêcher de jouer les mécanismes d'augmentation du SMIG : c'est là un comportement assez choquant de la part d'un gouvernement socialiste, et qui contribue à accentuer la réouverture de l'éventail des salaires (sur l'ensemble des années 1950, du reste, les inégalités de revenu ont eu tendance à réaugmenter). Mais c'est surtout le déficit extérieur qui prend un tour aigu en 1957 : les réserves de change baissent dangereusement, et les derniers gouvernements de la IVe République doivent solliciter des crédits extérieurs dans des conditions passablement humiliantes, sans parvenir à éviter la dévaluation.

L'opinion est plus sensible aux déséquilibres qu'à la croissance, qui est un phénomène progressif, mal perçu, parfois même dénigré. La IVe République a surtout laissé le souvenir de la crise financière aiguë de ses dernières années, ce qui est injuste : le chemin parcouru depuis 1945 sur la voie du redressement économique est impressionnant. Néanmoins, lorsque le traité de Rome a été conclu en 1957, le pari pouvait paraître hautement risqué, dans les conditions de déséquilibre du moment. Ce sera l'objet du prochain chapitre d'étudier l'adaptation de l'économie française à partir de 1958 aux exigences nouvelles de l'intégration européenne.

2

L'économie française dans le Marché commun : l'essor des années 1958-1973

Les dévaluations ont souvent coïncidé en France, depuis un demi-siècle, avec les grandes dates de l'histoire politique : c'est le cas en 1936, en 1958, en 1969, en 1981. Il est parfaitement compréhensible qu'un nouveau gouvernement saisisse l'occasion qui lui est offerte d'apurer les effets de la gestion passée et de repartir sur des bases nouvelles. La dévaluation de 1958 s'inscrit donc dans une longue lignée : dévaluation manifestement inévitable (compte tenu du niveau relatif des prix français et de l'épuisement des réserves de change), qui ne faisait d'ailleurs que ratifier des mesures de circonstances prises en 1957 ; dévaluation au demeurant d'amplitude assez modérée, puisque le franc ne perd au total que 30 % par rapport à sa parité de 1949. Cette dévaluation de 1958 marque néanmoins un tournant majeur – d'abord par la volonté hautement proclamée de rompre avec le laxisme financier du régime précédent ; et le redressement financier (confié d'ailleurs à un homme de la IVe République, A. Pinay) est effectivement très frappant dès 1959. D'autre part, la dévaluation de 1958 peut être considérée comme le prélude à l'entrée de l'économie française dans le Marché commun des « Six ».

La mise en place du Marché commun domine en effet l'évolution économique des années 1960. Il s'agit d'un choix économique fondamental hérité de la IVe République, et dont certaines implications n'ont pas été acceptées sans difficulté par la Ve République, comme en témoignent les crises répétées entre la France et ses partenaires. Mais le fait même que la construction européenne préserve son dynamisme à travers toutes les frictions de la phase initiale prouve bien le caractère irréversible de ce choix. L'ouverture extérieure devient pour l'économie française à la fois un des principaux moteurs de la croissance, et une source de contraintes nouvelles. L'adaptation à ces contraintes apparaît, de façon de plus en plus explicite, comme l'axe principal de la politique économique des années 1960 – nous le montrerons dans la première section. Nous envisagerons ensuite, dans la seconde section, le comportement de l'économie française, sa croissance et ses transformations.

I. Les impulsions nouvelles

1. L'ouverture extérieure

Les objectifs économiques du Marché commun correspondent aux objectifs généraux de toute politique libre-échangiste : élargir le marché pour mieux bénéficier de l'*avantage comparatif* de l'économie française dans certains secteurs, et pour faire jouer les *économies d'échelle* statiques (c'est-à-dire les avantages de la production en grand) et dynamiques (la réduction des coûts unitaires liée à une production croissante) ; mais il s'agit aussi d'utiliser la pression de la concurrence étrangère pour forcer les producteurs nationaux à se moderniser, tout en accélérant la disparition des entreprises inefficaces et incapables de s'adapter. Les réactions à la signature du traité de Rome ont été, comme toujours, partagées, mais l'accueil favorable d'une partie au moins des milieux d'affaires traduit bien la confiance retrouvée dans la capacité concurrentielle de l'industrie française.

Le traité de Rome, dans ses dispositions essentielles,

prévoyait d'une part une accélération de la libération des échanges (c'est-à-dire l'élargissement très rapide, puis la suppression des contingentements), et d'autre part la réduction progressive des droits de douane sur les échanges mutuels, jusqu'à leur suppression totale au terme d'une période transitoire qui devait durer 12 à 15 ans. L'instauration du libre-échange « interne » (au sein de la Communauté économique européenne) ne devait nullement s'accompagner d'un protectionnisme renforcé à l'égard du reste du monde : la CEE devait se contenter initialement de maintenir à l'égard des pays tiers un *tarif extérieur commun*, calculé d'après la moyenne des droits de douane appliqués jusqu'alors par les pays membres (ce qui équivalait déjà, pour une économie fortement protégée comme l'économie française, à une sensible réduction du tarif antérieur). La première réduction – de 10 % – des droits de douane sur les échanges mutuels est intervenue le 1er janvier 1959, et les étapes suivantes se sont déroulées selon un rythme plus rapide que ne l'avait prévu le traité de Rome : dès le 1er juillet 1962, l'abaissement des droits de douane sur les produits industriels atteignait 50 % par rapport à 1958 (ce qui représentait une avance de deux ans et demi sur le calendrier prévu), et l'abolition totale est intervenue le 1er juillet 1968 (avec une nette avance, là encore, sur l'échéance initiale). Simultanément, la *politique agricole commune* se met en place en vertu d'un accord très difficilement acquis en 1962, et donne naissance à un système de prix garantis et de subventions pour les principaux produits agricoles.

La formation du Marché commun a eu pour effet immédiat une accélération remarquable des échanges extérieurs des six pays, dont les exportations augmentent globalement de 12 % par an en moyenne entre 1958 et 1965. Chacune des six économies voit augmenter son *taux d'ouverture*. Le commerce des Six représente une proportion croissante des échanges mondiaux ; et la part des échanges intracommunautaires progresse dans le commerce total de chacun des pays membres. L'évolution a été particulièrement significative dans le cas de la France. Le rapport exportations/PNB, qui avait seulement augmenté de 12,4 % en 1950 à 13,0 % en 1960, atteint 18,3 % en 1973. Cette expansion globale s'accompagne d'une véritable réorientation géographique : en 1952, les cinq futurs partenaires de la France n'absorbaient que 16 % des exportations françaises, contre 42 % pour les pays de la zone franc ; en 1970, les proportions sont complètement inversées, 50 % et 10 % respectivement (les données de la Comptabilité nationale font apparaître une évolution plus brusque encore pour l'ensemble « DOM-TOM », dont la part s'effondre de 30 % des exportations françaises en 1960 à 3,9 % en 1970). Tandis que les exportations françaises connaissent une progression sans précédent, réciproquement, le marché français est de plus en plus intensément pénétré, surtout en ce qui concerne les produits industriels : le rapport importations totales/production intérieure augmente, entre 1959 et 1972, de 11 % à 19 % pour les biens industriels de consommation ; de 18 % à 31 % pour les biens intermédiaires ; de 8 % à 21 % pour les biens d'équipement.

La *contrainte extérieure* devient dès lors la donnée cruciale autour de laquelle s'organise la politique économique française. Dès le mois de novembre 1958, le général de Gaulle formait une commission dirigée par J. Rueff et L. Armand, pour dresser le bilan des « rigidités » qui font obstacle à l'expansion et pour proposer des mesures de retour à la « vérité des prix ». Le IVe Plan, mais surtout le Ve Plan – élaboré en 1965 pour la période 1966-1970 – sont placés sous le signe de la « compétitivité de l'industrie française ». Cette orientation fondamentale s'exprime très clairement dans une approche nouvelle de la planification. Le nouveau modèle « physico-financier » (baptisé modèle FIFI) représente un pas décisif vers une planification en valeur (et non plus seulement en volume), prenant en compte l'influence des flux financiers. Il repose sur une distinction fondamentale entre les secteurs « protégés » (c'est-à-dire ceux qui se trouvent relativement à l'abri de la concurrence internationale, et qui sont en mesure de fixer leurs prix, de façon à dégager l'autofinancement nécessaire à leurs investissements) et les secteurs « exposés » (c'est-à-dire ceux qui subissent directement la concurrence étrangère, et qui doivent s'adapter à des prix déterminés par une contrainte extérieure). Le sort de l'économie française se joue dans les secteurs exposés. L'idée directrice est que seuls des groupes « de dimension internationale » sont capables de mener l'effort d'investissement, de recherche, d'innovation et de pénétration commerciale nécessaire pour affronter la concurrence internationale. L'objectif essentiel de la politique du gouvernement consiste donc à faciliter « la création ou le développement de groupes à capitaux français de taille internationale ». Des dispositions juridiques et fiscales sont adoptées, notamment en 1965 et en 1967, pour éliminer les obstacles à la concentration.

Les exigences de l'ouverture extérieure conditionnent également, comme nous allons le voir, la politique des investissements et la politique énergétique.

2. *L'accélération des investissements*

L'effort d'investissement accompli depuis la Libération constituait déjà la base du redressement économique. Mais l'accélération des années 1960 n'en apparaît que plus remarquable : entre 1960 et 1974, le taux de croissance annuel des investissements, en valeur réelle, atteint 7,7 % par an (ce qui dépasse largement la croissance pourtant rapide de la production). L'économie française tend donc à rejoindre le groupe des pays à taux d'investissement très élevé : d'un peu moins de 20 % dans les années 1950, le taux d'investissement passe à 23,5 % sur la moyenne des années 1965-1973, pour atteindre 24,7 % en 1974 ; on ne trouve guère d'exemple d'une telle progression au cours de cette période parmi l'ensemble des pays européens. L'accélération est au moins aussi marquée lorsqu'on envisage les investissements directement productifs ou l'évolution du capital par travailleur. L'investissement intervient comme facteur direct d'accroissement quantitatif des capacités de production, mais en même temps il contribue aussi à la croissance à travers le progrès technologique dont il est le support. Le développement des investissements s'accompagne d'ailleurs de façon significative d'une forte progression des dépenses de recherches, dont l'État prend en charge une part importante au début des années 1960 : la part des dépenses de recherches dans le budget de l'État passe de 2,5 % en 1958 à 6,2 % en 1967, pour ensuite se stabiliser ou diminuer quelque peu.

De façon générale, l'État cherche avant tout à encourager les investissements privés, tandis que l'importance relative des investissements publics diminue très sensiblement. La part des administrations et des entreprises publiques dans l'investissement total, qui s'élevait, comme on l'a noté, à 38,4 % en 1949-1953 et encore à 34,8 % en 1954-1958, n'est plus que de 28,5 % en 1969-1973 ; pour les entreprises publiques seules, leur part dans l'investissement total a diminué de près de moitié en vingt ans (bien que le volume de leurs investissements ait, bien entendu, continué à augmenter en valeur absolue), tandis que les subventions aux entreprises nationales sont elles aussi réduites en valeur absolue. Ce n'est du reste que l'un des aspects d'une politique d'ensemble qui tend à réduire le poids économique de l'État. Cette politique, esquissée dès les années 1950, avait été d'abord fortement contrariée par le développement des guerres coloniales ; elle reprend cependant dès 1958, avant même la fin de la guerre d'Algérie ; et, sur l'ensemble de la période, le budget de l'État passe de 28 % du PIB en 1956-1957 à 21,4 % en 1972. Le rapport impôts/PIB est ramené de 23,1 % en 1959 à 22,2 % en 1973. L'allégement de la charge fiscale devait profiter essentiellement aux entreprises, à travers l'allégement de la fiscalité indirecte.

Répartition de la valeur ajoutée du secteur sociétés (en %)
(grandes entreprises nationales non comprises)

	1962-1965	1970-1972
Charges salariales	61	64
Impôts liés à la production	13	7
Excédent brut d'exploitation	26	29

La réduction relative de près de moitié des impôts liés à la production a donc permis de compenser l'accroissement des charges salariales (dû essentiellement aux cotisations de Sécurité sociale), et même au-delà, puisque la part de l'excédent brut d'exploitation augmente, ce qui contribue à soutenir les possibilités d'autofinancement, et par suite les investissements.

À cela s'ajoutent des encouragements directs en faveur de l'épargne privée et des investissements privés. Les entreprises bénéficient notamment de l'instauration, dès 1960, d'un régime d'amortissement dégressif (qui favorise le renouvellement accéléré des équipements), et les particuliers de mesures favorables aux revenus du capital (création de l'avoir fiscal, qui atténue la double imposition des revenus du capital-actions ; institution d'un prélèvement libératoire sur les revenus des obligations). Les années 1960 se caractérisent ainsi à la fois par une accentuation des inégalités de revenu (du moins jusque vers 1965-1967) et par un développement notable de l'épargne des ménages : calculé par rapport au revenu disponible des ménages, le taux d'épargne, qui avait oscillé entre 12 % et 13 % au cours des années 1950, croît ensuite assez régulièrement pour atteindre 16,6 % entre 1969 et 1973. Une partie de cette épargne individuelle sert à financer la construction de logements, qui représente une part élevée et stable de l'investissement total (environ un quart). Une autre partie vient se placer sur le marché financier : les émissions de valeurs mobilières – actions et obligations – retrouvent à côté de l'autofinancement une part plus importante dans le financement des investissements. Ces deux sources, cependant, ne suffisent pas. L'essor des investissements au cours des années 1960 est également fondé sur un accroissement de l'endettement bancaire à court, moyen et long terme (qui représente un facteur de vulnérabilité et de dépendance pour les firmes), et sur un flux important d'investissements étrangers en France (qui constitue un facteur nouveau de dépendance extérieure pour l'économie française).

L'évolution énergétique, quant à elle, tend à accentuer une forme de dépendance extérieure aussi ancienne que le développement de l'industrie moderne en France.

3. Le coût décroissant de l'énergie

L'économie française bénéficie durant toute cette période d'une diminution impressionnante et continue du prix réel de l'énergie. Cette baisse est générale pour les différentes formes d'énergie, et elle s'explique partiellement par les gains de productivité réalisés en France même par le secteur énergie. Mais la baisse est particulièrement marquée sur le pétrole, en raison du coût décroissant d'extraction, et d'une situation du marché mondial demeurée nettement défavorable aux pays producteurs durant encore toute une décennie après la création de l'OPEP en 1960. Le coût de la thermie provenant du fuel baisse de près de 60 % entre 1958 et 1970, et le rapport avec le coût de la thermie d'origine charbonnière devient de plus en plus favorable au pétrole (l'écart est presque du simple au double vers 1970). Il en résulte deux conséquences capitales : un accroissement exceptionnellement rapide de la consommation d'énergie, qui a doublé entre 1960 et 1973 ; et une tendance irrésistible à l'accroissement de la part du pétrole dans le total de l'énergie primaire consommée.

Répartition de la consommation d'énergie (en %)

	1950	1960	1973
Charbon	74	54	17,5
Pétrole et gaz naturel	18	33,5	74,5
Électricité hydraulique	8	12,5	6
Électricité nucléaire	–	–	2

Certes, il s'agit là d'une tendance ancienne, déjà perceptible avant guerre, mais qui s'affirme de façon décisive à partir de 1960.

Le risque de dépendance extérieure semble avoir été non pas méconnu – la crise de Suez en 1956-1957 avait constitué un premier avertissement – mais plutôt délibérément accepté. En 1959, un rapport du Conseil économique affirmait sans détour : « La sécurité énergétique ne doit pas entraîner l'insécurité de l'ensemble de notre économie dans la compétition internationale » ; autrement dit, le coût décroissant de l'énergie pétrolière est considéré comme une donnée fondamentale de la concurrence mondiale, qu'un pays comme la France ne peut se permettre de négliger après avoir opté pour l'ouverture extérieure. La même année, le « plan Jeanneney » prévoit, pour améliorer la compétitivité des houillères, la fermeture des mines les plus déficitaires. La seule source nouvelle importante d'énergie « nationale » est le gisement de Lacq, exploité à partir de 1957 ; cependant, la production française de gaz ne couvre en 1972 que la moitié des besoins. Quant à l'électricité nucléaire, la construction des quatre premières centrales a débuté dès 1957, mais l'exécution du programme est ralentie au cours des années 1960 par les problèmes techniques de la « filière française » (fondée sur l'uranium naturel) ; mais surtout sa rentabilité paraît alors de plus en plus problématique, compte tenu de la baisse du prix du pétrole. Dans ces conditions, le taux de dépendance énergétique de la France passe de 41 % en 1960 à 76 % en 1973, alors que l'Allemagne et la Grande-Bretagne couvrent encore la moitié de leurs besoins énergétiques.

Dans l'immédiat, vers 1973, l'économie française bénéficie largement de l'énergie à bon marché. Les branches les plus directement liées au pétrole (raffinage, pétrochimie) connaissent une remarquable expansion. La stabilité du prix de l'essence contribue au triomphe de l'automobile : le nombre des immatriculations a exactement triplé entre 1959 et 1973, et, à cette date, 60 % des ménages possèdent (au moins) une automobile. La répartition du trafic-marchandises, en dépit des gains de productivité considérables réalisés par la SNCF, évolue de façon irréversible au profit de la route.

Répartition du trafic marchandises (en %)

	1959	1973
Chemin de fer	60	37
Voies navigables	10	6
Oléoduc	–	11
Route	30	46

Au-delà de ce groupe d'activités les plus liées au pétrole, l'économie française – comme l'économie italienne – se trouve pour ainsi dire libérée du handicap énergétique qui avait pesé sur toute l'histoire antérieure de son développement, et ce n'est sans doute pas un hasard si sa « performance » tend alors à dépasser celle de la plupart des pays européens.

II. Le comportement de l'économie française jusqu'en 1973

1. Croissance et équilibre extérieur

La période 1958-1973 est celle qui a connu la croissance la plus rapide de l'histoire économique française. L'accélération est progressive, et se traduit vers 1968-1973 par 1 point de croissance annuelle supplémentaire (ce que l'on aurait tort de considérer comme négligeable) par rapport aux années 1950. Cette accélération s'observe également en termes relatifs, par comparaison avec les autres pays industrialisés : le rythme de la croissance française correspond à peu près à la moyenne des pays de l'OCDE dans les années 1950, mais dépasse la moyenne d'environ 1 point à partir de 1960. De tels écarts sont trop faibles pour être perçus par l'opinion, mais des observateurs attentifs annoncent alors à l'étranger « l'envol économique de la France dans les années 1980 ». On peut retenir, comme une illustration parmi d'autres de ce dynamisme exceptionnel, le fait que le taux d'investissement de l'économie française tend à rejoindre ou même à dépasser à partir de 1967 celui de l'Allemagne elle-même, et *a fortiori* de tous les autres pays d'Europe occidentale.

Une telle performance est d'autant plus significative que les équilibres financiers n'ont pas été, à proprement parler, sacrifiés à la croissance. Deux « coups de frein » de politique monétaire et budgétaire sont intervenus en 1958-1959, puis en 1963-1965 (plan de stabilisation de V. Giscard d'Estaing), sans que le taux de croissance annuel fléchisse pour autant au-dessous de 5 % à partir de 1960. Comparée à la croissance allemande, la croissance française – comme on le signalait dans l'introduction – est non seulement un peu plus forte, mais plus régulière, puisque l'Allemagne a connu en 1967 une diminution absolue de son produit national, et de nouveau en 1971 un ralentissement assez marqué ; la récession allemande de 1967 a d'ailleurs pesé sur la conjoncture française de 1967-1968, étant donné l'interpénétration croissante des deux économies.

Sur l'ensemble de la période, cependant, les exportations ont constitué l'un des principaux moteurs de la croissance. Le taux d'exportation (rapport des exportations à la production totale) augmente fortement pour tous les secteurs, mais surtout pour l'agriculture (de 4 % en 1959 à 14 % en 1972), les industries agricoles et alimentaires (de 6 % à 10 % entre les mêmes dates), et les industries de biens d'équipement (de 18 % à 26 %). L'internationalisation des marchés, bien entendu, surtout pour les biens d'équipement, joue dans les deux sens. À la spécialisation au niveau des branches, se superpose ou se substitue de plus en plus une spécialisation « fine » au niveau des produits ou des composants, dont l'électronique offre un exemple type. Le risque de déséquilibre s'en trouve naturellement accru.

Comme il était prévu, les échanges de produits industriels ont fortement accusé les effets de l'ouverture des marchés européens. La part des produits industriels dans le total des importations enregistre un accroissement sans précédent (38 % en 1959, 63 % en 1969, 67 % en 1973), et tend pour la première fois à rejoindre la part des produits industriels aux exportations, qui est à peu près stable (64 % en 1959, 65 % en 1969, 68 % en 1973). Jusqu'en 1969, alors que le taux de pénétration du marché intérieur s'élève de façon spectaculaire pour la plupart des branches, les exportations n'absorbent qu'une proportion à peine croissante de la production industrielle française. La part de la France dans les exportations mondiales de produits industriels recule de 8,5 % en 1961 à 7 % en 1969, et le *taux de couverture* des importations industrielles par les exportations correspondantes chute de 204 % en 1959 à 98 % en 1969.

Il ne faut pas oublier cependant les circonstances exceptionnelles de cette période : l'industrie française se trouve confrontée à un ensemble de partenaires dont l'un au moins – l'Allemagne – risquait de la surclasser dans la plupart des branches, au moment même où elle perd les « facilités » des débouchés coloniaux garantis. Cette phase critique de reconversion a été, en fin de compte, traversée avec succès. Globalement, compte tenu de performances agricoles satisfaisantes (sur lesquelles nous reviendrons) et du coût décroissant des importations énergétiques, l'économie française a réussi à rétablir à partir de 1959, puis à préserver un équilibre extérieur satisfaisant. L'essentiel de la dette extérieure a pu faire l'objet d'un remboursement anticipé entre 1959 et 1962. Si l'on met à part quelques années isolées (1964, 1968-1969), la France enregistre régulièrement chaque année un triple excédent : excédent de la balance commerciale (ce qui constitue un fait pratiquement sans précédent sur une aussi longue période), excédent de la balance des paiements courants, et enfin excédent pour les mouvements de capitaux à long terme (les investissements étrangers en France l'emportent sur les exportations de capitaux français). Les réserves de change, sauf en 1968-1969, augmentent tous les ans jusqu'en 1973.

Comment, dans ces conditions, interpréter la dévaluation de 1969 ? Faut-il y voir la « sanction » d'une inflation dont le rythme est resté un peu plus élevé que dans les autres pays industrialisés ?

Évolution du rythme annuel de hausse des prix

	Variation entre			
	1960-1970	1965-1968	1970-1973	1960-1970 et 1970-1973
France	4,3	3,3	6,3	+ 2,0
Allemagne	3,0	2,3	6,4	+ 3,4
Grde-Bret.	3,8	3,7	8,0	+ 4,2
Italie	4,1	2,3	8,3	+ 4,2
États-Unis	2,4	3,3	6,0	+ 2,6
Japon	5,5	4,8	6,7	+ 1,2

Trois conclusions importantes se dégagent de ce tableau. 1) L'écart des taux d'inflation au cours des années 1960 est assez faible, même par rapport à l'Allemagne. 2) L'inflation a eu plutôt tendance à se ralentir, en France et dans la plupart des pays d'Europe occidentale (mais non aux États-Unis), jusqu'au milieu des années 1960, et ne s'accélère vraiment que vers 1970. 3) Cette accélération a été relativement modérée en France, de sorte que, pour la première fois, la hausse des prix français ne dépasse plus la hausse moyenne dans les pays industrialisés.

Ces trois remarques expliquent pourquoi le taux de la dévaluation de 1969 a pu être sensiblement plus faible (11 %) que celui de toutes les dévaluations antérieures, et en même temps pourquoi cette dévaluation de faible amplitude a suffi à redonner un avantage durable aux exportations françaises jusqu'au début des années 1970. La dévaluation favorise les investissements des industries exportatrices, et le taux de couverture pour les produits industriels remonte de 98 % en 1969 à 107 % en 1973. Non seulement le déficit commercial de 1968-1969 est très vite résorbé, mais de plus, contrairement à la tendance antérieure, le redressement est particulièrement marqué à l'égard des échanges avec la CEE et les autres pays industrialisés. Les exportations, avec un taux de croissance record de 13,3 % par an (en volume) de 1969 à 1973, jouent plus nettement que jamais un rôle moteur dans la croissance française. Ainsi, d'un point de vue strictement conjoncturel, la dévaluation de 1969 pourrait être considérée à la limite comme un « accident », provoqué par les hausses de salaires exceptionnelles de 1968 et par les sorties de capitaux des mois suivants. Accident favorable, du reste, puisqu'il en est résulté une forte relance à la fois interne et externe de la croissance. Mais la crise de 1968 – par-delà son influence conjoncturelle – revêt une signification historique dont les deux derniers paragraphes chercheront à éclairer certains aspects.

2. *Les transformations structurelles*

L'agriculture reste le secteur dont l'évolution apparaît la plus saisissante. Le signe le plus visible des progrès réalisés en quelques années est la poussée des exportations agricoles françaises, favorisées par l'instauration du Marché commun agricole ; le taux de couverture pour les produits agricoles passe de 21 % en 1959 à 104 % en 1973. La modernisation de l'agriculture française se poursuit à un rythme rapide, comme dans les années 1950, avec des gains de productivité encore plus élevés que dans l'industrie. Le rythme de diminution de la population active agricole tend encore à s'accélérer ; l'emploi agricole ne représente plus, en 1972, que 12 % de l'emploi total (contre 21 % en 1962 et 36 % en 1946). Les migrations du secteur agricole vers le reste de l'économie prennent deux formes différentes : comme par le passé, de nombreux enfants d'agriculteurs choisissent, à leur entrée dans la vie active, un autre secteur ; mais il devient aussi de plus en plus fréquent que des agriculteurs quittent l'agriculture en cours de vie active, le plus souvent pour un emploi d'ouvrier. Ce mouvement contribue à la diminution du nombre d'exploitations et à l'augmentation de leur taille moyenne. Cependant, le nombre des exploitants agricoles a diminué proportionnellement moins vite que la population agricole totale (le taux de départ étant plus élevé parmi les salariés agricoles et les aides familiaux que parmi les chefs d'exploitation) ; et l'on compte encore, vers 1973, 60 % d'exploitations de moins de 20 hectares ; une proportion croissante des exploitations est tenue par un agriculteur seul et relativement âgé. Même les exploitants dynamiques sont, paradoxalement, plus vulnérables que par le passé : l'agriculture est le secteur où le montant du capital par actif a le plus augmenté, ce qui a eu pour contrepartie un endettement accéléré ; l'« industrialisation de l'agriculture » se traduit aussi par une très forte augmentation des consommations intermédiaires, qui atteignaient à peine 10 % de la valeur de la production agricole en 1960, mais un tiers en 1973. L'incidence des variations du taux de l'intérêt ou du prix relatif des produits industriels par rapport aux produits agricoles est donc de plus en plus sensible pour les exploitants agricoles.

Dans l'industrie, le fait majeur est le processus de concentration, directement lié à la construction de l'Europe : non pas tant la concentration technique (au niveau des établissements) qui continue à progresser modérément, que la concentration financière (au niveau des groupes). La statistique des fusions témoigne clairement de l'accélération qui est intervenue à la suite du traité de Rome.

Nombre de fusions dans l'industrie (moyenne annuelle)

1950-1958	1959-1965	1966-1972
32	74	136

L'ouverture du Marché commun a donné dans certains secteurs un brusque élan aux investissements étrangers et aux prises de participation dans l'industrie française : les industries agricoles et alimentaires (IAA) en sont l'exemple type, mais aussi le secteur pétrolier et la construction électrique. Cependant, la part de la France dans le total des investissements extérieurs américains vers 1970 ne dépasse pas 3,3 % (contre par exemple 5,9 % pour les investissements en RFA). Le développement de la concentration est lié tout autant à une politique gouvernementale délibérée, surtout vers le milieu et la fin des années 1960, pour favoriser la constitution de groupes français de dimension internationale. L'évolution dans ce sens a été générale – depuis les cimenteries où trois groupes contrôlent, en 1971, 86 % de la production française, jusqu'à l'industrie automobile où quatre constructeurs assurent la quasi-totalité de la production – mais de caractère nettement différent d'un secteur à l'autre.

Ainsi les industries chimiques (étudiées par F. Caron) sont particulièrement dynamiques, avec un rythme de croissance annuel de la production voisin de 10 % et une forte rentabilité ; les grandes firmes mènent une politique de diversification, tel Saint-Gobain-Pont-à-Mousson qui étend ses activités depuis les travaux publics jusqu'à l'électronique ; au début des années 1970, l'industrie chimique se trouve fortement structurée autour de trois groupes dominants, atteignant chacun la « dimension internationale », Pechiney-Ugine-Kuhlmann, Rhône-Poulenc et Saint-Gobain-Pont-à-Mousson. Mais la concentration n'est pas moins remarquable dans les branches en perte de vitesse. Dans l'industrie textile, elle prend la forme d'une hécatombe d'entreprises familiales, tandis que la part des vingt premières entreprises dans la production totale de la branche double entre 1962 et 1970. L'évolution de la sidérurgie, dont la situation s'est brutalement détériorée au cours des années 1960, est encore plus dramatique : en juillet 1966, l'État pose comme condition de son aide financière aux investissements de modernisation une restructuration de la branche, qui laisse finalement en position dominante trois groupes seulement, Wendel Sidelor, Denain Nord-Est Longwy, et Creusot-Loire. L'intervention de l'État est encore plus directe et décisive dans la concentration des branches qui bénéficient massivement des « grands programmes » de recherches, et de toute sorte d'appuis publics : industrie électronique (création en 1967 de la CII) et aéronautique (regroupement des constructeurs nationalisés au sein de la SNIAS ; fusion en 1971 des sociétés Dassault et Bréguet).

Les restructurations ont contribué à freiner la progression de l'emploi industriel, alors même que la production et les investissements industriels conservent tout leur élan. La part de l'emploi industriel dans l'emploi total avait fortement augmenté jusqu'en 1962 : elle est stabilisée, ou diminue même très légèrement, entre 1962 et 1972. Le secteur tertiaire est donc le seul à augmenter proportionnellement, et le gonflement des effectifs du tertiaire ne fera que s'accentuer avec la crise, à partir de 1974. Mais il ne suffit déjà plus à empêcher le développement du chômage.

Structure sectorielle de la population active (en %)

	Primaire	Secondaire	Tertiaire
1946	36,5	29,5	34
1962	21	39,5	39,5
1972	12	39	49

3. Les frustrations de la croissance

Les années 1960, phase de croissance économique brillante, connaissent pourtant une très réelle insatisfaction sociale, dont l'explosion de 1968 a été le révélateur.

À ce malaise, il est possible de trouver des explications objectives. La réapparition du chômage est l'une des plus évidentes. En 1962 encore, l'économie française avait fait preuve d'une capacité surprenante à créer en quelques mois assez d'emplois pour accueillir les rapatriés d'Algérie. Mais, à partir de 1965, la montée du chômage est à peu près continue. Ces premiers signes de détérioration n'ont certes pas la même portée que la montée du chômage dans les années 1970 sous l'effet de la crise. La *population disponible à la recherche d'un emploi* passe de 360 000 personnes en 1968 à 441 000 en 1974, soit un accroissement annuel d'environ 15 000, équivalant à un peu moins de 0,1 % de la population active. Le chômage des années 1960 peut être considéré comme d'origine essentiellement démographique, dans la mesure où il correspond à l'arrivée sur le marché du travail des générations nombreuses de l'après-guerre, coïncidant avec un retournement de tendance assez brusque de l'évolution du taux d'activité féminin. Les créations d'emplois atteignent du reste un rythme particulièrement élevé jusque vers le début des années 1970 ; et, d'autre part, l'importance des offres d'emploi non satisfaites suggère qu'il s'agit plutôt d'un problème de désadaptation et de rigidité que d'un affaiblissement général de dynamisme de l'économie. Pourtant, même si le taux de chômage atteint vers 1973 (2 à 3 %) paraît rétrospectivement encore modéré, le chiffre de 500 000 à 600 000 demandeurs d'emploi est déjà le plus élevé que la France ait connu depuis la dépression des années 1930.

La croissance n'empêche pas non plus certains secteurs en déclin structurel de longue période, ou perdants dans la compétition internationale, de connaître des problèmes aigus. C'est le cas depuis longtemps de l'industrie textile ou des charbonnages (la grande grève des mineurs occupe en 1963 le premier plan de l'actualité), et aussi, de façon plus soudaine, des mines de fer et de la sidérurgie lorraine, qui apparaissent sérieusement menacées dès le milieu des années 1960 (au moment même où vient d'entrer en activité le complexe sidérurgique de Dunkerque, ravitaillé en minerai de fer mauritanien). Bon nombre de petites exploitations agricoles sont elles aussi menacées. Si au niveau national les difficultés sectorielles sont plus ou moins recouvertes par la croissance économique d'ensemble, il en va différemment au niveau local ou régional.

De façon générale, les inégalités de revenu ont eu tendance à s'accentuer au cours de la croissance. Malgré l'insuffisance des sources disponibles à ce sujet, on peut en donner au moins une illustration à la fois irrécusable et très frappante : le retard cumulatif du SMIG sur la progression générale des salaires ; de 1958 à 1967, le pouvoir d'achat du SMIG n'augmente que de 6 % contre 32 % pour le salaire horaire moyen ; et, malgré le rattrapage exceptionnel de 1968 (accords de Grenelle) suivi de l'instauration du SMIC (salaire minimum interprofessionnel de croissance, bénéficiant d'une *double* indexation, sur les prix, mais aussi sur les gains de productivité), la parité de 1958 n'est toujours pas retrouvée en 1973. Quant à la croissance explosive des effectifs scolaires et universitaires, elle ne suffit pas à garantir pour l'avenir une mobilité sociale accrue : d'abord parce que l'accès aux études supérieures reste socialement très sélectif, et aussi parce que l'accroissement du nombre de diplômés s'accompagne presque mécaniquement d'une dévalorisation des diplômes, source de frustrations caractérisées.

Jamais la croissance économique – avec les perturbations qui lui sont liées – n'a eu aussi mauvaise réputation qu'au début des années 1970 (comme en témoigne le succès de l'idée de « croissance zéro » auprès d'une partie de l'opinion), au moment même où le rythme de la croissance va être brutalement rompu sous l'effet du premier choc pétrolier.

3
La rupture des années 1970

Nous voici parvenus, avec ces deux derniers chapitres consacrés aux ruptures survenues depuis les années 1970, aux frontières de l'histoire économique. Le manque de recul accentue évidemment les difficultés d'interprétation que nous avons pu rencontrer pour d'autres périodes. Le conflit est encore loin d'être résolu entre les différentes explications (plus ou moins complémentaires, plus ou moins alternatives) qui ont été proposées de la crise ; la plupart ont en commun de considérer le quadruplement du prix du pétrole, intervenu à l'automne 1973, comme un simple catalyseur, ou mieux comme le simple révélateur d'une crise préexistante. Cette approche se traduit très clairement, par exemple, dans la périodisation de la « crise du XXe siècle » retenue par J.-H. Lorenzi, O. Pastré et J. Toledano (*La Crise du XXe siècle*, Paris, Économica, 1980) : la crise est divisée en cinq phases, dont la première va de 1962 à 1968, tandis que le choc pétrolier intervient seulement vers le milieu de la quatrième phase ; les auteurs rejettent la conception d'une crise permanente du capitalisme, mais ils critiquent bien plus directement encore les analyses « superficielles » qui situent le point de départ de la crise en 1973-1974. En fait, le désaccord sur la chronologie – comme il est fréquent – recouvre un désaccord bien plus fondamental sur l'explication de la crise, et sur le contenu même du terme de crise.

Et c'est ici sans doute qu'une approche historique et comparative peut contribuer à éviter certains quiproquos. Dégager aussi objectivement que possible les tendances dominantes de la période présente semble bien constituer un préalable à toute interprétation d'ensemble : c'est ce que nous ferons dans la première section, à la fois par référence aux crises ou dépressions du passé (puisque heureusement chacun est à peu près d'accord sur le sens de ces termes lorsqu'on les applique aux crises du XIXe siècle, ou à la dépression de 1929), et par référence à la période d'expansion soutenue qui se termine en 1973 (afin de déterminer dans quelle mesure il y a continuité ou rupture). La seconde section proposera l'amorce d'une explication, en analysant les effets cumulatifs d'un choc extérieur sur une économie vulnérable. La troisième section aura pour objet de formuler un « diagnostic » sur le comportement de l'économie française depuis 1973, en tenant compte à la fois de sa capacité d'adaptation et des politiques de reprise qui lui ont été appliquées.

I. Singularité de la « crise » des années 1970

Les crises du passé, dans les économies capitalistes industrialisées, avaient en commun – malgré leur diversité – les quatre caractéristiques suivantes, dont l'ensemble définit assez bien ce que l'on a toujours désigné couramment par le terme de crise depuis la seconde moitié du XIXe siècle. Tout d'abord, la chute brutale du niveau des prix de gros, manifestation la plus directe de la mévente et de la surproduction, affectant aussi bien les produits agricoles que l'ensemble des matières premières et (dans une mesure parfois un peu plus faible) les produits industriels. En second lieu, un recul non moins brutal de la production dans tous les secteurs (sauf éventuellement l'agriculture pour des raisons climatiques), suivi d'une stagnation prolongée, le maximum atteint à la veille de la crise n'étant retrouvé bien souvent qu'au terme de plusieurs années. En troisième lieu, l'effondrement des investissements, bien plus que proportionnel au recul de la production, pouvant aller dans certaines branches jusqu'à un investissement net voisin de 0 ou inférieur à 0 (ce qui signifie que le non-remplacement des équipements usés ou déclassés aboutit à une diminution absolue du capital productif). En quatrième lieu, la crise signifie l'augmentation brusque du nombre des faillites, la diminution de l'emploi et surtout l'aggravation du chômage. La crise de 1929 réunit une nouvelle fois l'ensemble de ces symptômes, plus accusés encore que jamais auparavant. Comme par le passé, le processus cumulatif, par lequel les prix, la production et les revenus (notamment les revenus « capitalistes », dont dépend l'investissement) s'entraînent réciproquement à la baisse, se trouvait au cœur de la dépression des années 1930. Qu'en est-il de la crise des années 1970 ?

En ce qui concerne le mouvement des prix, l'opposition est flagrante : pour la première fois, crise économique devient synonyme d'inflation (c'est un peu comme si on conservait le même terme pour désigner successivement la sécheresse et l'inondation). Plus précisément, il s'agit d'une accélération du rythme de hausse des prix, qui passe brusquement d'un peu plus de 6 % par an au début des années 1970 à 15,2 % en 1974, pour osciller ensuite, sans tendance nette, entre 10 % et 12 % depuis 1975. Ce n'est pas une inflation sans précédent – en dehors même des périodes de guerre et d'immédiat après-guerre, l'économie française a déjà connu un rythme de hausse plus élevé, en 1924-1926 et en 1937 – mais c'est une inflation rapide, et qui prend un caractère permanent. Par rapport aux crises du passé, l'actuelle conjonction entre crise et inflation ne signifie pas une simple substitution entre deux déséquilibres opposés, mais une véritable inversion de plusieurs liaisons essentielles : la baisse des prix augmentait la valeur réelle des revenus fixes, alourdissait les charges d'intérêt pour les débiteurs, incitait à reporter à plus tard les dépenses de consommation et surtout d'investissement ; l'inflation, en elle-même, tend à exercer des effets inverses.

En ce qui concerne le mouvement de la production, comme en 1929, l'économie française a été atteinte avec un certain retard, puisque la production a continué à augmenter jusqu'au premier semestre de 1974. En revanche, on ne saurait trop insister sur le contraste en ce qui concerne l'amplitude du recul de la production. Le « fond de la dépression », si l'on peut dire, est atteint en 1975 avec une diminution de 0,3 % du PIB en valeur réelle. La production industrielle, il est vrai, subit une diminution plus forte : – 10 % entre le 3e trimestre 1974 et le 3e trimestre 1975 (mais n'est-il pas significatif que l'on compte désormais en trimestres ?). Même en ce qui concerne la production industrielle, le *maximum d'avant-crise* est retrouvé tout juste deux ans plus tard, au 3e trimestre 1976, alors que le maximum de 1929-1930 ne l'était pas encore en 1938. Autrement dit, alors que la dépression des années 1930 se caractérisait par une diminution absolue de la production sur plusieurs années, la rupture des années 1970 désigne un simple ralentissement du rythme de croissance du PIB, qui fléchit de 6 % entre 1969 et 1973 à 3 % entre 1973 et 1979 ; le fléchissement est un peu plus accentué pour la production industrielle, dont le taux de croissance est passé de 7,2 % au cours des années 1969-1973 à 2,5 % entre 1973 et 1979 (ce qui reste malgré tout comparable aux meilleures décennies du XIXe siècle).

La consommation des ménages paraît encore bien moins affectée : la consommation par tête, qui avait augmenté de 4,4 % par an durant la décennie 1963-1973, progresse encore de 3,4 % par an entre 1973 et 1979. La résistance satisfaisante du niveau de vie des salariés caractérisait déjà la dépression des années 1930, mais cette fois il s'agit d'une progression d'ensemble à peine ralentie.

Si la consommation augmente désormais plus vite que le PIB (alors que c'était l'inverse jusqu'en 1973), il est clair que l'investissement doit avoir accusé bien plus fortement les effets de la rupture de 1973-1974. Et de fait, la formation brute de capital des entreprises est passée d'une croissance de 7,7 % par an entre 1963 et 1974 à une stagnation complète entre 1973 et 1979 (et même à une diminution absolue des investissements du secteur privé, compensée – nous y reviendrons – par l'effort d'investissement des entreprises publiques). Ici nous retrouvons bien le point crucial de toutes les dépressions capitalistes. Même du point de vue des investissements, cependant, on ne doit pas identifier la rupture des années 1970 aux crises du passé. D'abord, parce qu'il y a eu stabilisation, et non pas effondrement d'un tiers ou davantage comme dans les années 1930. De plus, cette stabilisation s'effectue à partir du niveau exceptionnellement élevé atteint vers 1974. Le taux d'investissement s'est trouvé simplement ramené de son record historique de 25 % en 1974 à 21-22 % en 1979 ; la croissance du capital directement productif reste très rapide, à peu près comparable à ce qu'elle était vers le début des années 1960 (même si on tient compte d'une certaine accélération du déclassement des matériels vieillis). Le montant du capital *par travailleur*, selon certains calculs, aurait continué à croître à un rythme pratiquement inchangé au plus fort de la crise (4,9 % par an entre 1973 et 1977, au lieu de 5,1 % entre 1962 et 1973).

Tout ceci explique que la productivité du travail non seulement n'ait pas fléchi depuis 1973 (contrairement à ce qu'on écrit souvent de façon impropre, en voulant indiquer que les *gains* de productivité ont diminué), mais qu'elle ait continué à progresser à un rythme tout au plus légèrement ralenti. L'opposition est, du reste, moins nette à cet égard avec la dépression des années 1930 où déjà, dans certaines branches, les gains de productivité s'étaient maintenus et parfois même accélérés (sans guère dépasser toutefois 2 à 3 % par an).

C'est précisément la discordance entre le très net ralentissement de la croissance de la *production* et le maintien d'une augmentation rapide de la *productivité* qui est – arithmétiquement, pour ainsi dire – l'origine directe de la détérioration de l'emploi. Le bilan des années 1970 est à cet égard particulièrement sombre, plus sombre encore d'ailleurs en termes d'aggravation du *chômage* qu'en termes d'évolution de l'*emploi* (alors que, pour les années 1930, c'était exactement l'inverse). Entre 1929 et 1938, le nombre total d'emplois avait subi une diminution absolue de plus de 1 million ; entre 1973 et 1979, l'accroissement s'est poursuivi à un rythme ralenti, avec environ 50 000 emplois supplémentaires par an, les emplois créés dans le tertiaire compensant les suppressions nettes dans l'agriculture et l'industrie. Pourtant, l'aggravation du chômage au cours des années 1970 en France a été bien plus considérable encore qu'au cours des années 1930. L'importance initiale du chômage était déjà nettement plus élevée en 1973 qu'en 1930. Le bond en avant de 1975, avec 300 000 chômeurs supplémentaires en un an, a dépassé tous les précédents historiques (pour la France). Enfin, la montée du chômage s'est poursuivie de façon quasi ininterrompue jusqu'à maintenant, alors qu'il y avait eu stabilisation ou recul à partir de 1935. Ce contraste s'explique en grande partie par des conditions démographiques très différentes. Mais le fait est néanmoins que les 2 millions de chômeurs et le taux de chômage de 9 % de la population active atteints vers la fin de 1981 est certainement supérieur au maximum de 1935 (encore que toute comparaison précise soit presque impossible), alors que pour l'Allemagne, les États-Unis ou la Grande-Bretagne, le chômage des années 1970 reste bien en deçà de celui des années 1930.

L'importance du chômage interdit de considérer la rupture de 1974 comme « moins grave » que la dépression de 1929. Bien d'autres signes indiquent que les comportements sociaux ont été profondément affectés. L'effondrement de la fécondité et de la natalité (le nombre de naissances passe d'un maximum historique de 890 000 en 1971-1972 à 720 000 en 1976) a été tout aussi brutal que lors des années 1930. Il faut souligner aussi que l'évolution générale satisfaisante du niveau de vie recouvre, comme toujours, de sérieuses inégalités ; les agriculteurs en sont une nouvelle fois les principales victimes, avec une diminution absolue du revenu réel par exploitant depuis 1974. La rupture de 1974 n'est donc pas moins grave que les crises du passé, mais elle en est si différente que l'emploi du même terme de crise peut être considéré comme un abus de langage et une source de confusions.

II. Les origines de la rupture et les facteurs cumulatifs de freinage

L'accord est loin d'être réalisé sur une explication ou un ensemble d'explications. L'ouvrage déjà cité de J.-H. Lorenzi, O. Pastré et J. Toledano énumère quatre facteurs déterminants de la crise – l'« épuisement des formes de consommation triomphantes », la « tertiarisation de l'économie », la « croissance brutale des dépenses de l'État » et l'« effondrement des gains de productivité » – en rejetant explicitement parmi les explications superficielles l'incidence de la hausse du prix du pétrole, ainsi que la concurrence des « nouveaux pays industriels ». La démarche choisie ici sera différente, comme pouvait le laisser prévoir la périodisation choisie. Compte tenu de la coïncidence chronologique troublante entre la rupture mondiale de la croissance et les premières grandes hausses pétrolières, on commencera par examiner de près les arguments couramment évoqués pour minimiser l'impact du choc pétrolier. Ensuite, on reviendra sur les antécédents de la rupture (l'économie française du début des années 1970 était-elle déjà profondément atteinte sans le savoir, et – il faut bien le dire – contre toutes les apparences ?), avant d'analyser les mécanismes cumulatifs qui ont joué depuis 1974.

1. Le choc pétrolier

Le point de départ des hausses pétrolières, après dix ans de stabilité en valeur nominale, se situe en décembre 1970. À l'été 1973, la hausse du prix du pétrole brut en dollars atteint 50 % par rapport au prix du début de 1970 ; mais cette hausse est entièrement compensée par la dépréciation du dollar ; le prix *réel* du pétrole (calculé sur la base de l'indice du prix en dollars des exportations de produits manufacturés) est alors à son niveau le plus faible. Au contraire, la hausse de 1973-1974 est massive, puisqu'en janvier 1974, le prix du pétrole a presque quadruplé par rapport à septembre 1973. En un an, de 1973 à 1974, l'indice des termes de l'échange de l'économie française chute de près de 14 %, alors qu'à travers l'ensemble de la période 1959-1973, il avait toujours fluctué au sein d'une marge étroite de + ou – 2 %. Cette rupture soudaine implique, pour les pays industrialisés importateurs de pétrole, à la fois une hausse des coûts de production et un prélèvement de revenu ordinairement désigné sous le nom de hausse de la « facture pétrolière ». Cette dernière passe, d'un seul coup, pour la France, de 1,5 % du PIB en 1973 à 4,5 % en 1974 : autrement dit, les hausses de l'automne 1973 ouvrent, pour les pays pétroliers, un droit à un « prélèvement » sur l'économie française équivalant à 3 % de son PIB. Et du même coup se pose pour la France, comme pour l'ensemble des pays importateurs, un gigantesque problème de transfert ; ce transfert, par son ampleur, ne peut guère se comparer qu'aux réparations de guerre exigées de la France en 1871 ou de l'Allemagne après 1918. Rappelons à ce sujet que le montant annuel des réparations allemandes à leur maximum, vers 1926, atteignait environ 2 % du produit national (étant bien entendu qu'il s'agit dans les deux cas non pas d'une « ponction » unique, mais d'un prélèvement qui se renouvelle chaque année).

Différents calculs plus ou moins élaborés et différents modèles économétriques ont cherché à évaluer la « responsabilité » de la hausse du prix du pétrole dans l'accélération de l'inflation à partir de 1974. Presque tous aboutissent à la conclusion paradoxale que la hausse pétrolière « explique » seulement deux points au plus de l'accroissement du taux d'inflation [1], même si l'on tient compte de toutes les répercussions de la hausse sur les coûts des branches utilisatrices. Un autre argument courant est que l'inflation a persisté entre 1975 et 1979, dans l'intervalle entre les deux chocs pétroliers, alors que le prix réel du pétrole avait recommencé à baisser. En fait, tout dépend de savoir si on considère uniquement les répercussions mécaniques de la hausse pétrolière, ou si on considère l'impulsion communiquée à l'inflation en tant que processus dynamique. L'accélération de l'inflation peut alors s'interpréter comme la résultante des efforts de chaque groupe socio-économique pour relever ses propres revenus nominaux, de façon à rejeter sur d'autres la charge réelle du prélèvement pétrolier. Le fait que l'économie française soit passée d'un excédent extérieur en 1973 à un gigantesque déficit en 1974 (« besoin de financement de la nation » équivalant à 2,7 % du PIB ; les déficits records de 1969 et même de 1956 sont dépassés) prouve à la fois que la recrudescence de l'inflation à ce moment précis – comme dans toutes les économies occidentales – ne résulte pas d'une coïncidence fortuite, et que le « choc » était encore loin d'être absorbé au bout d'un an. Il serait d'ailleurs contradictoire d'insister, comme nous l'avons fait, sur l'avantage que l'économie française tirait jusqu'en 1973 du coût décroissant de

1. La même approche, appliquée au cas de l'Allemagne en 1923, aurait sans doute conduit à la conclusion que la charge des réparations ne pouvait expliquer qu'une part minime de l'inflation galopante.

l'énergie – avantage que personne, semble-t-il, ne conteste – et de minimiser en sens inverse les perturbations provoquées par le brusque réajustement de 1973-1974.

Cela dit, on ne saurait pour autant écarter la responsabilité des déséquilibres préexistants (antérieurs à 1973) quant à la réaction de l'économie française, ou des économies occidentales dans leur ensemble, face au choc pétrolier.

2. *Les antécédents de la « crise »*

Il a été facile de découvrir – après coup – les signes précurseurs de la crise dans la croissance des années 1965-1973. Les uns se situent du côté de la demande : par exemple, la saturation progressive de la demande de biens d'équipement durables (y compris l'automobile) au fur et à mesure que le taux d'équipement des ménages approche de 100 %. D'autres interviennent du côté de l'offre, c'est-à-dire des conditions de production : ainsi, le développement du tertiaire, où les gains de productivité sont toujours inférieurs à ceux des deux autres secteurs, exerce un effet automatique de freinage sur la progression *moyenne* de la productivité de l'économie dans son ensemble. Enfin, à la jonction de l'offre et de la demande, l'accumulation du capital soulève plusieurs questions cruciales. Y a-t-il ou non fléchissement de la *productivité* du capital (c'est-à-dire une tendance à l'augmentation du montant d'investissement nécessaire pour obtenir un accroissement donné de la production) ? Y a-t-il ou non fléchissement de la *rentabilité* du capital (dont dépend l'incitation à investir) ? Et enfin, comment évoluent les conditions de financement, par exemple les possibilités d'autofinancement des entreprises ?

Toutes ces questions sont importantes. Mais, avant de chercher à y répondre, il convient de préciser l'enjeu. S'agit-il de montrer que l'économie française était déjà en crise avant 1973 ? Ou que la crise « devait » éclater à brève échéance, même en l'absence de tout choc pétrolier ? Ou seulement que les déséquilibres préexistants ont rendu l'économie plus vulnérable aux conséquences cumulatives du choc de 1973 ?

La thèse d'une économie française déjà « en crise » avant 1973 est contredite par tout ce que nous avons vu dans le chapitre précédent. La croissance en France – à la différence d'autres pays – ne présente jusqu'en 1973 aucun signe d'essoufflement ; le taux de croissance tend même à augmenter et les gains de productivité à s'accélérer légèrement après 1968. L'essor des exportations assure un équilibre extérieur satisfaisant. La courbe des grèves témoigne d'un calme relatif au début des années 1970. Enfin, l'inflation apparemment n'a pas encore porté atteinte au dynamisme de l'*accumulation du capital*, puisque l'investissement a continué à progresser à un rythme exceptionnel. Ni le taux de marge, ni la productivité du capital, ni les différents indicateurs de rentabilité ne sont en baisse avant 1973.

La thèse d'une crise inéluctable *même si* la hausse du prix du pétrole n'avait pas eu lieu ne sera jamais ni démontrée ni infirmée… On peut seulement observer que la saturation de la demande ou l'épuisement des gains de productivité auraient été de nature à provoquer, le cas échéant, un amortissement *progressif* de la croissance, plutôt que la soudaine rupture qui a eu lieu en 1974 ; de plus, il n'y aurait eu aucune raison pour que les effets s'en fassent sentir partout *à la fois* – dans toutes les branches et dans tous les pays – comme ce fut le cas en 1974.

En revanche, il est bien évident que les déséquilibres du début des années 1970 ont largement contribué à amplifier les conséquences du choc pétrolier. Vers 1973, l'inflation est déjà bien lancée, le maintien de la croissance est de plus en plus tributaire des mécanismes de l'inflation : l'économie française est déjà « installée dans l'inflation ». L'écart se creuse entre le rythme de croissance de la productivité du travail (si élevé soit-il) et le rythme de croissance des salaires nominaux, qui s'accélère pour atteindre 16 % en 1973. Les investissements des sociétés reposent de plus en plus sur l'endettement (la *dégradation de la structure des bilans* se caractérise notamment, au passif, par la part croissante de l'endettement à court terme – 49 % du passif des sociétés soumises à l'impôt sur les BIC en 1967, 55 % en 1974 – tandis que la part des fonds propres baisse dans une proportion voisine) ; l'alourdissement des charges financières est aggravé par la montée des taux d'intérêt, liée précisément à l'inflation. Enfin, l'inflation française ne saurait être dissociée de l'accélération de l'inflation mondiale, liée au dérèglement du système monétaire international, surtout à partir de 1970-1971 : les politiques nationales paraissent alors de plus en plus impuissantes à maîtriser un phénomène dont l'origine leur échappe en grande partie.

3. Les enchaînements stagflationnistes

Le terme (malencontreux, mais passé dans l'usage courant) de « stagflation » désigne la combinaison d'un faible niveau d'activité et d'une hausse inflationniste des prix. Cette conjonction paradoxale remet en cause les bases mêmes des politiques keynésiennes, puisque, pour Keynes, ou du moins selon l'interprétation simplificatrice de Keynes qui a longtemps prévalu, la dépression et le chômage d'une part, l'inflation d'autre part constituent deux formes opposées de déséquilibre, s'excluant mutuellement. La stagflation est bien l'originalité essentielle du temps présent par rapport aux crises du XIXe siècle, où la baisse de la production, la baisse des prix et (dans une moindre mesure) la baisse des salaires s'entraînaient réciproquement. La dépression de 1929 se distinguait déjà par la quasi-stabilité des salaires nominaux. Mais, en 1974-1975, on a assisté en France à une *hausse* exceptionnelle des salaires nominaux, qui ont augmenté de 20 % en 1974 et de 16 % en 1975. L'incidence de la hausse pétrolière a donc été relayée, puis amplifiée par la hausse des salaires, puis des charges sociales, avec pour résultat une modification très brusque du partage salaires-profits : entre 1972 et 1975-1978, la part des salaires dans la valeur ajoutée s'accroît de 64 % à 68 % (y compris les cotisations sociales), ce qui prolonge la tendance antérieure, mais il n'y a plus cette fois compensation par la baisse des impôts sur la production, et la part de l'excédent brut d'exploitation recule de 29 % en 1972 à 25 % en 1975-1978. Cette chute de 4 points – qui annule, et au-delà, toute l'évolution des années 1960 en faveur des profits – se traduit de façon encore plus visible par la chute de la rentabilité du capital.

Évolution du taux de rentabilité économique des sociétés privées

1956-1958	1959-1964	1965-1970	1971-1973	1974-1975
6,2	7,4	7,8	7,9	3,8

Il est clair que ce n'est pas l'érosion *préalable* des profits qui a *déclenché* la crise, mais que la chute brutale de la rentabilité est une *conséquence* de la rupture de 1974. Cela dit, l'effondrement de la rentabilité du capital a mis en mouvement les mécanismes cumulatifs habituels de contraction, et il est parfaitement légitime d'interpréter la rupture des années 1970 comme une « contraction de la production décidée par les capitalistes en réaction à la chute de la rentabilité », selon les termes de R. Boyer. L'apparition de marges de capacité inemployées, le ralentissement des gains de productivité, et en fin de compte le ralentissement de la croissance des revenus réels sont la suite, et non la cause, de cette « baisse de régime ».

L'origine immédiate de la rupture correspond, semble-t-il, à un ample mouvement de déstockage de la part des entreprises au cours de l'année 1974, en réaction à la hausse des coûts de production, antérieurement à toute diminution de la demande finale. À partir de là, c'est la contraction des investissements privés qui apparaît – de façon cette fois beaucoup plus « classique » – comme le principal mécanisme d'approfondissement de la crise. Les investissements sont, en effet, doublement liés à la rentabilité du capital, du point de vue de l'incitation à investir et du point de vue des possibilités de financement ; et, à cet égard, l'endettement préalable des entreprises et l'escalade des frais financiers (qui absorbaient, en 1967, 21 % de l'excédent brut d'exploitation des sociétés, mais déjà 30 % en 1973, et 43 % en 1975) ont largement contribué à rendre encore plus brutale la baisse de la capacité d'autofinancement ; l'inflation, qui avait longtemps constitué un « dopant » de l'investissement, tend désormais à exercer l'effet inverse. Enfin, il est facile de comprendre que le freinage de la croissance, au fur et à mesure qu'il se prolonge, tend à provoquer un retournement des anticipations dans un sens opposé à celui de l'après-guerre : la conviction générale que la période d'expansion exceptionnelle de l'après-guerre est définitivement révolue devient l'obstacle le plus direct à toute sortie de crise.

III. Le comportement de l'économie française (1974-1980)

On s'efforcera, dans cette dernière section, d'expliquer à la fois pourquoi les mécanismes cumulatifs de freinage n'ont pas entraîné une dépression plus profonde, mais aussi pourquoi la croissance n'a pas retrouvé son dynamisme antérieur. Rien n'exclut du reste que les mêmes facteurs, dans certains cas, aient pu contribuer à limiter le recul de l'activité, tout en contribuant à rendre plus difficile une véritable reprise.

1. Les limites de la dépression

Trois groupes de facteurs au moins peuvent expliquer que la rupture de 1974 ait entraîné un simple ralentissement de la croissance, au lieu d'une profonde dépression comme dans les années 1930.

Tout d'abord, l'évolution relativement favorable des revenus personnels. La masse des salaires, notamment, a continué à progresser non seulement en valeur nominale, mais aussi en valeur réelle. La progression des salaires réels demeure soutenue jusqu'à la fin des années 1970 (+ 3 % par an en moyenne entre 1976 et 1979), malgré les politiques d'austérité. Mais c'est surtout, paradoxalement, la meilleure résistance de l'emploi à la crise, la lenteur de l'ajustement des effectifs, la moindre diffusion du chômage partiel qui constituent la différence essentielle avec la dépression des années 1930. L'indemnisation bien plus complète du chômage contribue également à soutenir le pouvoir d'achat global des ménages.

L'accroissement des dépenses publiques (au sens large, y compris les dépenses de redistribution sociale), intervenu depuis la guerre, leur a permis de jouer leur rôle de « stabilisateur automatique » sur une plus large échelle. Il s'agit en effet de dépenses peu sensibles à la conjoncture, ou même qui varient en raison inverse de l'activité économique, comme dans le cas des allocations de chômage ; plus généralement, la part des revenus de transfert (prestations sociales) dans le revenu disponible des ménages s'élève en 1980 à 32 % (contre 25 % en 1970). Quant au déficit budgétaire, il n'est plus considéré *a priori* comme un mal absolu ; à deux reprises, en 1975 et 1978, il dépasse 2 % du PIB (ou plus exactement : le *besoin de financement* des administrations – Sécurité sociale comprise – dépasse 2 % du PIB). L'opinion il est vrai, comme avant guerre, exagère bien souvent l'effet inflationniste de ce déficit permanent, mais modéré, nettement inférieur au déficit accepté dans la plupart des pays de l'OCDE et notamment en RFA (où un besoin de financement des administrations atteignant 6 % du PIB en 1975, et encore plus de 3 % les années suivantes, n'a pas empêché une remarquable désescalade de l'inflation à partir de 1975 précisément). On aurait tort aussi d'exagérer l'opposition à cet égard avec les années 1930, où le déficit budgétaire avait déjà atteint en France une ampleur comparable (dès 1931-1932) ou supérieure (vers 1938) en proportion du PIB à ce que nous connaissons aujourd'hui. Ce n'est donc pas, à proprement parler, une *politique* « keynésienne » de soutien de la demande globale qui peut être créditée d'avoir limité la dépression des années 1970 ; les investissements des administrations (au sens de la Comptabilité nationale, c'est-à-dire non compris les investissements militaires et ceux des Postes et Télécommunications) sont même l'un des seuls éléments de la demande finale à avoir subi une baisse absolue – en volume – après 1975. En revanche, le dynamisme des investissements des entreprises nationales joue un rôle indiscutablement positif : leur part dans le total des investissements, qui avait diminué depuis les années 1950, réaugmente de moitié entre 1973 et 1978, et l'effort d'investissement de l'EDF, par exemple, tend à compenser le recul des investissements privés.

Mais, s'il ne fallait retenir qu'un seul élément, c'est l'absence d'effondrement du commerce mondial qui doit être considérée comme la différence décisive avec l'évolution des années 1930. La remise en cause du libre-échange, bien que souvent évoquée, est restée jusqu'à maintenant largement virtuelle, ou du moins ne se traduit que par des mesures « protectionnistes » de portée limitée. Le volume des échanges internationaux, malgré les vicissitudes du système monétaire international, est resté en expansion soutenue. Et en particulier le volume des exportations françaises, qui avait *diminué de 44 % entre 1929 et 1935*, a au contraire *augmenté de 50 % entre 1973 et 1979*, conservant un rythme de progression nettement supérieur à celui du PIB ; le rapport des exportations au PIB atteint 20 % en 1980 (contre 15,3 % en 1970). L'élasticité des importations par rapport au PIB demeure elle aussi très supérieure à 1, et tend même à augmenter encore. Loin de connaître une sorte de repli sur le « secteur abrité » comme dans les années 1930, l'économie française dépend plus que jamais aujourd'hui du comportement des branches exportatrices.

2. L'économie française face à la concurrence mondiale

La *contrainte extérieure* – c'est-à-dire la nécessité de rétablir l'équilibre de la balance des paiements – devient pour la France, à partir de 1974, un des principaux facteurs limitatifs de la croissance. Le problème n'est pas propre à l'économie française, mais il se pose de façon plus intense que pour d'autres pays, ne serait-ce qu'en raison d'un taux de dépendance énergétique particulièrement élevé.

Le rétablissement de l'équilibre extérieur a été facilité, pour l'ensemble des pays industrialisés, par une hausse rapide du prix des exportations de biens industriels, notamment pour les biens d'équipement. Il en est résulté un redressement très sensible des termes de l'échange entre 1975 et le « second choc pétrolier » de 1979, annulant à concurrence de moitié environ la détérioration initiale de 1973-1974 ; mais, en 1980, le coût des importations d'énergie enregistre un nouveau record (5 % du PIB). L'émergence des « nouveaux pays industriels », exportateurs de biens de consommation manufacturés, constitue un autre fait marquant des années 1970. En termes globaux, il s'agit d'une progression encore modeste, puisque la part de l'ensemble des pays en voie de développement dans les importations françaises de biens industriels s'élève seulement de 6,3 % en 1973 à 8,3 % en 1979. Mais l'impact sur les branches directement concernées est loin d'être négligeable : ainsi, le taux de pénétration du marché intérieur s'élève, entre 1973 et 1979, de 19 % à 33 % pour la branche textile-habillement, et de 17 % à 37 % pour la branche cuir-chaussures, tandis qu'un solde commercial fortement excédentaire fait place en quelques années pour ces deux branches à un solde déficitaire.

Face à ces conditions nouvelles, les différentes économies industrialisées ont fait preuve d'une capacité d'adaptation très inégale, et le clivage s'est rapidement accentué entre deux groupes de pays. Le premier groupe (Allemagne, Japon) a réalisé une adaptation remarquable ; la « performance » de ces pays se caractérise par une maîtrise satisfaisante de l'inflation, par le maintien d'une croissance soutenue des investissements, assurant des gains de productivité importants, et par le dynamisme de leurs exportations industrielles. L'Allemagne et le Japon parviennent très rapidement à rétablir un excédent extérieur ; l'Allemagne – comme la Suisse – bénéficie en outre, grâce à des spécialisations particulièrement favorables, d'une amélioration sensible des termes de l'échange, allant de pair avec une appréciation constante du taux de change de sa monnaie. Le second groupe de pays (Italie, Grande-Bretagne) présente jusqu'à la fin des années 1970 des caractères inverses.

Le cas de la France est plus complexe. Pour le rythme de hausse des prix, pour l'évolution du taux de change, pour l'intensité des conflits sociaux (avec une moyenne annuelle d'environ 4 millions de journées de grève), et selon bien d'autres critères encore, la France occupe une position intermédiaire entre les deux groupes.

Comportements comparés de cinq économies nationales (en %)

	RFA	Japon	*France*	RU	Italie
Variation annuelle du taux de change (1972-1979)	+ 5,1	+ 1,7	*– 0,5*	– 5,0	– 7,7
Taux de croissance des prix à la consommation (1974-1980)	4,9	10,2*	*10,9*	15,5	16,9
Taux de chômage en 1980	3,9	2,0	*6,5*	6,8	7,6
Taux de croissance de l'investissement brut (1975-1979)	5,7	6,9	*1,6*	– 0,6	1,2
Taux de croissance de la productivité horaire du travail (1973-1979)	4,9	4,1	*5,0*	0,6	3,2
Taux de croissance de la consommation des ménages (1973-1979)	2,9	4,2	*3,6*	0,8	2,2

* 1972-1979.

SOURCES : *La Crise du système productif*, INSEE ; V. Lévy-Garboua et B. Weymuller, *Macro-Économie contemporaine*.

Moins avantageusement spécialisée que l'économie allemande par rapport à l'évolution de la demande mondiale, l'économie française réalise néanmoins une performance honorable. Comme de 1969 à 1973, les exportations continuent, de 1973 à 1979, à croître plus vite – *en volume* – que les importations (7 % et 6,3 % par an respectivement). Elles absorbent, en 1979, un peu plus du tiers de la production industrielle (contre un quart en 1973). La part de la France dans le total mondial des exportations industrielles évolue favorablement (7,9 % en 1973, 8,6 % en 1978). Le secteur agro-alimentaire, les services contribuent également à l'amélioration du solde extérieur : l'équilibre de la balance des paiements venait d'être retrouvé en 1978-1979, à la veille du second choc pétrolier. Ce résultat, il faut le souligner, n'a pas été acquis à travers une compression des importations, puisque le taux de pénétration du marché intérieur progresse de façon quasiment parallèle à l'essor des exportations. La croissance rapide des importations s'explique aussi par le maintien d'un taux de croissance relativement élevé du PIB (3 % par an en moyenne entre 1973 et 1979), supérieur d'1 point environ à la moyenne des pays de l'OCDE et au taux de croissance de l'économie allemande. La comparaison avec l'Allemagne est également favorable à la France du point de vue de l'emploi (les effectifs occupés ont diminué de 1,5 million de personnes en RFA entre 1973 et 1978, alors qu'ils augmentent légèrement en France), de la croissance des salaires réels et de la consommation par habitant à prix constants. C'est donc essentiellement la montée et l'« approfondissement » du chômage (plus de 20 % des demandeurs d'emploi, en 1979, ont une ancienneté d'inscription supérieure à 1 an, et cette proportion s'élève à 23,3 % pour les femmes, à plus du quart pour les manœuvres et OS, à plus de 40 % pour les demandeurs d'emploi de plus de 50 ans), plutôt qu'une performance économique inférieure à la moyenne, qui justifie un jugement pessimiste sur l'ensemble des années 1970.

3. L'échec des politiques de relance

Il n'est pas exagéré d'affirmer que les gouvernements ont été aussi désemparés face à la rupture des années 1970 que jadis face à la dépression des années 1930. Les problèmes essentiellement nouveaux de cette période semblent bien ne relever d'aucune des thérapeutiques éprouvées.

La crise pétrolière apparaissant comme l'origine directe de la rupture, une politique énergétique a été mise en place, avec pour objectif de réduire la dépense énergétique française, à la fois par des économies et par des substitutions. Les résultats de cette politique sont à première vue modestes, puisque le taux de dépendance énergétique se trouve simplement ramené de 76 % en 1973 à 74 % en 1979 ! Pour la première fois, cependant, la consommation d'énergie tend à croître moins vite, au cours de cette période, que le volume du PIB ; et la quasi-stabilisation de la consommation de pétrole (106 millions de tonnes en 1973, 108 millions en 1979) contribuera à atténuer quelque peu l'incidence du second choc pétrolier.

En ce qui concerne les politiques de relance, trois phases bien distinctes peuvent être individualisées jusqu'en 1981. Tout d'abord, le gouvernement Chirac mène en 1975 une politique résolument expansionniste ; il s'efforce de soutenir l'activité économique, en laissant se creuser le déficit budgétaire, tout en desserrant le contrôle de la monnaie et du crédit ; cette politique réussit à limiter l'ampleur de la dépression, mais au prix de l'inflation la plus forte jamais enregistrée depuis un quart de siècle. Le gouvernement Barre, dans un premier temps, jusque vers 1977, attribue la priorité à la lutte contre l'inflation, sans parvenir à ramener le rythme annuel de hausse des prix en deçà de 10 %. Puis, dans une seconde phase, l'axe de la politique du gouvernement Barre se déplace implicitement de la lutte contre l'inflation vers la restauration des profits des entreprises : l'objectif prioritaire est de susciter une relance des investissements privés, à travers le rétablissement du partage salaires-profits antérieur à 1973. La libération des prix industriels à partir de 1978, qui donne une nouvelle impulsion à la hausse, s'accompagne effectivement d'un redressement (fragile, à vrai dire) des profits, tandis que des mesures d'exonération fiscale visent à encourager les placements en bourse des ménages. Malgré ces conditions favorables, la reprise attendue des investissements des sociétés privées ne se produit pas : c'est l'échec de la politique de relance.

Rétrospectivement, les années 1970 (ou, si on préfère, le septennat de Valéry Giscard d'Estaing) marquent bien une césure majeure de l'histoire économique, pour la France comme pour l'économie internationale. Leur bilan se présente sous un jour très différent, comme une sorte de *Janus bifrons*, selon qu'on l'aborde par comparaison avec les performances antérieures ou, au contraire, avec l'évolution plus récente. Un rythme de croissance de l'ordre de 3 % par an du PIB français ne pouvait manquer d'être ressenti comme un brusque « décrochage » par rapport aux 5 % de l'âge d'or de 1958-1973, mais représente encore un résultat enviable au regard du maigre 1 % des années 1980.

« La croissance des années 1960, comme le soulignait déjà l'économiste américain Paul Samuelson, fut une sorte de miracle historique ; la véritable question n'est pas de savoir pourquoi les choses vont si mal aujourd'hui, mais comment elles ont pu aller si bien à cette époque. » Ce jugement se justifierait davantage encore, quoique pour des raisons différentes, à l'égard de la France. Un certain nombre de facteurs – comme la modernisation de l'agriculture française, qui rejoint en quelques années les niveaux de productivité les plus avancés – ont joué « une fois pour toutes », et sous cet angle le fléchissement de la croissance pourrait s'interpréter comme un simple retour à la normale, après une parenthèse exceptionnelle. Le sentiment général d'une profonde rupture refléterait ainsi seulement l'incapacité à renouveler une performance hors série et à répondre aux attentes nées de la phase précédente.

Mais cette interprétation somme toute rassurante ne doit pas conduire à minimiser la portée des bouleversements consécutifs aux chocs pétroliers des années 1970. Les pays avancés sont confrontés à une nouvelle configuration de l'économie mondiale, caractérisée à la fois par des éléments de continuité et par des mutations irréversibles. L'ouverture croissante des économies nationales, l'internationalisation de la production (on ne parle pas encore de « globalisation ») constituent plus que jamais la tendance dominante et l'un des principaux moteurs des gains de productivité. Mais cette tendance de fond s'affirme dans un contexte mondial durablement altéré. Par-delà les vicissitudes de la conjoncture pétrolière, l'ère de l'énergie à très bon marché apparaît définitivement close. Pour la première fois, la croissance économique du tiers-monde – en termes de PIB global, sinon de revenu par habitant – tend à dépasser celle des pays avancés. Les inégalités restent croissantes entre les différentes nations et régions du monde, mais déjà la percée des exportations d'un premier groupe de « nouveaux pays industrialisés » remet progressivement en cause la position internationale des « vieux » pays industriels, tout en les concurrençant sur leur propre marché intérieur. Les avantages comparatifs, qui ne sont plus des avantages acquis, doivent être constamment défendus, et la compétitivité apparaît de plus en plus directement comme l'enjeu central des politiques économiques. Les gouvernements se trouvent dès lors confrontés en permanence à des arbitrages difficiles – notamment entre l'impératif de contenir l'inflation et de défendre la monnaie, et le risque de casser le dynamisme de la croissance par un freinage excessif de la demande.

Comment l'économie française a-t-elle réussi depuis trente ans à s'adapter à ce nouveau contexte mondial ? Ce sera l'objet de notre dernier chapitre.

4

Le déclin économique français, mythe ou réalité ? (années 1980-années 2000)

« La France possède aujourd'hui l'économie la plus dynamique d'Europe [...]. La France peut espérer être, d'ici dix ans, l'économie européenne la plus puissante en termes de production totale [...]. En 1990, les Français auront dépassé la Suède en richesse et jouiront du niveau de vie le plus élevé d'Europe. » Ce pronostic a été formulé en 1973 ; il n'émane pas de quelque visionnaire isolé, mais d'une équipe internationale de chercheurs qui ont travaillé au sein de la division européenne du Hudson Institute et publié un ouvrage intitulé *L'Envol de la France dans les années 1980*, en s'appuyant directement sur les données et sur les projections de l'OCDE.

Moins de vingt ans plus tard, ce rappel de l'optimisme qui prévalait au terme d'une période désormais appelée les « Trente Glorieuses[1] » apparaît pour le moins incongru et la confrontation avec les réalités de l'économie française dans les années 1980 particulièrement cruelle. Les références à une situation de « crise » reviennent sans cesse depuis 1975. Un terme d'ailleurs inadéquat pour désigner l'installation durable dans un nouveau régime caractérisé par une progression ralentie des niveaux de vie et – surtout – par l'existence d'un chômage permanent, sans équivalent jusque alors dans toute l'histoire de

1. On oublie facilement que tout n'allait pas si bien à l'époque. La croissance de l'économie française de 1945 à 1968 ou 1974 n'a jamais été, en réalité, un long fleuve tranquille.

l'économie française. Il n'est donc pas étonnant que des économistes d'obédience diverse mettent en cause les choix politiques jugés responsables de ces résultats décevants.

En France comme dans bien d'autres pays, la politique économique a connu des revirements très marqués au cours des années 1970 et l'alternance se poursuit au début des années 1980, lorsque le gouvernement socialiste issu des élections de 1981 décide de faire cavalier seul en appliquant une politique volontariste de relance, associée à des réformes de structure, avant de se rallier dès 1983 aux « politiques de rigueur » désormais largement dominantes en Europe. Mais plus ce retour à la « vertu » monétaire tarde à produire ses fruits, plus se multiplient les critiques envers des politiques restrictives qui sacrifient inconsidérément l'emploi au maintien à tout prix du « franc fort ».

La dimension internationale apparaît plus que jamais essentielle. Alors que, durant la dépression des années 1930, la fermeture et le repli sur soi des économies nationales n'avaient abouti en fin de compte qu'à entraver la reprise, c'est la généralisation des politiques de « désinflation compétitive » qui est, cette fois, dénoncée comme une voie sans issue. Si chaque pays se fixe comme objectif d'accroître ses parts de marché au détriment de ses partenaires, il est impossible par définition que tous y parviennent à la fois ; et la « guerre économique » qui ne manquera pas d'en résulter risque fort d'être préjudiciable à tous (au même titre que la dislocation de l'économie mondiale après 1929), en imposant l'application systématique de politiques tendant à comprimer les salaires et à freiner la demande globale. De plus, l'économie française serait particulièrement vulnérable dans la mesure où elle ne dispose pas des mêmes atouts que sa voisine et concurrente allemande et souffre au contraire de rigidités structurelles spécifiques.

La thèse du déclin économique de la France a été vigoureusement soutenue par l'essayiste Nicolas Baverez[1] et elle a presque aussitôt donné lieu à un vaste débat[2]. Les « déclinistes » – ou « déclinologues » – expriment leur pessimisme à grand renfort d'images : une « France au crépuscule », un « vieux pays », voué à un immobilisme politique, social, économique, intellectuel et moral qui « plonge désormais la France dans le déclin », des performances « piteuses » qui singularisent la France au sein d'une Europe pourtant elle-même « déclassée », « décadente », une « Europe sinistrée du XXe siècle »… Ils invoquent toute une batterie d'indicateurs alarmants (la France recule, en deux décennies, de la quatorzième à la dix-huitième place des pays de l'OCDE selon le taux de croissance ; elle se trouve reléguée à la trentième place du classement de Transparency International qui évalue l'efficacité de l'État de droit et la lutte contre la corruption, et rétrograde d'une médiocre vingtième place à une humiliante trentième place, entre la Hongrie et la Thaïlande, dans le classement du forum économique mondial…), sans parvenir, il est vrai, à impressionner leurs interlocuteurs qui leur opposent d'autres indicateurs plus rassurants (la France classée deuxième pour le nombre d'entreprises figurant parmi les quatre cents plus performantes du monde et créditée de la seconde performance commerciale « selon des critères qui intègrent le niveau des exportations et la qualité des produits »), mais dont la signification et la portée ne sont pas non plus toujours évidentes. La préoccupation centrale des déclinologues, au demeurant, n'est pas de démontrer la réalité du déclin, tant le diagnostic est clair à leurs yeux (« Pour la France au XXe siècle, on ne peut sérieusement discuter de l'existence d'un déclin, mais seulement de son ampleur » ; « les chiffres sont malheureusement

1. N. Baverez, *La France qui tombe. Un constat clinique du destin français*, Paris, Perrin, 2003.
2. *Commentaire*, n° 104, hiver 2003-2004.

irréfragables »[1]), mais plutôt de dénoncer les responsabilités politiques et morales (l'héritage a été dilapidé, quand les Français ont décidé de ne plus travailler pour se comporter en rentiers, tout en refusant les réformes de structure) et d'appeler pour l'avenir à un sursaut volontariste.

L'approche historique ne saurait prétendre trancher entre des visions opposées (mettant en cause soit l'abus des politiques restrictives d'inspiration orthodoxe, soit l'incapacité à mener des réformes libérales suffisamment énergiques), mais elle permet de clarifier le débat et de mieux cerner les enjeux. Une mise en perspective de long terme doit opérer les rapprochements qui s'imposent avec d'autres phases difficiles, mais aussi avec les alternances et retournements qui jalonnent les vingt ou trente dernières années. L'affirmation du déclin, souvent formulée en termes globaux et vagues, devient crédible seulement si l'on est capable de spécifier sans ambiguïté quelle est la période concernée : à quand remonte l'origine du déclin ? quelles phases d'aggravation peut-on identifier ? S'agit-il d'un déclin séculaire, ou du moins engagé depuis toute une génération (les « Trente Piteuses[2] ») ? Est-ce l'« incartade socialiste » de 1981-1982, avec ses contrecoups plus ou moins durables, qui est principalement visée ? Ou s'agit-il plutôt d'un effritement graduel des positions françaises, imputable à des carences permanentes ? Mais dans ce cas, ne convient-il pas d'insister sur les signes d'une détérioration récente, susceptibles d'expliquer une prise de conscience relativement tardive ?

1. G. Delannoi, « La France au crépuscule », *ibid.* ; G. de Colombe et D. Kessler, « La société civile contre le déclin », *ibid.* (mais les auteurs ne précisent pas quels sont ces chiffres « irréfragables » et ils évoquent aussi une performance simplement « moyenne »).

2. Nicolas Baverez, *Les Trente Piteuses*, Paris, Flammarion, 1998. Faut-il comprendre que la rupture intervient en 1968 et que la France est engagée depuis lors sur la voie du déclin ?

La dimension comparative n'est pas moins essentielle. Car le diagnostic variera du tout au tout selon que l'on met l'accent sur les manifestations spécifiques du « mal français » (il en était déjà question au temps « glorieux » des années 1960), ou au contraire sur les difficultés communes aux économies d'Europe occidentale, menacées de désindustrialisation au fur et à mesure qu'émergent à travers le monde de nouvelles puissances industrielles. Sans exclure *a priori* l'hypothèse la plus pessimiste : la France, cas extrême au sein d'une Europe globalement en perte de vitesse… Mais sans préjuger non plus du résultat des comparaisons internationales, auxquelles il incombe de confirmer – ou non – les impressions subjectives, en évitant de confondre recul relatif et déclin absolu. Notre analyse prendra comme fil conducteur l'évolution des politiques économiques en France depuis trente ans, l'appréciation de leurs marges de manœuvre et le suivi systématique de leurs résultats (souvent contrastés) sur la base des grands indicateurs économiques[1], en privilégiant ceux qui expriment le plus directement la position internationale de l'économie française.

I. L'économie française en quête d'un nouveau régime de croissance

La politique économique a toujours connu de fréquents changements de cap, en réponse aux variations de la conjoncture. Les années 1970 avaient été marquées déjà – notamment en France, comme on l'a souligné au chapitre précédent – par des revirements particulièrement accentués, témoignant d'un certain désarroi des politiques économiques face aux déséquilibres exceptionnels consécutifs

1. La référence à des indicateurs *ad hoc* est censée enrichir le débat, mais leur signification reste souvent plus ou moins opaque.

au choc pétrolier de 1974. Bien plus récemment, la crise de 2008 a entraîné un soudain retour en force, à travers le monde occidental, des politiques de type keynésien (soutien de la demande globale par un accroissement massif des dépenses publiques), avec lesquelles l'orthodoxie libérale en vigueur depuis un quart de siècle semblait avoir définitivement rompu.

Le tournant de 1981, propre à la France, revêt cependant une signification nettement différente. D'abord parce que l'accession au pouvoir des socialistes, après vingt-trois ans de gouvernement de la droite sous la Ve République, correspond à l'affirmation d'une stratégie de rupture avec le capitalisme libéral sans équivalent depuis 1945. Mais aussi parce que le revirement décisif intervenu dès 1983 marque le ralliement durable de la France aux « politiques de rigueur » adoptées par ses principaux partenaires européens. Le jeu de l'alternance politique ne se traduira désormais plus que par des inflexions relativement mineures, ne remettant en cause ni les orientations libérales dominantes, ni l'engagement européen dont elles sont indissociables : un ancrage consacré en 1992 par le traité de Maastricht et l'adhésion de la France à l'euro.

1. Les revirements des années 1980 : de l'expérience socialiste au retour de la « rigueur »

L'élection de François Mitterrand, en mai 1981, s'identifie d'emblée à un rejet radical de la politique de Raymond Barre, accusé d'avoir sacrifié l'emploi au « franc fort ». Le programme socialiste qui s'applique en 1981-1982 évoque à plusieurs égards les précédents historiques de 1936 et de 1945. Comme sous le Front populaire avec la « politique du pouvoir d'achat », il s'agit de combattre la crise par des mesures expansionnistes visant à accroître la demande intérieure : hausse des bas salaires (relèvement exceptionnel du SMIC), dépenses publiques supplémentaires, notamment au titre des prestations sociales et pour la création d'emplois publics. En même temps, diverses mesures doivent contribuer à rétablir l'équilibre du marché du travail en réduisant le volume de travail disponible (ce que les économistes appellent l'« offre de travail ») : réduction programmée de la durée hebdomadaire du travail (première mesure de ce type depuis la loi des 40 heures de 1936, dont les résultats décevants paraissent oubliés), abaissement à 60 ans de l'âge de la retraite, recours accru aux préretraites[1]. À d'autres égards, cependant, c'est le rapprochement avec les choix politiques de la Libération (et non de 1936) qui s'impose, à commencer par la place centrale dévolue aux nationalisations, comme en 1945-1946, dans la lignée du Programme commun de 1972. Ces nationalisations, à finalité principalement économique[2], visent à faire du secteur public élargi le « fer de lance » d'une politique ambitieuse de développement et de restructuration industrielle. Sont effectivement nationalisés en février 1982 trente-neuf banques, deux compagnies financières (Suez et Paribas) et cinq grands groupes industriels (auxquels s'ajoute la prise de contrôle par l'État de plusieurs autres, notamment dans la sidérurgie, l'armement, l'informatique…). Il leur incombe de maintenir la présence de l'industrie française dans toutes les filières d'avenir et de mener une stratégie de « reconquête du marché intérieur », quitte à freiner le processus d'intégration au sein de l'économie européenne, engagé depuis plusieurs décennies déjà. La part du secteur public est passée d'un seul coup de 5 à 16 % de l'emploi industriel. Dans l'immédiat, la menace d'une recrudescence de l'inflation et, plus directement encore, la menace spéculative sur le franc obligent à

1. À noter sur ce point une certaine continuité avec le septennat de Giscard d'Estaing, où l'on avait eu recours déjà à ce palliatif.

2. La finalité sociale est présente (loi de démocratisation du secteur public, juillet 1983), mais reste au second plan ; 1983 n'est pas resté comme un « grand cru » de l'histoire sociale de la France.

renforcer drastiquement le contrôle des prix et le contrôle des mouvements de capitaux[1].

On se gardera pourtant de forcer le trait sur le caractère radical de la rupture, car le programme socialiste s'applique dès 1981 avec une certaine modération (le slogan « changer la vie » apparaîtra bientôt fort loin des réalités) et en pleine conscience des risques encourus. C'est que les marges de manœuvres sont faibles (en raison à la fois d'une conjoncture mondiale très défavorable au lendemain du second choc pétrolier et de la fragilité du franc sur le marché des changes), encore réduites d'ailleurs par la mini-relance déjà effectuée juste avant les élections par le gouvernement Barre. Les responsables socialistes, tel Jacques Delors, en tiennent compte ; eux-mêmes se comparent à des « machinistes » attentifs à éviter le risque d'emballement ou de « surchauffe ». Ainsi, les majorations de salaires, traitements et pensions ont été d'emblée limitées pour l'essentiel aux faibles revenus, proches du SMIC, et très vite en grande partie annulées par des relèvements de cotisations sociales, quitte à réduire à peu de chose l'effet de relance espéré. Le souci de rassurer les milieux économiques conduit aussi le gouvernement à écarter le choix d'une dévaluation immédiate lors de son arrivée au pouvoir, à accepter une indemnisation correcte des détenteurs du capital des sociétés nationalisées et à maintenir à leur tête, dans de nombreux cas, les directions en place. Réciproquement, l'élection d'Yvon Gattaz à la présidence du CNPF (fin 1981) sera interprétée comme un signe d'apaisement à l'égard du pouvoir socialiste.

Il est donc d'autant plus significatif de constater que cette action soigneusement dosée n'a pas suffi à empêcher

1. Rappelons que, en 1936, le gouvernement Blum avait au contraire reculé devant l'instauration d'un contrôle des changes. 1981-1982 correspond sans doute, comme 1945-1948, au paroxysme de l'implication directe de l'État dans l'économie en France.

une brusque aggravation de tous les déséquilibres. Les sorties de capitaux, en dépit des contrôles, ont d'abord imposé une hausse record des taux d'intérêt – le taux directeur de la Banque de France est porté à 22 % le 22 mai 1981 – pour la défense du franc, sans parvenir à éviter une première dévaluation (octobre 1981) ressentie comme un premier échec du nouveau gouvernement ; le Front populaire avait commis en 1936 une erreur politique analogue. Tous les facteurs se conjuguent pour provoquer en 1981-1983 un recul supplémentaire de l'investissement, déjà fort déprimé au départ (cf. p. 158 et 166). Le déficit extérieur – déficit commercial et déficit des paiements courants – se creuse, tout comme le déficit des administrations publiques. L'alourdissement de la charge de la dette, provoqué par la montée en flèche des taux d'intérêt, va de pair avec les déficits croissants des sociétés nouvellement nationalisées, alors en pleine restructuration. Le taux d'inflation culmine vers 1982 à près de 14 % en rythme annuel, tout près du maximum de 1975.

Le gouvernement socialiste a bien tenté de réagir, dès 1982, en se résignant à sacrifier une partie de son programme et en adoptant un premier train de mesures restrictives. Après le passage aux 39 heures payées 40 (principe de compensation intégrale, comme en 1936), les réductions ultérieures de la semaine de travail initialement prévues sont reportées *sine die*. La hausse des prélèvements obligatoires (parmi lesquels l'entrée en vigueur de l'IGF, l'impôt sur les grandes fortunes, a une portée surtout symbolique), le durcissement des conditions d'indemnisation du chômage, le freinage des créations d'emplois publics et surtout des hausses de salaires s'efforcent de contenir la montée des déséquilibres – mais avec des résultats décevants. Il est clair, dès 1983, que la tentative de relance a avorté ; le chômage progresse, le différentiel d'inflation avec les principaux partenaires de la France (et pas seulement avec l'Allemagne) persiste. Les comparaisons internationales font ressortir l'échec de la France au regard de l'ensemble des pays occidentaux, déjà bien engagés sur la voie de la désinflation, et où se manifestent les premiers signes de reprise ; la courbe du taux de chômage en France repasse en 1983 au-dessus de celle des États-Unis (et il s'agira d'un retournement durable). La perte de compétitivité de l'économie française est sanctionnée par trois dévaluations coup sur coup, en octobre 1981, juin 1982 et mars 1983, toutes trois de faible amplitude[1], mais qui n'en sont pas moins ressenties comme l'échec le plus cinglant – avec la montée du chômage – pour la politique du gouvernement socialiste ; on voit se profiler la menace d'un processus cumulatif où l'inflation interne et la dépréciation externe du franc s'entraînent réciproquement, sans parvenir à rétablir l'équilibre extérieur et la compétitivité des exportations françaises.

Un « moment de vérité » se produit en mars 1983, précisément lors de la troisième dévaluation. Après les désillusions des mois précédents, un choix crucial entre deux lignes opposées devient nécessaire. La première (préconisée par ceux qu'on appelle parfois les « Albanais ») consisterait à sortir du système monétaire européen (SME), à accepter une forte dépréciation du franc, devenu monnaie flottante, et à accentuer le dirigisme pour mener résolument une politique de relance interne, associée à des mesures protectionnistes et à un strict contrôle des échanges extérieurs. La seconde vise au contraire à renforcer l'ancrage du franc dans le SME, en appliquant une politique de rigueur suffisamment énergique pour éviter une nouvelle dévaluation, quitte à accentuer encore davantage le freinage de la demande interne et à renoncer à toute velléité de rupture avec l'économie libérale. François Mitterrand,

1. La plus forte des trois, celle de 1982, n'est que de 5,75 % par rapport à l'unité de compte européenne, l'ECU ; même compte tenu de la réévaluation concomitante du mark (âprement négociée), c'est trop peu pour rétablir durablement la compétitivité-prix des exportations françaises lorsque l'écart des taux annuels d'inflation au détriment de la France atteint environ 6 %.

après de larges consultations au-delà de son entourage direct (on évoque l'influence de ses « visiteurs du soir... ») opte sans ambiguïté, en 1983, pour cette seconde stratégie ; la « rigueur » n'est plus présentée comme un mal transitoire, mais comme un corollaire logique de l'engagement européen de la France, et comme l'instrument d'une politique volontariste tournée vers la modernisation industrielle et la compétitivité internationale.

En réalité, le changement de cap est très net à tous égards. La désinflation, le rétablissement des équilibres, la reconstitution des marges de profit reviennent au premier rang des priorités, comme sous Raymond Barre ; la résorption du chômage n'est plus que l'objectif ultime. La relance par les dépenses publiques s'efface devant le soutien à l'investissement productif, la « reconquête du marché intérieur » faisant place à l'acceptation des règles du jeu européen et le projet de rupture avec le capitalisme à une pleine reconnaissance du rôle de l'entreprise. La nouvelle orientation libérale se traduit aussi par des réformes financières destinées à « muscler les entreprises », en leur facilitant notamment l'émission de titres sur le marché monétaire ; la création du MATIF (marché à terme des instruments financiers) permet aux sociétés de se couvrir contre les variations de taux. L'encadrement du crédit, qui avait pour effet de figer les positions acquises, est supprimé. Le contrôle des prix tend de nouveau à s'assouplir. La planification perd tout caractère directif et même s'étiole. Quant au secteur nationalisé, sa gestion participe au virage libéral : il contribue activement au processus de désindexation des salaires, et la plupart des sociétés parviennent à rétablir leur rentabilité à travers des compressions d'effectifs, tout en bénéficiant de larges financements pour mener à bien leurs programmes d'investissement. Globalement, la part des salaires dans la valeur ajoutée des sociétés industrielles, qui avait fortement augmenté sous les gouvernements de droite depuis 1974 (et jusqu'en 1982), amorce une baisse durable à partir de 1983-1984, et on constate même, non plus une progression ralentie, mais un recul absolu sans précédent du salaire réel moyen, ce qui ne suffit pas toutefois à assurer une reprise de l'emploi et à enrayer la montée du chômage jusqu'en 1986.

L'expérience de 1981-1983 aura contribué, plus que n'importe quelle argumentation libérale, à ancrer la conviction qu'il n'existe aucune alternative possible à la « rigueur ». La défaite électorale des socialistes en 1986 sanctionne moins, semble-t-il, la « conversion » libérale de 1983 en elle-même que le retard de la nouvelle politique à produire les effets attendus en termes de désinflation, de reprise de l'investissement privé et – surtout – de redressement de l'emploi.

L'intermède de la « cohabitation » (1986-1988), puis le retour de la gauche en 1988 apportent des inflexions significatives, mais ne constituent nullement des points tournants de la politique économique au même titre que 1981 et 1983. Le gouvernement Chirac, dès son accession au pouvoir en 1986, opère une nouvelle dévaluation (ce sera la dernière de l'histoire du franc), présentée comme le solde des dérives socialistes. La désinflation, la solidité du franc, le rétablissement des équilibres demeurent plus que jamais les objectifs prioritaires. Mais le gouvernement, qui bénéficie de l'« aubaine » du contre-choc pétrolier de 1985, croit pouvoir y parvenir par un resserrement des dépenses publiques (5 700 emplois budgétaires supprimés en 1987), associé à des réductions d'impôts (suppression de l'IGF, relèvement du seuil d'exonération d'impôt sur le revenu pour les ménages à faibles ressources, réduction du taux d'imposition du bénéfice des sociétés) visant à stimuler l'activité économique, selon la logique des « politiques de l'offre ». En même temps, le lancement du programme de privatisations – qui devait s'étendre aux nationalisations de 1945, jusque alors englobées dans un consensus tacite – apparaît comme l'opposition la plus marquante avec les choix du gouvernement socialiste. Il s'agit à la fois de procurer à l'État un supplément de recettes financières (indolores) pour alléger le poids de la dette, de favoriser l'émergence d'un actionnariat populaire et surtout de donner un nouveau souffle au développement industriel, désormais affranchi de tout préjugé anticapitaliste et de plus en plus libéré de toute entrave à l'internationalisation. L'orientation libérale s'affirme aussi à travers toute une série de dispositions dont certaines ont valeur de symbole : disparition totale du contrôle des prix (abolition de l'ordonnance de 1945), effacement de la planification, libéralisation des changes, libéralisation du crédit et des marchés de capitaux, suppression de l'autorisation administrative de licenciement (décembre 1986), durcissement de la politique salariale, notamment à l'égard de la fonction publique…

Plus tard, le nouveau renversement de majorité, à la suite de la réélection de François Mitterrand en 1988, ne s'identifie nullement à une rupture avec l'ensemble des choix du gouvernement Chirac. Le gouvernement Rocard rétablit l'impôt sur la fortune (sous le nom plus « consensuel » d'ISF, impôt de solidarité sur la fortune) pour financer l'instauration du RMI (revenu minimum d'insertion) : c'était, dans un contexte de sous-emploi chronique, la seule promesse notable d'avancée sociale figurant au programme socialiste. D'autre part, le processus de dénationalisation, déjà sérieusement ralenti depuis le krach boursier de 1987, est arrêté. La règle de conduite fixée par le président et que résume la formule du « ni… ni » – ni nouvelle nationalisation ni privatisation – illustre fort bien le contraste avec l'élan réformateur de 1981.

Si on se place au terme de la décennie, vers 1990, et que l'on tente un premier bilan des choix qui ont prévalu de façon quasi continue depuis 1983, on devra d'abord se demander dans quelle mesure cette politique a réussi à atteindre ses propres objectifs. La décrue de l'inflation n'a certes pas été immédiate, mais le résultat est néanmoins impressionnant, puisque le rythme annuel de hausse des prix à la consommation a reflué de 11,6 % en 1981-1983 à 3,2 % en 1988-1990 ; l'écart avec la moyenne de nos partenaires européens (4,3 % en 1988-1990) s'est même inversé à l'avantage de la France, ce qui tend pour la première fois à procurer un avantage de compétitivité-prix hors de toute dévaluation. La désinflation résulte très directement du freinage des salaires, dont la progression (en valeur réelle) est devenue nettement inférieure aux gains de productivité ; d'où une forte diminution de la part des rémunérations salariales dans la valeur ajoutée des sociétés (de 74,1 % en 1981-1983 à 65,2 % en 1988-1990 ; on est même repassé au-dessous de la proportion qui prévalait à la veille du premier choc pétrolier, 69,6 % en 1971-1973), assurant du même coup la reconstitution des marges des entreprises : un objectif qui n'avait jamais pu être atteint sous le gouvernement Barre. En revanche, en dépit de tout le discours libéral, le poids relatif des dépenses publiques apparaît stabilisé à un niveau exceptionnellement élevé (49,5 % du PIB en 1981-1983, 49,4 % en 1988-1990, contre seulement 39,8 % en 1971-1973) et, malgré l'accroissement parallèle des prélèvements obligatoires[1], le déficit des administrations publiques tend à se pérenniser : – 2,5 % du PIB en 1981-1983, – 2,3 % en 1988-1990. Le décalage flagrant qui apparaît ici entre les intentions et les réalités (l'équilibre des finances publiques n'a plus jamais été réalisé depuis 1980, alors qu'il était de règle encore au début des années 1970) dénote soit un manque de volonté politique, soit une diminution inquiétante des marges de manœuvre de la politique gouvernementale.

Le déficit chronique, l'accroissement continu de la dette publique, les dévaluations, la précarité de l'équilibre extérieur sont responsables d'une méfiance persistante envers le franc, qui explique l'une des déceptions majeures des années 1980 : le comportement des taux d'intérêt. De la

1. Les allègements occasionnels de l'impôt sont plus que compensés, même en 1986-1987, par l'alourdissement tendanciel des cotisations sociales, qui pèse conjointement sur les marges des entreprises et sur le pouvoir d'achat des ménages.

politique de rigueur, on attendait en effet une baisse des taux d'intérêt, de nature à favoriser l'investissement et, indirectement, l'emploi, au fur et à mesure du reflux des anticipations inflationnistes. Or en réalité, si on assiste bien à un certain recul des taux d'intérêt nominaux (à partir des sommets atteints vers 1981-1982), ce recul ne suit qu'avec retard et partiellement le reflux des taux d'inflation (qui allégeaient considérablement jusqu'au début des années 1980 la charge réelle de la dette). Autrement dit, la désinflation a pour effet pervers de provoquer dans l'immédiat une augmentation des taux d'intérêt réels[1], notamment par comparaison avec l'Allemagne, au détriment des finances publiques (alourdissement de la charge de la dette) et de l'investissement privé, déjà affaibli par l'atonie de la demande. D'où perte de compétitivité, freinage de l'activité et carence de l'emploi : on y reviendra, dans la suite du chapitre. Le seuil de deux millions et demi de chômeurs a été franchi en 1986 pour la première fois et le taux de chômage français dépassera bientôt durablement 10 %.

Hormis le net recul de l'inflation, le bilan global vers 1990 peut difficilement être tenu pour favorable : le coût de la désinflation s'est avéré plus lourd que prévu. Comment expliquer alors le maintien des grandes orientations qui prévalent depuis 1983 ? D'abord, certainement par la conviction largement partagée qu'il n'existe pas de solution de rechange, que la France ne peut pas faire cavalier seul et que tout relâchement de l'effort aurait des conséquences graves : en ce sens, la politique de rigueur apparaît moins comme un choix que comme une contrainte. Il y a aussi la volonté de croire qu'on est en présence de simples coûts d'ajustement transitoires et que

1. Le taux d'intérêt réel se définit comme la différence entre le taux d'intérêt nominal et le taux d'inflation. C'est lui qui exprime le coût réel de l'emprunt (si on emprunte au taux nominal de 10 % et que le taux d'inflation est de 10 %, le coût réel de l'emprunt est nul).

la « vertu » monétaire, si elle est maintenue avec assez de persévérance, finira par donner les résultats attendus, en termes de baisse des taux d'intérêt notamment. Et puis on compte sur le renforcement de l'engagement européen de la France et de l'ancrage du franc sur le mark pour améliorer fondamentalement les perspectives économiques : d'où l'importance attribuée aux progrès de la construction européenne. Une conviction qui n'a jamais été unanime, mais qui exerce une influence dominante sur l'évolution des années 1990.

2. L'ancrage européen : du traité de Maastricht (1992) à la crise de 2008

De la priorité au « franc fort » sous Raymond Barre à l'« euro fort » des années 2000, la défense de la monnaie garde presque toujours une place centrale : la politique de désinflation compétitive des années 1990 se situe dans le prolongement direct des politiques de rigueur des années 1980. Le modèle allemand exerce alors sur la France une sorte de fascination, qui s'explique par la tenue du mark et la position internationale de l'économie allemande plus que par ses performances de croissance. Le maintien de la parité franc/mark focalise l'attention des gouvernants français. Sans succès dans l'immédiat (dévaluations du franc, réévaluations du mark), comme on l'a vu – mais, à terme, il s'avère que le fonctionnement du système monétaire européen a tout de même réussi à créer une zone de relative stabilité monétaire ; vers 1987, les progrès vers une convergence des taux d'inflation en Europe se confirment, la France n'apparaissant nullement comme un cas isolé à cet égard. En janvier 1990, le gouvernement Rocard est en mesure de mettre fin au contrôle des changes. La même année, la livre sterling et la peseta espagnole entrent dans le SME.

L'Europe occidentale, qu'Alain Minc, quelques années

plus tôt, voyait menacée de « finlandisation [1] », affirme sa capacité d'aller de l'avant, qui contraste avec l'éclatement du bloc soviétique en 1989. Le succès de l'élargissement au Sud (adhésion de l'Espagne et du Portugal à la CEE en 1986, après la Grèce en 1981) permet d'envisager de nouveaux progrès de la construction européenne. Cependant, l'avènement du « grand marché », fixé au 1er janvier 1993 par l'Acte unique de 1986 et présenté [2] comme une avancée majeure (liberté complète des mouvements de capitaux, liberté de prestation des services, notamment financiers), ne peut répondre pleinement aux attentes que s'il s'accompagne d'autres changements encore plus décisifs.

En 1988, le Conseil européen charge un groupe d'experts, sous l'autorité de Jacques Delors, d'étudier les conditions de passage à une union économique et monétaire. Le « rapport Delors » (avril 1989), adopté par le Conseil européen (Madrid, juin 1990), prévoit la mise en place d'un Système européen de Banque centrale et le passage à une monnaie unique européenne. Il est directement à l'origine du traité de Maastricht (février 1992) qui donne naissance à l'Union européenne (c'est le nom que prend désormais la Communauté européenne) et engage le processus qui doit conduire en une dizaine d'années à la réalisation de l'Union économique et monétaire (UEM) ; l'ECU (ultérieurement rebaptisé euro en 1995), qui n'est encore qu'une simple unité de compte au sein du SME, est appelé à devenir, à l'horizon de 1999, la monnaie unique des pays adhérents. Le traité de Maastricht précise également les étapes du processus et fixe les conditions que devront remplir les pays candidats à l'adhésion :

1. Vanité des prévisions, dont l'erreur n'est jamais sanctionnée : elles sont oubliées bien avant d'être démenties…

2. On oublie un peu trop facilement, avec le slogan du « grand marché unifié de 1993 », que le *Marché commun* (abolition complète des droits de douane sur les échanges intracommunautaires de marchandises) est déjà réalisé depuis 1968 et que l'unification du marché des services ne peut résulter que d'un processus très graduel.

– taux d'inflation n'excédant pas de plus de 1,5 % ceux des trois pays les moins inflationnistes ;
– déficit budgétaire inférieur à 3 % du PIB ;
– endettement public inférieur à 60 % du PIB ;
– taux d'intérêt réels à long terme n'excédant pas de plus de 3 % ceux des trois pays ayant les taux les plus faibles ;
– absence de dévaluation au cours des deux années précédant l'intégration à l'UEM.

Le Royaume-Uni a très vite fait connaître son choix de se retirer du projet, qui est au contraire fortement soutenu aussi bien par des pays comme la France et l'Italie, qui comptent s'appuyer sur les critères de Maastricht pour prévenir toute résurgence de leur passé inflationniste, que par l'Allemagne, consciente de l'influence déterminante qu'elle exercera au sein de l'UEM et soucieuse de confirmer son engagement européen au moment où elle aborde le difficile processus de réunification. En France, le traité de Maastricht est ratifié par référendum (septembre 1992) à une très faible majorité (51,05 %). Les opposants au traité dénoncent comme une grave atteinte à la souveraineté nationale la perte de toute autonomie de la politique monétaire au sein de l'UEM. Ses partisans au contraire n'hésitent pas à calculer par avance – en points de PIB supplémentaires – l'économie correspondant à la fin des opérations de change (on économisera aussi sur la couverture des risques de change), et ils font valoir la perspective d'une accession de l'Union européenne au rang de première puissance mondiale à égalité avec les États-Unis ; certains y ajoutent l'espoir que la France puisse peser, au sein de l'UEM, face à l'influence allemande, en faveur d'une coordination des politiques économiques dans un sens moins restrictif que lors des années 1980.

Quoi qu'il en soit, le respect des « critères de Maastricht », prélude à une stabilisation définitive des relations monétaires au sein de l'UEM, devient à partir de 1992 le point focal des politiques nationales des pays candidats à l'adhésion. Mais, dans l'immédiat, la perspective d'une fixation irrévocable des parités a eu pour effet pervers de déclencher une tourmente monétaire sans précédent (septembre 1992-juillet 1993). La spéculation se déchaîne contre les monnaies jugées surévaluées (lire, peseta, mais aussi livre sterling) et les pays concernés renoncent à défendre les parités en vigueur ; la mise en flottement de leur monnaie se traduit par une dépréciation immédiate de l'ordre de 20 %. La spéculation se porte alors contre le franc. Mais le gouvernement français, soucieux de préserver les acquis d'une décennie de désinflation (question de « crédibilité », dans le vocabulaire des économistes), décide au contraire de défendre coûte que coûte la parité franc/mark par une politique monétaire aussi restrictive qu'il le faudra. Non seulement la France accompagne la hausse des taux d'intérêt nominaux appliquée par l'Allemagne pour des raisons internes (face aux tensions inflationnistes liées aux coûts de la réunification depuis 1990-1991), mais elle laisse s'accentuer l'écart chronique des taux d'intérêt nominaux et réels à son détriment.

La réaction française a sans aucun doute contribué à sauvegarder l'existence du SME[1], mais l'économie française en paie visiblement le prix. Les taux d'intérêt réels à court terme et à long terme ont été portés à des niveaux anormalement élevés et s'y maintiennent durablement (près du double de l'Allemagne : 5,9 % contre 3,1 % pour les années 1992-1995). La récession de 1993 est la plus grave depuis 1975[2] : chute de 6,7 % du volume de l'investissement, montée inquiétante du chômage (800 000 chômeurs supplémentaires entre 1990 et 1993, et la progression se poursuit en 1994). La baisse d'activité se répercute

1. Avec cependant des règles modifiées en juillet 1993 : la marge de fluctuation autorisée de part et d'autre du cours pivot est portée à +/– 15 %, ce qui ne paraît pas très éloigné d'un régime de flottement, à contresens des perspectives de l'UEM.

2. La baisse du PIB annuel, il est vrai, est à peine de 1 % dans les deux cas. On reviendra plus loin sur l'importance des stabilisateurs automatiques.

directement sur les recettes publiques, d'où un déficit record des administrations publiques (– 6,4 % du PIB en 1993, étrange résultat d'une décennie de « rigueur »). Le cercle vicieux récessif dans lequel se débat l'économie française limite du même coup les possibilités d'intervention pour soutenir l'activité : quelques réductions des charges sociales (patronales) en 1993, sans effet visible sur l'emploi ; des mesures ponctuelles en faveur de l'industrie automobile (« prime à la casse » accordée par le gouvernement Balladur en 1994), dont l'effet temporaire est inévitablement suivi d'une retombée dès qu'elles prennent fin. La comparaison avec l'Italie, le Royaume-Uni et l'Espagne – dont la croissance a bénéficié d'une forte impulsion grâce au « décrochage » du taux de change et au surcroît de compétitivité qui en résulte – apparaît alors particulièrement défavorable à la France.

Simple épisode dans le processus de passage à l'euro ? Vers 1995-1996, effectivement, une fois le calme revenu sur le marché des changes, la politique de désinflation compétitive reprend son cours normal. L'économie française bénéficie (enfin) d'un repli significatif et durable des taux d'intérêt, qui supprime l'un des obstacles à l'essor des investissements. La stabilisation relative des parités entre les monnaies des pays candidats à l'UEM, puis leur fixation définitive préludent à l'entrée en vigueur de l'euro dès le 1er janvier 1999 (c'était la date initialement prévue) pour les transactions financières, et trois ans plus tard, le 1er janvier 2002, pour les paiements courants : la naissance de la « zone euro » (ou Euroland) apparaît donc non comme une brusque rupture, mais comme l'aboutissement de tout un processus d'intégration, dans la continuité du SME.

Le passage à la monnaie unique, en éliminant l'effet perturbateur des dévaluations nationales, doit inciter encore davantage les pays de l'UEM à « tenir » les prix pour renforcer leur compétitivité, accroître leurs « parts de marché » et stimuler leur croissance par la vigueur des exportations ; le freinage des salaires, imposé par la concurrence internationale, doit simultanément donner aux firmes les moyens de développer leur effort d'investissement et d'innovation, autre déterminant majeur de la compétitivité. Autrement dit, le but visé est de promouvoir une dynamique de croissance fondée sur l'exportation et l'investissement. Mais cette logique n'est pas sans failles. En premier lieu, comme il est impossible – par définition – que tous les pays à la fois réussissent à accroître leur propre part de marché, l'exacerbation de la concurrence (l'effort de chaque pays pour devenir plus compétitif que ses partenaires) risque d'avoir pour seul effet global une généralisation des politiques restrictives, préjudiciable à tous, à la suite du freinage des salaires et de la demande interne. De plus, l'unification monétaire réalisée au sein de l'UEM ne supprime pas l'incertitude liée au « flottement » de l'euro vis-à-vis de la livre, du dollar et des monnaies qui leur sont liées.

Schématiquement, le sort de chaque économie nationale au sein de l'UEM pourra donc s'analyser comme la résultante de trois facteurs : la conjoncture mondiale, les choix et priorités définis dans le cadre européen et enfin la politique du pays lui-même – en l'occurrence, la France.

Le primat de la conjoncture mondiale ne peut que s'accentuer avec la tendance de fond à l'ouverture croissante des économies nationales (déjà bien avant qu'on ne parle de « mondialisation »). La France, par exemple, accroît de 5,4 % par an en moyenne le volume de ses exportations entre 1991 et 1997 (contre seulement 1,3 % pour le PIB), et le taux d'ouverture de l'économie française augmente du côté des exportations (X/PIB) comme des importations (M/PIB). Les fluctuations à court terme sont synchronisées plus nettement que jamais, comme en témoigne la quasi-simultanéité des récessions (années 1993, 2001, 2008) ; symétriquement, l'impulsion exercée à la fin des années 1990 par l'essor de la « nouvelle économie » (axée sur l'électronique et l'informatique) se fait sentir dans l'ensemble des pays industrialisés et des économies émergentes. On remarque toutefois que les « points tournants », à l'origine des phases de reprise comme lors des récessions, interviennent presque toujours d'abord aux États-Unis – c'est bien le signe que l'économie américaine conserve une emprise dominante. Il s'agit donc, pour les économies européennes, de tirer le meilleur parti d'une conjoncture mondiale sur laquelle elles n'exercent qu'une influence limitée.

L'Union européenne fait preuve dans l'ensemble d'une grande continuité dans le choix de ses axes d'action prioritaire. Ainsi la politique de renforcement de la concurrence au sein du « grand marché européen » tient toujours plus de place que les interventions en matière sociale ou fiscale et se traduit en particulier dans la période récente par la remise en cause des monopoles publics. Mais c'est surtout, bien entendu, la stabilité monétaire qui demeure la préoccupation centrale. En 1997, le *Pacte de stabilité et de croissance* confirme et accentue les orientations définies par le traité de Maastricht, en assignant comme norme aux pays de la (future) zone euro de tendre vers l'équilibre budgétaire ; il prévoit un système d'alerte multilatéral et la possibilité d'engager des procédures en cas de déficit excessif. La *Banque centrale européenne* (BCE), mise en place en 1998, est chargée de définir les grandes orientations de la politique monétaire et de les mettre en œuvre, notamment par la fixation des taux directeurs. Sa mission prioritaire est d'assurer la stabilité des prix et le maintien du pouvoir d'achat de l'euro, en pleine indépendance à l'égard des gouvernements, selon le modèle allemand de la Bundesbank.

Cette permanence des grandes orientations laisse place cependant à certaines modulations. L'assouplissement des critères de Maastricht rend possible, par exemple, l'adhésion de l'Italie à l'UEM, malgré un taux d'endettement public très supérieur à 60 % du PIB, compte tenu de ses efforts pour se rapprocher de la norme. La BCE elle-même applique, vers 1998-1999, une politique monétaire (modérément) expansionniste, favorable à une détente générale des taux d'intérêt. L'économie française connaît alors un rebond du volume d'investissement (+ 6,1 % en 1998, + 7 % en 1999) sans équivalent depuis une quinzaine d'années mais qui n'affecte pas la stabilité des prix (+ 0,5 % par an en 1998-1999). En même temps, la baisse initiale de l'euro par rapport au dollar jusqu'à l'automne 2000 favorise la compétitivité des exportations des pays de la zone euro, dans un contexte de forte expansion du commerce mondial. La tendance s'inverse durant les années 2000-2008, où l'euro, après avoir retrouvé en juillet 2002 sa parité initiale de janvier 1999 (1,17 $ pour 1 €), amorce une progression exceptionnellement soutenue jusqu'en juillet 2008 (1,60 $ pour 1 €, soit une revalorisation de 37 % en six ans). La perte de compétitivité qui en résulte apparaît alors – au même titre que la hausse des taux d'intérêt jusqu'en 1995 – comme l'un des facteurs susceptibles d'expliquer le fléchissement de la croissance française après 2001. Une atonie de la croissance qui n'est d'ailleurs pas le propre de la France et qui compromet indirectement l'équilibre des finances publiques. En 2005, donc nettement avant la crise de 2008, le Conseil européen admet la possibilité de dérogations ou d'assouplissements quant à l'application des critères de Maastricht. Mais la priorité inconditionnelle attribuée par la BCE au maintien de la valeur réelle de l'euro n'est pas remise en cause pour autant.

Dans ce contexte où l'« euro fort » n'est nullement synonyme de stabilité, quelle latitude d'action subsiste pour la politique nationale ? Quels en sont les axes principaux ? L'effacement des clivages entre stratégies « de gauche » et « de droite », qui s'annonçait à la fin des années 1980, s'est-il confirmé par la suite ?

Les dénationalisations, associées à des mesures tous azimuts de dérégulation, conformément à l'inspiration libérale des traités européens, sont devenues l'une des priorités affichées par la droite française dès 1982-1983. Le programme de privatisations adopté par le gouvernement Balladur (juillet 1993) va nettement au-delà de celui de 1986 ; il englobe une grande partie de l'« ancien » secteur public, issu des nationalisations de la Libération : Air France, les principales banques et compagnies d'assurances, Renault (privatisation symbolique entre toutes, malgré la transformation préalable de Renault en société anonyme en 1990, sous Rocard) et s'étend aussi au vieux monopole public de la SEITA. L'objectif est de donner un nouveau souffle au capitalisme français, de renforcer la position internationale des groupes industriels, tout en soulageant quelque peu le déficit des finances publiques (on parle de la vente des « bijoux de famille »...). En réalité, l'application de ce programme, étalée sur plusieurs années, peut difficilement être tenue pour une rupture majeure. Le gouvernement Jospin, en 1997, loin d'inverser la tendance, se contente de ralentir les privatisations. Les cessions de participations au secteur privé, qui se sont poursuivies depuis lors, laissent subsister en général un contrôle public au moins partiel ; elles ne sont plus considérées comme un enjeu idéologique [1] et font partie du fonctionnement normal d'un capitalisme mixte. Quant aux restructurations réussies du point de vue des groupes industriels concernés, elles ont eu pour contrepartie le plus souvent une compression des effectifs salariés.

La politique de l'emploi devient pourtant une préoccupation de plus en plus centrale pour les gouvernements successifs, au fur et à mesure que se confirme la menace de désindustrialisation (qui pèse sur l'ensemble des « vieux » pays industriels) et que la France s'installe dans un régime de chômage permanent. Le prestige des modèles scandinaves tient aujourd'hui bien plus à la préservation des équilibres sociaux qu'à des performances économiques exceptionnelles. En France, la politique de l'emploi n'a

1. La participation du secteur privé à la construction et à la gestion des prisons, qui avait donné lieu à des débats enflammés en 1986-1987 (pour ou contre la « prison privée »), est aujourd'hui tacitement acceptée, ou du moins n'est plus remise en cause.

jamais cessé de rechercher des solutions – ou des palliatifs – dans les directions les plus diverses. L'annonce d'efforts supplémentaires pour la formation initiale et continue, les mesures spécifiques (« plans », « actions », « programmes »…) pour l'emploi des jeunes, les allègements de charges sociales patronales (en 1996 notamment) pour inciter à la création d'emplois, ou même au simple maintien d'emplois industriels menacés, se sont succédé depuis les années 1990. On pourrait d'ailleurs trouver des précédents plus anciens à la plupart de ces mesures. En même temps, les conditions d'indemnisation du chômage, généreusement améliorées en 1974 au seuil de la crise, ont été durcies à plusieurs reprises, y compris sous les gouvernements de gauche (en 1998, 40 % des chômeurs indemnisés reçoivent moins que l'équivalent du SMIC, contre seulement 12 % en 1992). Ce durcissement, qui répond à des contraintes immédiates d'ordre financier, mais aussi à l'intention inavouée de faire pression sur les chômeurs pour qu'ils acceptent plus facilement un emploi, ne rencontre pas de résistance décisive – contrairement à ce qui adviendra plus tard lors de la tentative du gouvernement Villepin pour instaurer un « contrat de première embauche » (CPE) jugé discriminatoire à l'encontre des jeunes.

Certains dispositifs présentent un caractère consensuel qui facilite leur application. C'est le cas des mesures dites d'« enrichissement de la croissance en emplois », par aide à l'emploi marchand (tels les CIE, contrats initiative emploi, ou les réductions de charges en faveur de l'embauche à temps partiel) ou par création directe d'emplois non marchands (comme les CES, contrats emploi solidarité). C'est le cas à plus forte raison des mesures de traitement social du chômage : le recours aux préretraites, largement pratiqué depuis les années 1970, est l'exemple type d'une mesure quasi indolore dans l'immédiat, mais qui se révèle particulièrement coûteuse à tous égards dans le long terme – on y reviendra à propos du bilan de la période. En revanche, le passage à la semaine de 35 heures, sous le gouvernement Jospin (loi du 19 janvier 2000), source de contraintes nouvelles pour les entreprises malgré des modalités délibérément très différentes du précédent historique de 1936[1], ravive immédiatement les antagonismes droite-gauche. Dès l'élection de Nicolas Sarkozy, la loi TEPA « en faveur du travail, de l'emploi et du pouvoir d'achat » (août 2007) s'efforce d'inverser la tendance par la défiscalisation des heures supplémentaires, sans toutefois abroger les 35 heures.

Ces très nombreuses mesures, d'inspirations diverses et parfois opposées, ont néanmoins en commun de peser en permanence, pour des résultats limités, sur l'équilibre des finances publiques (par les exonérations d'impôts et de cotisations sociales plus encore que par les dépenses visibles). Le déficit se pérennise, il dépasse déjà 3,1 % du PIB (déficit des administrations publiques « au sens de Maastricht », comptes sociaux inclus) pour la moyenne des années 2002-2007.

La crise de 2008 peut être considérée comme un « moment de vérité ». Elle sanctionne la dérégulation financière et les innovations incontrôlées qu'elle a rendues possibles, aux États-Unis notamment. Mais elle permet aussi de tester la capacité de réaction des pays confrontés à la crise. Oublié d'un seul coup le discours libéral dominant qui, depuis les années 1980, déclarait obsolète le recours aux « politiques de relance » de type keynésien, par soutien de la demande globale : même dans les pays déjà affectés au départ par un déséquilibre chronique des dépenses publiques, comme la France, les gouvernements acceptent une accentuation sans précédent de l'ampleur des déficits. En 2009, le recul du PIB français se trouve limité à 2,6 % par rapport au maximum atteint en 2008. Succès relatif,

1. La loi n'impose pas le maintien intégral du salaire hebdomadaire antérieur et prévoit des négociations décentralisées en vue d'une application « flexible » des 35 heures.

mais qui prend tout son relief par contraste avec l'intensité des dépressions du passé. Trois facteurs ont joué un rôle essentiel à cet égard : les stabilisateurs automatiques, au sein d'une économie où les dépenses publiques dépassent 50 % du PIB (depuis 1983…) ; la simultanéité (à défaut de coordination proprement dite) de l'action de sauvetage des banques et des mesures expansionnistes dans les principaux pays occidentaux ; l'acquis, enfin, d'une longue période de désinflation, permettant d'éviter que les anticipations inflationnistes annulent au fur et à mesure l'efficacité des mesures de relance. Succès partiel et précaire, bien entendu, puisque le rebond du chômage et les perspectives d'un recul durable de l'emploi industriel font peser une sérieuse menace sur l'avenir.

Les trois décennies que l'on vient de survoler présentent des caractéristiques contradictoires : désinflation effective, mais déficits publics persistants ; priorité à la stabilité monétaire, mais variations brutales des changes entre l'euro et le dollar ; intentions libérales hautement proclamées, mais incapacité à réduire le poids des prélèvements obligatoires et implication toujours aussi directe de l'État dans la gestion de l'économie. Le manque de recul historique interdit de prétendre juger telle ou telle mesure, telle ou telle orientation. Mais une mise en perspective de long terme doit permettre de préciser le diagnostic et de mieux cerner les enjeux actuels.

II. L'économie française face au péril de la désindustrialisation

Depuis la révolution industrielle, la croissance économique moderne s'est accompagnée de constantes évolutions structurelles, affectant notamment l'emploi. La résorption du secteur agricole allait de pair, en France, jusqu'aux années 1970, avec une progression simultanée (absolue et relative) de l'emploi dans l'industrie et de l'emploi dans les services. Il n'en est plus de même depuis une trentaine d'années : seul l'emploi tertiaire continue à augmenter, alors que les effectifs du secteur secondaire ont d'abord stagné, puis régressé.

Faut-il s'en alarmer ? Faut-il au contraire célébrer l'avènement d'une économie de services et d'une société post-industrielle ?

Le temps paraît loin où, comme dans la France des années 1930, tantôt on se félicitait naïvement d'une répartition « équilibrée » et « harmonieuse » de la population active française (avec encore plus d'un tiers d'agriculteurs), par contraste avec l'Angleterre et l'Allemagne, tantôt on s'inquiétait de la baisse des effectifs du secteur agricole, tenu pour indispensable aux équilibres sociaux de la nation. On comprend mieux aujourd'hui que la diminution du poids relatif de l'agriculture [1], en réponse à l'appel de main-d'œuvre des deux autres secteurs, était une composante essentielle de la forte croissance d'après-guerre (comme c'était déjà d'ailleurs le cas, à un moindre degré, depuis la seconde moitié du XIXe siècle). Évoquer aujourd'hui la menace de désindustrialisation, n'est-ce pas renouveler la même erreur, au sujet cette fois de l'industrie ?

La réponse est non, pour deux raisons. D'abord parce que l'industrie demeure plus que jamais, en association étroite avec le « tertiaire supérieur », le principal foyer d'innovations et de gains de productivité [2]. Et plus directement

1. Ce qui n'a pas empêché l'agriculture française d'accéder, par ses gains de productivité, à des positions exportatrices nettes qu'elle n'avait jamais connues jusqu'à la Seconde Guerre mondiale.

2. Il ne s'agit pas ici de prétendre que la part croissante du tertiaire dans le PIB abaisse mécaniquement la croissance de la productivité de l'économie nationale. Les gains de productivité dans les services ne sont pas inexistants : mais ils sont le plus souvent impossibles à mesurer directement. À la limite, le meilleur indicateur de la productivité des activités d'enseignement et de

encore, parce que les exportations industrielles pèsent toujours d'un poids déterminant dans le total des échanges internationaux de biens et services[1].

1. La France et l'Europe : dynamisme comparé et mutations structurelles

L'expression courante – lorsqu'on désigne par « baisse de la croissance » une diminution du produit national et par « ralentissement de la productivité » un simple ralentissement des gains de productivité[2] – manque souvent gravement de rigueur. On évitera ici de confondre recul relatif et déclin absolu, en insistant sur les comparaisons avec d'autres expériences nationales.

Une phase de déclin économique caractérisé comporte en général des répercussions visibles sur la démographie du pays concerné. Ce fut le cas pour la France des années 1930, où le chiffre de la population enregistre certaines années une diminution absolue. Ou plus récemment pour la Russie, qui connaît, avant et après l'effondrement du régime soviétique, un recul dramatique de l'espérance de vie (masculine surtout) et un déficit de naissances tel que le renouvellement des générations est loin d'être assuré. Il n'en est pas de même pour la France d'aujourd'hui, dont la démographie apparaît – selon les propres termes de Nicolas Baverez – « moins sinistrée » que dans

formation serait… la croissance de l'économie nationale dans son ensemble.

1. La part des exportations françaises de services n'est certes pas négligeable. Mais, contrairement à une opinion fréquente, elle est à peu près stabilisée à long terme autour de 20 % du total des exportations françaises de biens et services. Cf. p. 218.

2. Glissement significatif, semble-t-il : la croissance économique tend à être considérée depuis un demi-siècle comme un acquis, presque comme un dû. Comme si on attendait d'un athlète qu'il batte constamment son propre record, avec une progression au moins aussi forte sur sa performance précédente…

la plupart des autres pays d'Europe. La population française maintient un rythme de croissance soutenu à long terme, de l'ordre de 0,4 à 0,6 % par an, imputable en partie aux flux d'immigration, mais davantage encore à l'excédent naturel. Le nombre annuel de naissances en France métropolitaine est remonté à plus de 800 000 en 2008, ce qui correspond à un indicateur de fécondité très proche de deux enfants par femme pour 2006-2008 (l'immigration y contribue selon toute vraisemblance, mais dans une mesure impossible à préciser). La France se classe honorablement pour la réduction de la mortalité infantile comme pour l'espérance de vie à la naissance, progressant même du neuvième rang mondial en 1980 au troisième en 2000 pour l'espérance de vie féminine ; le gain annuel d'espérance de vie s'est maintenu depuis lors à près de quatre mois par an, pour les hommes comme pour les femmes. Néanmoins, la tendance au vieillissement qui en résulte inévitablement est un peu moins accentuée en France qu'en Allemagne, au Royaume-Uni, en Italie et au Japon.

La croissance de l'économie française reste bien la réalité dominante, puisque l'on compte seulement, depuis le début des années 1980, deux années de recul absolu du PIB : 1993 (– 0,9 %) et 2009 (– 2,6 %). Le *revenu réel par habitant* en 2009 est supérieur de près de moitié à celui de 1981 [1]. Mais cette progression est faiblement perçue, alors que la baisse durable du taux de croissance est au contraire vivement ressentie. On assiste effectivement à un affaiblissement cumulatif de la dynamique de croissance, qui n'est pas le propre de la France.

1. + 46,3 % (calculé sur la base d'une augmentation de 16 % de la population française métropolitaine et 69,8 % du PIB français en valeur constante de 1981 à 2009).

Croissance économique comparée :
France, Allemagne, Italie, Royaume-Uni
(taux de croissance moyen annuel du PIB à prix constants, en %)

	1970-1973	1973-1981	1981-1986	1986-1992	1992-2000	2000-2008
France	5,5	2,7	1,9	2,7	2,2	1,7
Allemagne	4,1	2,2	1,7	3,6	1,7	1,2
Italie	4,2	3,3	2,1	2,5	1,7	0,8
Royaume-Uni	4,2	0,7	3,2	1,9	3,3	2,3

Parler d'un épuisement de la croissance des économies européennes serait excessif, puisque, pour la France comme pour les trois autres pays, la période est jalonnée par des rebonds significatifs (le PIB de la France retrouve une croissance annuelle de 3,5 % en 1987-1990 et de 3,1 % en 1998-2001 lors du boom mondial de la « nouvelle économie »), dont les analyses de la section précédente expliquent assez bien la chronologie. Sur l'ensemble des trois décennies, cependant, la tendance au fléchissement est indiscutable et elle se confirme au seuil du XXIe siècle. Ce recul est-il particulièrement accentué en France ? Le tableau ci-dessous synthétise les éléments de comparaison entre l'évolution française et la tendance moyenne (toujours en termes de taux de croissance du PIB).

	1970-1973	1973-1981	1981-1992	1992-2008
France	*5,5*	*2,7*	*2,3*	*1,9*
Allemagne, Italie, Royaume-Uni (PIB cumulé des trois pays)	4,1	2	2,5	1,8

L'économie française a donc perdu depuis trente ans l'avantage de croissance qu'elle détenait jusqu'aux années 1970 sur ses principaux partenaires : cependant, l'évolution récente ne dénote aucune malédiction singulière pesant sur la France. Une comparaison entre la croissance de l'économie française et celle de la zone euro dans son ensemble depuis 2000 confirme pleinement ce parallélisme (croissance moyenne du PIB : + 1,1 % par an dans les deux cas de 2000 à 2009). En revanche, il est incontestable que l'Euroland perd du terrain à la fois par rapport à l'économie américaine (dont le rythme de croissance demeurait pourtant nettement inférieur depuis la Seconde Guerre mondiale jusqu'aux années 1970) et bien davantage encore par rapport aux économies émergentes, qui mettent à leur actif, depuis les années 1990, des performances désormais très supérieures à celles des « vieux » pays industriels.

Quelle est la portée historique de ce retournement ? La responsabilité en incombe-t-elle seulement aux politiques restrictives appliquées au sein de l'UEM ou faut-il y voir le premier signe d'un déclin plus profond et durable ? Mais d'abord, comment se fait-il que ce qui n'est encore qu'un simple recul relatif soit très largement perçu comme un état de dépression (la « crise ») quasi permanent ?

La réponse est claire : c'est l'aggravation du sous-emploi qui est en cause. L'écart persistant entre le produit national potentiel (correspondant au plein emploi de la population active et des capacités de production) et le produit national effectif justifie l'attention portée à l'évolution des chiffres du chômage. Selon la définition la plus restreinte (celle du BIT), la France compte durablement plus de 2,5 millions de chômeurs au début des années 1990 – et de nouveau en 2009. Dans l'intervalle, la courbe du taux de chômage en France a varié, selon les fluctuations de la conjoncture, de part et d'autre du seuil de 10 %, mais sans jamais descendre au dessous de 7 % (soit encore – à la veille de la crise de 2008 – plus du triple du taux de chômage du début des années 1970). Elle est d'ailleurs quasi confondue avec la courbe du taux de chômage moyen des pays de la zone euro [1], l'une et l'autre se situant très nettement au-dessus du taux de chômage américain [2], ce qui n'était pas le cas avant les années 1980. Encore faut-il souligner que le chômage « au sens du BIT » n'inclut ni les travailleurs employés à temps partiel (ne serait-ce qu'une heure au cours de la semaine de référence) ni les bénéficiaires de stages de formation ou de contrats aidés pour une durée limitée ; leur prise en compte porte à un peu plus de 4 millions le nombre des demandeurs d'emploi en juin 2009 (soit environ moitié plus que les 2,6 millions de chômeurs pris en compte à cette date pour le calcul du taux de chômage). La gravité du sous-emploi actuel tient aussi à des caractéristiques qui n'apparaissent pas dans les chiffres globaux : une proportion croissante de chômeurs de longue durée, qui tend notamment à éliminer de la population active une partie des travailleurs âgés (les plus de 57 ans « dispensés de recherche » d'un travail ne sont même plus comptés parmi les demandeurs d'emploi) ; un taux de chômage des jeunes de 15 à 24 ans qui atteint le double du taux moyen et les contraint à se contenter des emplois les plus précaires (d'où les accusations très globales formulées à l'égard du système de formation : « La France prépare mal l'avenir de sa jeunesse », affirme le

1. Selon la définition du BIT, précisée par Eurostat, le taux de chômage s'élève, respectivement pour la France métropolitaine et pour la zone euro, à 8,1 et 7,9 % en 1990, 9,9 et 10,3 en 1995, 8,8 et 8,5 % en 2000, 8,6 et 8,8 % en 2005. Ce parallélisme ne prouve pas que les politiques de l'UEM ont eu une responsabilité déterminante, mais il constitue néanmoins une sérieuse présomption.

2. Pour les années 1990-1999, le taux de chômage s'élève en moyenne à 9,7 % en France, 9,6 % dans la zone euro et 5,8 % seulement aux États-Unis ; pour les années 2000-2007, à 8,5 %, 8,3 % et 4 % respectivement. Après 2008, cependant, le taux de chômage américain en très forte hausse tend à rejoindre la moyenne européenne.

titre d'un rapport publié en 2007). Un sentiment de précarité qu'éprouve aussi l'ensemble des travailleurs des régions industrielles les plus menacées.

La rémanence du chômage, même en dehors des années de récession, apparaît d'autant plus décevante si l'on tient compte de la place centrale de la politique de l'emploi et des mesures (anciennes ou récentes) de toutes sortes visant à soutenir l'emploi, en France comme dans les autres pays industriels. La France, cependant, se singularise par ses efforts particulièrement soutenus pour rétablir l'équilibre du marché du travail en réduisant ce que les économistes désignent par l'offre de travail (autrement dit, le volume global de travail disponible pour l'activité productive). La comparaison avec les États-Unis est la plus significative à cet égard. Jusqu'aux années 1970, l'écart de revenu par tête entre la France et les États-Unis allait en se rétrécissant (le revenu des Français « rattrapait » celui des Américains). Depuis une trentaine d'années, cette tendance a cessé et s'est même légèrement inversée – non pas en raison de l'évolution de la productivité (la convergence s'est poursuivie en ce qui concerne la productivité horaire de travail), mais du fait de l'évolution divergente du volume de travail fourni.

Évolution du nombre d'heures de travail par habitant[1].

	États-Unis	*France*	Italie	Allemagne	Royaume-Uni	Europe occidentale (moyenne de 12 pays)
1950	100	*119*	106	128	114	119
1973	93	*96*	88	107	99	99
1990	101	*81*	89	95	101	93
1998	105	*76*	85	88	91	87

L'indicateur est présenté en prenant comme base égale à 100 le nombre moyen d'heures de travail par habitant, actif ou non actif, des États-Unis en 1950.

Il ressort clairement du tableau que les Européens travaillaient plus que les Américains au lendemain de la guerre, à peu près autant en 1973, mais bien moins dans la période récente. L'évolution française est certes représentative de la tendance dominante en Europe, mais elle est plus accentuée que partout ailleurs – et cela avant même le passage à la semaine de 35 heures. L'indicateur synthétique présenté ici (que l'on se gardera bien d'interpréter comme une mesure de la paresse des Français) intègre en réalité plusieurs déterminants distincts : durée hebdomadaire du travail, congés annuels, taux de chômage, mais aussi taux d'activité (lui-même fonction de la structure par âge et des taux d'activité pour les différentes tranches d'âge). Mais en l'occurrence, presque tous ces facteurs cumulent leur influence pour accentuer l'écart entre la France et les États-Unis[2].

1. D'après O. Blanchard *et al.*, *L'Europe déclassée*, Paris, Flammarion, « En temps réel », 2005.

2. La comparaison entre la France et la moyenne de la zone euro met en évidence des écarts analogues, mais moins prononcés ;

Comparaison entre la France, l'Europe et les États-Unis
Écart du nombre d'heures de travail par habitant
et principaux déterminants (2002)[1].

	France	Zone euro
Heures de travail par habitant et par an	– 28,3 %	– 18 %
dont :		
Part des 15-64 ans dans la population	– 1,4 %	1,5 %
Taux d'activité des 15-64 ans	– 10,6 %	– 8,4 %
Taux de chômage	– 3,2 %	– 2,7 %
Durée annuelle du travail	– 15,9 %	– 9,4 %

C'est ici le nombre d'heures de travail par habitant aux États-Unis en 2002 qui est pris comme base de comparaison. Tous les facteurs exercent leur influence dans le même sens, sauf la structure par âge pour la zone euro dans son ensemble (la part un peu plus élevée de la tranche d'âge 15-64 ans tend à relever *ceteris paribus* le taux d'activité global).

Le revenu réel par tête des Français représente, en 2002, les trois quarts de celui des Américains. Or la productivité horaire du travail est quasiment égale en France et aux États-Unis : c'est donc l'inégalité des heures de travail qui rend compte (arithmétiquement) de l'écart de revenu par habitant entre les deux pays. Outre le taux de chômage plus élevé en France, deux facteurs jouent un rôle déterminant : le faible taux d'activité et le faible nombre d'heures de travail annuel par actif occupé. Plus précisément, la France se singularise d'abord par une très forte baisse du taux d'activité pour la tranche d'âge 55-64 ans : ce taux,

autrement dit, la zone euro présente des caractéristiques intermédiaires entre les États-Unis et la France, qui apparaît ici comme un cas limite.

1. Même source que le tableau précédent.

encore proche en 1980 des autres grands pays industriels (53,6 % contre 53,9 % pour la moyenne entre l'Allemagne, le Royaume-Uni, les États-Unis et le Japon), diminue brusquement en France après l'abaissement en 1982 de l'âge de la retraite à 60 ans (40 % contre 52,1 % pour les quatre pays en 1985) et l'écart se creuse encore par la suite avec le recours de plus en plus fréquent à la pratique des préretraites (36,7 % contre 53,7 % en 1997). Autre singularité de la France, la très forte diminution de la durée moyenne annuelle du travail par actif : – 16,1 % de 1979 à 2006 contre – 12 % pour la moyenne entre l'Allemagne, le Royaume-Uni, l'Italie et l'Espagne, au lieu d'une quasi-stabilité aux États-Unis – l'évolution française faisant figure ici une fois de plus de cas extrême (avec le Japon). La « responsabilité » à cet égard de la loi des 35 heures ne doit pas être exagérée[1] : mais le choix des 35 heures apparaît néanmoins emblématique de la persistance en France d'une approche de la lutte contre le chômage fondée sur le partage d'une quantité fixe de travail, dont Alfred Sauvy dénonçait déjà l'inadéquation et l'inefficacité d'après l'expérience des 40 heures de 1936. Le développement des préretraites, qui remonte d'ailleurs aux années 1970, peut aussi être considéré comme un exemple type de solution de facilité, capable tout au plus d'apporter un soulagement immédiat, au prix d'un abaissement durable de la croissance potentielle en cas de reprise et d'une charge supplémentaire permanente imposée à l'économie nationale.

L'évolution des finances publiques témoigne aussi de fortes rigidités. Le poids relatif des dépenses publiques, qui avait fortement progressé à la suite des chocs pétroliers

1. D'une part, comme on l'a souligné, la durée effective du travail a déjà fortement diminué avant 2000. D'autre part, le recours accru aux heures supplémentaires compense en grande partie l'effet des 35 heures, dès avant la loi TEPA. En 2006, la durée du travail effective par actif occupé à plein temps atteint 41 heures par semaine en France, contre 42 pour la moyenne de l'Allemagne, du Royaume-Uni, de l'Italie et de l'Espagne.

(39,8 % du PIB français en 1971-1973, 51,1 % en 1983-1985), a peu varié dans l'ensemble depuis le traité de Maastricht jusqu'à la veille de la crise de 2008 (50,7 % du PIB en 1990-1992, 52,8 % en 2005-2007). Mais cette stabilisation relative à un niveau élevé, nettement supérieur à la moyenne de la zone euro (46,7 % du PIB en 2005-2007), interdit tout allègement des prélèvements obligatoires, comme semblait pourtant l'exiger le credo libéral des gouvernements. Le profil d'évolution de ces prélèvements ressemble à celui des dépenses : une forte croissance initiale (36,9 % du PIB français en 1975, 43,8 % en 1985), difficilement contenue depuis un quart de siècle (43,6 % en 2005-2007) et qui laisse subsister un écart significatif avec la moyenne de la zone euro, sans parler du Royaume-Uni, des États-Unis, du Japon et des pays émergents.

La stabilisation simultanée de la part des dépenses et des prélèvements obligatoires, résultante d'arbitrages toujours tendus, ne correspond nullement à un équilibre financier, mais au contraire à un déficit[1] permanent (imputable entre autres à la montée des dépenses sociales, aux charges de la politique de l'emploi et aux moins-values fiscales provoquées par l'atonie de la croissance) et qui concerne aussi bien, depuis les années 2000, les comptes sociaux que l'État et les collectivités locales. Le poids de la dette (exprimé en proportion de la valeur du PIB), que l'inflation tendait à alléger automatiquement jusqu'aux années 1980, augmente par paliers depuis vingt ans, pour dépasser dès avant la crise de 2008 le seuil fixé par les critères de Maastricht (65 % du PIB déjà en 2004-2007). Une évolution difficilement réversible, en raison notamment du

1. Pour différentes raisons (recettes non fiscales des administrations, doubles comptes dans l'évaluation des dépenses publiques), le déficit public est – heureusement – moindre que ne le suggère l'écart entre les taux respectifs de dépenses publiques et de prélèvements obligatoires. Il n'est pas pour autant négligeable, puisque la France, rappelons-le, frôle ou dépasse dès 2005-2007 le maximum de 3 % fixé par le traité de Maastricht.

nombre croissant de ménages qui dépendent des revenus sociaux de transfert. Il ne faut pas oublier non plus que le jeu des stabilisateurs automatiques – diminution des recettes fiscales et indemnisations accrues en période de crise –, mais d'abord et surtout la stabilité de la masse des dépenses publiques ont largement contribué à amortir la crise de 2008-2009 pour l'économie française, en comparaison des crises du passé, mais également en comparaison de l'Espagne, du Royaume-Uni et de l'Allemagne[1]. En revanche, l'importance de l'endettement préalable est de nature à réduire sérieusement la marge de manœuvre des politiques économiques. Elle tend à exclure tout relèvement des taux d'intérêt, qui rendrait insupportable la charge de la dette. En même temps, le poids de la dette incite à limiter l'intensité et la durée des mesures de relance, qui risquent d'entraîner un nouvel accroissement irréversible des dépenses publiques, selon l'« effet de cliquet » observé à de multiples reprises dans le passé. La nécessité de contenir les déficits publics, y compris les déficits sociaux, est très généralement admise : des « réformes » à cet effet sont constamment à l'ordre du jour, mais sont ressenties comme synonyme de régression sociale et combattues souvent avec succès. En même temps, le monde de l'entreprise dénonce l'excès des charges sociales et autres prélèvements obligatoires comme un frein décisif à l'emploi et à l'investissement, au détriment de l'innovation et de la compétitivité.

On rejoint ici précisément le plus grave des problèmes actuels de l'économie française : la menace de désindustrialisation. Au fur et à mesure que les pays industrialisés

1. Le recul du PIB entre 2008 et 2009 atteint 3,7 % pour l'Espagne, 4,6 % pour le Royaume-Uni, 5 % pour l'Allemagne, 6,5 % pour la Hongrie (et bien davantage pour les pays baltes et d'autres économies d'Europe de l'Est), 4,3 % pour la moyenne de l'Union européenne – contre 2,6 % pour la France. En 1938, après huit ans de dépression, le revenu national français restait inférieur de 10 % à son maximum de 1929-1930 (cf. p. 8).

voient leur « monopole » remis en question par les économies émergentes pour un nombre croissant de biens manufacturés, la survie même de l'activité industrielle, dans chacun des pays « avancés », dépend de plus en plus directement de son propre effort d'investissement et d'innovation. La France se caractérisait, jusqu'au premier choc pétrolier, par un taux d'investissement nettement supérieur à la moyenne des économies occidentales (25,3 % du PIB en 1974), mais le très fort recul de la décennie suivante (en 1985, le taux d'investissement français est tombé à 19,2 %) a été suivi d'un affaiblissement prolongé (en 1997, 17,5 %) ; le redressement de l'investissement n'a donc suivi qu'avec un décalage prononcé l'amélioration de la capacité de financement des sociétés (correspondant à la baisse de la part salariale dans la valeur ajoutée), et c'est seulement à la veille de la crise de 2008 que se confirme le rebond des années 2000 (en 2007, 23,1 %). La comparaison avec l'Allemagne – devenue pour les Français une référence privilégiée – confirme que le « décrochage » décisif s'est produit au seuil des années 1980 : depuis 1976, le taux d'investissement des sociétés allemandes dépasse celui de leurs homologues françaises et il progresse de 1,6 point entre 1976 et 1984, alors que celui des sociétés françaises régresse de 3,3 points durant la même période[1]. L'écart se maintient ensuite à travers les années 1990. La comparaison avec le nouvel élan des investissements américains dans les années 1992-1999 est également très défavorable à la France ; quant au Royaume-Uni, dont le secteur industriel a subi un amaigrissement drastique au cours des années 1980, il s'implique fortement dans les dépenses de recherche et d'investissement pour les nouvelles technologies de l'information (la France leur consacre seulement

1. Le recul est encore plus accentué si on considère séparément les sociétés privées (à l'exclusion par conséquent des entreprises nationales), dont le taux d'investissement, en proportion de la valeur ajoutée, est tombé en 1984 à un minimum historique (14,2 %).

6 % de l'investissement total dans les années 1990, contre 11,7 % au Royaume-Uni et 14,3 % aux États-Unis). La statistique des brevets témoigne de l'affaiblissement à long terme des positions de l'industrie française : l'écart avec l'Allemagne n'a cessé de se creuser, malgré des dépenses pour la recherche proportionnellement plus importantes en France ; au début des années 2000, la part de l'Allemagne dans le total mondial des dépôts de brevets est de 11,6 %, celle de la France de 4,1 %.

Depuis une trentaine d'années, le poids relatif de l'industrie, au sein du PIB comme de l'emploi total, tend à diminuer dans l'ensemble des économies avancées. Mais ce processus est particulièrement avancé dans le cas de la France : hormis la Grèce et le Luxembourg, la France est aujourd'hui, de tous les pays de l'OCDE, celui où la production industrielle représente la part la plus faible de la valeur ajoutée totale.

Part de la valeur ajoutée industrielle dans le PIB (2007).

	Allemagne	Espagne	Japon	Italie	Roy.-Uni	États-Unis	France
VA industrielle (en % du PIB)	30,2	29,2	28,5	27,5	23,2	21,8	20,4

On se gardera de qualifier *a priori* de « déclin » cette évolution structurelle, qui rapproche d'ailleurs la France des économies les plus anciennement tertiarisées, le Royaume-Uni et les États-Unis. Le volume de la production manufacturière française a continué à croître jusqu'en 2007[1], mais à un rythme nettement ralenti : + 1,7 % par an de 1995 à 2007, contre 2,1 % aux États-Unis, 3,1 % pour l'Allemagne et 2,4 % pour la moyenne de la zone

1. La crise de 2008-2009 (– 15,4 % de 2007 à 2009) ramène l'indice au voisinage de son niveau de 1997.

euro[1] ; l'écart tend à se creuser depuis 2000 (+ 0,6 % par an pour la France de 2000 à 2007, contre 1,3 % pour les États-Unis, 2,7 % pour l'Allemagne et 1,7 % pour la zone euro). La productivité augmente plus vite que la production : l'emploi industriel est donc en baisse absolue. Le recul à moyen-long terme apparaît d'ampleur impressionnante : la France comptait 5,7 millions d'emplois industriels en 1980, moins de 3,7 millions en 2009. Des phases de diminution accélérée (jusqu'en 1985, puis de nouveau vers 1990-1995) alternent avec des phases de stabilisation relative (1996-2001), mais pratiquement sans véritable ressaut. Seule la résorption du secteur agricole avait pu atteindre vers les années 1950 et 1960 une intensité comparable : mais elle répondait alors à un appel de main-d'œuvre des deux autres secteurs, ce qui n'est pas le cas[2] pour l'industrie. Les soubresauts de l'emploi industriel sont aujourd'hui au cœur du problème du chômage, en particulier dans les vieilles régions industrielles sinistrées. Alors que la baisse des effectifs avait repris dès 2002 à un rythme soutenu (près de vingt mille par trimestre), la crise de 2008-2009 a d'abord provoqué une « hémorragie » d'emplois intérimaires, puis des ajustements – moins brutaux qu'aux États-Unis et en Espagne, mais bien plus amples qu'en Allemagne – qui se traduisent par la perte de trois cent mille emplois en dix-huit mois (janvier 1998-juin 2009) et qui affectent notamment des branches restées fortement exportatrices (industrie automobile, biens intermédiaires). Différents palliatifs – depuis les « primes à la casse » jusqu'aux préretraites – peuvent

1. Mais la France n'apparaît plus, cette fois, en position extrême ; elle devance nettement le Royaume-Uni et l'Italie.

2. Le recul apparent de l'emploi industriel peut correspondre à l'« externalisation » de certaines fonctions (recherche, comptabilité…) vers des filiales ou vers des entreprises partenaires conventionnellement rattachées au secteur tertiaire ; mais ceci ne rend compte que d'une part limitée (un quart ?) de la baisse des effectifs industriels.

servir à amortir le choc : mais il est à craindre que la crise soit à l'origine d'effets irréversibles.

2. La position internationale de l'économie française

Les échanges internationaux méritent de retenir l'attention à un double titre : comme révélateur et comme déterminant majeur des performances d'une économie nationale, en l'occurrence l'économie française d'aujourd'hui.

Un révélateur. Les points faibles et les points forts d'une économie nationale s'expriment dans la structure de ses échanges extérieurs. Dépendance envers certaines importations vitales, dépendance alimentaire par exemple (ce fut le cas de la France jusqu'aux années 1950, ce ne l'est plus aujourd'hui), dépendance énergétique (qui, au contraire, reste d'actualité)… En ce qui concerne les exportations, elles reflètent les spécialisations de l'économie nationale (par exemple, la prééminence traditionnelle de la France dans les industries de luxe) et plus largement le niveau de développement du pays : la prépondérance des exportations manufacturières est restée jusqu'aux années 1970 le trait distinctif des « pays industrialisés » (économies occidentales et Japon), avant que leur monopole ne soit remis en cause par les « économies émergentes ». En second lieu, le poids relatif d'un pays au sein du commerce mondial (les « parts de marché ») peut être considéré comme un des principaux indicateurs de la hiérarchie des puissances économiques, aujourd'hui en pleine évolution. D'un point de vue plus qualitatif, les positions détenues dans certains secteurs clés – biens d'équipement, industries de pointe – caractérisent les économies avancées les mieux placées pour affronter le durcissement de la concurrence mondiale. Enfin, l'équilibre extérieur d'une économie nationale apparaît comme une donnée essentielle lorsqu'il s'agit de formuler un diagnostic sur sa « santé » et son avenir. La vision mercantiliste, qui attribuait une priorité absolue à la réalisation d'un excédent commercial et à l'afflux d'or qui en résulte, est à coup sûr une vision dépassée (encore que son influence reste loin d'avoir disparu…). En réalité, toute prétention à exprimer la résultante des relations internationales d'un pays par un solde extérieur unique (balance commerciale…) doit être écartée. De plus, la conjonction exceptionnellement stable qui prévalait dans le monde d'avant 1914, en ce qui concerne par exemple l'économie britannique (conjonction entre déficit pour les produits primaires et excédent pour les biens manufacturés, entre déficit global pour les échanges de marchandises et excédent pour les services, solde des paiements courants toujours excédentaire grâce aux revenus des capitaux placés à l'étranger et qui alimente à son tour un flux permanent d'investissements extérieurs nets) et, dans une moindre mesure, l'économie française, a fait place au cours du XXe siècle à une grande instabilité : précarité des avantages comparatifs, inversion fréquente du signe des soldes extérieurs. Rien d'étonnant, dès lors, si les quelques pays qui parviennent à maintenir des excédents extérieurs croissants, comme l'Allemagne, font figure de modèles de stabilité aux yeux des gouvernements français.

L'échange extérieur représente effectivement l'un des principaux moteurs de la croissance économique. Pour l'entreprise, le succès initial acquis dans le cadre du marché intérieur est amplifié par l'accès au marché international ; il arrive même aujourd'hui que l'ordre des facteurs soit inversé. Pour l'économie nationale, l'influence des relations extérieures devient de plus en plus décisive au fur et à mesure de l'ouverture croissante des économies nationales – une tendance de fond qui s'est affirmée bien avant que l'on ne parle de mondialisation et qui n'a connu qu'une seule interruption durable à la suite de la crise des années 1930. Le taux d'ouverture de l'économie française, mesuré par le rapport entre la valeur des exportations et le PIB, augmente depuis les débuts de la construction européenne (13,5 % en 1961-1963, 16,5 % en 1971-1973) et maintient une progression soutenue (20,2 % en 1986-1988, 25,1 % en 1996-1998, 26,6 % en 2006-2008), par-delà les chocs des années 1970. L'expansion du commerce extérieur français a d'abord été axée sur l'intensification des échanges de produits manufacturés entre pays industrialisés (relations de type « horizontal », notamment au sein de la CEE), favorisant les progrès de la spécialisation intrabranche, les gains de productivité et la croissance plus ou moins parallèle des économies européennes. Depuis les années 1980, dans le contexte d'une concurrence mondiale renforcée, les branches exportatrices ont conservé un rythme de croissance systématiquement plus élevé que le PIB ou l'ensemble de la production industrielle, exerçant par là même un effet d'impulsion sur le reste de l'économie. Mais les bienfaits de l'ouverture ne sont pas sans contrepartie. Ce sont bel et bien les chocs pétroliers (dont on a souvent voulu minimiser l'incidence) qui ont déclenché la rupture des années 1970 ; à un moindre degré, ils contribuent à la récession de 1993 et à la déstabilisation de la conjoncture vers 2007. En dehors de ces « accidents », la pénétration croissante du marché intérieur provoque la disparition des entreprises les plus fragiles et menace la survie même de toute une gamme d'industries anciennes. Les délocalisations, par leur brutalité, focalisent l'attention de tous, mais ne représentent en elles-mêmes qu'une assez faible part des pertes d'emplois industriels depuis vingt ans et doivent être replacée dans une approche plus large du péril de désindustrialisation.

La valeur des exportations et celle des importations françaises de biens et services ont augmenté à des rythmes voisins depuis un quart de siècle (+ 5,3 et + 5,4 % par an respectivement, en valeur courante, de 1983 à 2008, soit nettement plus vite que la valeur du PIB). Ce parallélisme n'est pas le fait du hasard : une divergence plus accentuée aurait inévitablement conduit à long terme à un déséquilibre extérieur intolérable, ce qui n'a pas été le cas. Reste cependant à caractériser cette évolution du point de vue de la position internationale de l'économie française. Nous nous appuierons principalement sur deux types d'indicateurs : l'évolution des *parts de marché* de la France (expression du poids relatif de l'économie française au sein des échanges internationaux, autrement dit de son dynamisme commercial) et le *taux de couverture des importations par les exportations* calculés sur l'ensemble des échanges de biens et services et par grandes catégories de produits (quelle résultante sur l'équilibre extérieur de l'économie française, mais aussi sur ses équilibres sectoriels ?). Ces indicateurs, très classiques, sont aussi les plus significatifs : si le déclin français est une réalité, il doit pouvoir s'observer « à l'œil nu », sur la base des indicateurs les plus simples.

En premier lieu, il s'agira de comparer le comportement des exportations françaises à l'évolution constatée pour les autres pays industrialisés, également confrontés à la montée de la concurrence des économies émergentes. L'ensemble de référence est constitué par les sept « grands pays industriels » (États-Unis, Canada, Japon, Allemagne, Italie, Royaume-Uni et France), dont les exportations représentent encore, au seuil des années 1990, plus de la moitié du commerce mondial ; le tableau distingue en particulier les trois économies européennes les plus comparables à la France.

Évolution comparée des « parts de marché » (1973-2009). Part du total des exportations des 7 pays (en %)

	1973	1992	1996-1998	2001-2003	2006-2008	2009
France	*12,6*	*12,1*	*11,2*	*11*	*10,9*	*11,1*
Allemagne	23,2	21,6	20,1	21,9	25,3	25,9
Italie	7,6	9,1	9,3	8,9	9,5	9,3
Royaume-Uni	10,2	9,8	10,5	9,9	8,9	8,1
Total des 4 pays européens	**53,6**	**52,6**	**51,1**	**51,7**	**54,6**	**54,4**

La position relative de la France a donc légèrement reculé sur l'ensemble de la période, mais elle tend plutôt à se stabiliser au cours de la dernière décennie et supporte relativement bien le « test » de la crise récente[1]. L'écart entre la France et l'Allemagne (même en termes d'exportations par habitant) s'est de nouveau accentué, il est vrai, depuis les années 2000, sous le régime de l'euro fort. Les exportations françaises perdent aussi un peu de terrain par rapport à l'Italie (surtout vers les années 1990, avec les ultimes dévaluations de la lire), tout en faisant mieux que l'Angleterre (notamment en 2008-2009). Quoi qu'il en soit, ces variations limitées ne justifient aucune dramatisation. Il faut rappeler le contraste avec les véritables cas de déclin : celui de l'Europe de l'Est jusqu'à la chute du bloc soviétique, dont les exportations avaient subi un impressionnant recul relatif à long terme (15,6 % du total des exportations européennes en 1973, 5,5 % en 1992 pour l'ensemble des pays du Comecon hors URSS), malgré les efforts tardifs de réouverture ; ou encore l'exemple historique de la France des années 1930, dont la part de marché recule sensiblement (près de 10 % des exportations mondiales en 1929, 8,6 % en 1938) au sein d'un commerce international lui-même en pleine contraction, ce qui correspond donc à un déclin absolu d'une exceptionnelle intensité. Pour la période récente, au contraire, c'est l'impression de stabilité qui l'emporte en ce qui concerne les positions relatives des principaux pays d'industrialisation ancienne. La part cumulée des quatre « grands » pays européens (dernière ligne du tableau) varie étonnamment peu, vis-à-vis des États-Unis (24,5 % des exportations totales des sept en 1973, 24,4 % en 2009), du Canada et du Japon (12,7 % en 1973, 13,4 % en 2009, après avoir atteint, il est vrai, 17,4 % en 1992).

1. La valeur en dollars des exportations françaises a certes fortement reculé (– 21,2 % de 2008 à 2009), mais un peu moins que pour l'Italie (– 25,1 %), le Royaume-Uni (– 23,2 %) et même l'Allemagne (– 22 %), ou encore le total des exportations de la zone euro (– 22,2 %) et des pays de l'OCDE (– 22 %). Le redressement s'amorce dès 2010.

Quant au classement des sept pays, il n'a connu à travers ces quatre décennies que des variations peu significatives, la France se maintenant pour sa part constamment au quatrième rang parmi les sept : nulle trace de déclin…

Mais cette impression de stabilité disparaît totalement, pour la période récente, si l'on élargit l'analyse au-delà des « vieux » pays industriels. La part de marché de la France dans l'ensemble du commerce mondial, comme celle des « sept grands », s'est maintenue jusqu'aux années 1990 : mais depuis une vingtaine d'années, l'une et l'autre ont plongé parallèlement[1]. En regard, l'accession de la Chine au rang de premier exportateur mondial en 2008-2009 (elle n'était que le vingtième en 1973, le onzième en 1992, le troisième en 2005) illustre symboliquement ce bouleversement des hiérarchies. Son cas n'est certes pas (encore ?) représentatif de l'ensemble du tiers-monde : l'Inde, presque aussi peuplée qu'elle, exporte en 2009 sept fois moins en valeur et l'ensemble du continent africain trois fois moins. Mais la « percée » des exportations manufacturières chinoises, après celle qu'avaient déjà effectuée les quatre « dragons » (Corée du Sud, Taïwan, Singapour et Hong Kong), est loin de constituer un exemple isolé, et tout laisse prévoir que la tendance continuera à s'amplifier. Plus encore que l'expansion quantitative globale, c'est la mutation intervenue dans la nature même des échanges qui constitue le fait décisif : car le schéma des relations « Nord-Sud » – exportations manufacturières des pays « avancés », exportations de ressources primaires par les pays « attardés » –, qui prévalait depuis la révolution industrielle, est de plus en plus remis en cause ; on peut affirmer sans exagération qu'il appartient désormais au passé.

1. En 1973, les sept pays effectuaient 50,3 % des exportations mondiales de marchandises ; en 1992, 52,4 % ; en 2009, 35,4 %. Pour la France, 6,3 % en 1973 ; 6,3 % encore en 1992 ; 3,9 % en 2009. Le recul relatif est encore plus accentué si on considère uniquement les exportations manufacturières.

Comment l'économie française a-t-elle été affectée par cette mutation ? Comment a-t-elle réagi à cette « nouvelle donne » qui met à l'épreuve l'ensemble des pays industrialisés ? L'évolution récente des soldes extérieurs – la balance des biens et services et ses principales composantes – donne les premiers éléments de réponse.

Évolution du taux de couverture des importations par les exportations (en %).

	1996-1998	2001-2003	2006-2008	2009
Produits de l'agriculture, sylviculture et pêche	124,6	118,6	121,3	116,1
Industries agricoles et alimentaires (IAA)	137,9	129,3	123,8	114,1
Produits manufacturés	**107,5**	**104,1**	**96,2**	**93,4**
dont :				
biens de consommation	92,1	88,9	85,7	84,6
biens intermédiaires	101,1	96,8	91,7	90,9
automobiles	131,7	130,6	102	86,5
biens d'équipement	117,1	112,5	107,9	107,8
Énergie	38,8	34,2	30	28,4
Ensemble des biens	**108,3**	**101,4**	**90,9**	**89,1**
Ensemble des biens et services	110,1	105	95,2	92,2

L'évolution récente, depuis plus d'une décennie, se caractérise par une détérioration rapide, générale et continue de l'ensemble des soldes extérieurs. Même les secteurs demeurés excédentaires – produits agricoles, produits des IAA, biens d'équipement – voient leurs excédents s'éroder sensiblement, et cela dès avant la crise de 2008-2009. Quant aux échanges internationaux de services, longtemps considérés comme un des points forts de l'économie française, s'ils contribuent à réduire quelque peu le déficit global, c'est presque exclusivement grâce aux postes « voyages, tourisme » et « services financiers ». Mais le fait le plus saillant est l'inversion du signe des soldes extérieurs pour l'ensemble des produits manufacturés. Le passage d'un excédent à un déficit intervient :

– dès 1977 pour les biens de consommation ;
– en 1998 pour les biens intermédiaires ;
– en 2004 pour le solde de la balance commerciale (ensemble des biens) ;
– en 2005 pour le solde des échanges de biens manufacturés ;
– en 2009 pour l'industrie automobile.

L'enjeu est de taille, puisque les biens industriels conservent leur prépondérance traditionnelle au sein des exportations françaises (84 % de valeur totale des marchandises exportées en 2005-2009) et pèsent d'un poids croissant au sein des importations (76 % en 2005-2009). Ce n'est donc pas un hasard si le solde global des biens et services devient également déficitaire en 2005. Enfin, le parallélisme entre détérioration des soldes et recul de l'emploi industriel en France se passe de commentaire. Seul le secteur des biens d'équipement, longtemps tenu pour un des points faibles de l'industrie française, mais devenu régulièrement excédentaire depuis le début des années 1990, conserve un solde positif. Il bénéficie de l'expansion de la demande mondiale, liée à l'industrialisation des économies émergentes, qui contribue à l'évolution favorable du prix des biens exportés comme à l'élargissement des débouchés. Ce qui ne suffit toutefois pas à éviter l'affaiblissement du solde excédentaire au cours de la dernière décennie : l'évolution tendancielle est la même que pour les autres secteurs. Autre fait plus inquiétant : les excédents industriels (il en reste tout de même !) sont concentrés sur un petit nombre de branches, telle l'industrie aéronautique ou encore les matériels de transport terrestres, les industries chimiques et pharmaceutiques, sans parler des ventes d'armement (sur lesquelles les statistiques du commerce extérieur jettent un voile pudique). De ce fait, les positions actuelles de l'industrie française apparaissent vulnérables, en cas de détérioration des relations internationales (et plus précisément des relations gouvernementales avec un petit nombre de pays) ou si les résultats de quelques grands groupes industriels sur lesquels repose l'équilibre extérieur de l'économie française subissent un fléchissement temporaire.

Comment expliquer la relative dégradation des performances françaises à l'exportation depuis une décennie ? Quelle portée faut-il lui attribuer ? Sera-t-elle réversible ? Ces trois questions sont étroitement liées. Le retournement du solde des échanges commerciaux se traduit par une évolution dans le même sens et d'amplitude comparable de la balance des paiements courants dans son ensemble : la France, après plusieurs années d'excédents extérieurs (depuis 1993), et même d'excédents croissants jusque vers 1997-1999 (la capacité de financement de la nation s'élève en 1998 à 2,6 % du PIB français), accuse de nouveau à partir de 2005 des déficits croissants (besoin de financement en 2008 : 2,2 % du PIB). Un tel déficit ne justifie pas, en soi, un diagnostic alarmiste. La France a déjà connu dans le passé une succession presque ininterrompue de déficits extérieurs de 1975 à 1991 (le besoin de financement de la nation atteint même 2,8 % du PIB en 1980-1983). Aujourd'hui, compte tenu notamment des excédents allemands, le déficit français n'affecte pas l'équilibre extérieur de la zone euro. Il faut rappeler aussi que l'inversion du solde des paiements courants de la France va de pair avec une très forte appréciation de l'euro vis-à-vis du dollar (cf. p. 191) : mais on ne saurait pour autant l'interpréter comme un simple épisode, lié à une détérioration accidentelle et transitoire de la compétitivité-prix des pays de la zone euro. Le contre-exemple de la persistance des excédents allemands suffit d'ailleurs à montrer que l'« euro fort » n'est pas seul en cause.

Si complexe que soit la question, la répartition spatiale des excédents et déficits de la France peut aider à préciser le diagnostic. La liste des pays à l'égard desquels la France conserve en 2008 des excédents commerciaux significatifs est assez courte : quelques pays d'Europe (Royaume-Uni, Espagne, Grèce), les Émirats arabes unis, le Maroc… Les échanges de la France avec la plupart des pays ou régions sont proches de l'équilibre. Les déficits, eux, se concentrent massivement sur deux partenaires, la Chine et l'Allemagne : en 2008, le déficit envers la Chine (– 22,6 milliards d'euros) et le déficit envers l'Allemagne (– 18,9 milliards) représentent ensemble plus des deux tiers du déficit commercial total de la France. Ces deux déficits, d'ampleur comparable, ont cependant une signification très différente.

Le commerce franco-chinois est représentatif à plusieurs égards des relations avec les économies émergentes ; il se distingue par le rythme de croissance exceptionnel des exportations chinoises et par l'intensité du déficit qui en résulte pour la France (en 2008, les exportations françaises vers la Chine couvrent seulement 28,5 % de la valeur des importations correspondantes). Régulièrement évoquée à l'occasion des délocalisations, la menace sur l'activité et l'emploi industriels est en réalité bien plus large : au fur et à mesure qu'il s'industrialise, le pays émergent substitue la production nationale aux importations traditionnelles sur une gamme de produits de plus en plus étendue, concurrence sur les marchés tiers les exportations industrielles des « vieux » pays développés et accentue sa pénétration sur leur propre marché intérieur. Ce n'est pas un hasard si le recul de l'emploi industriel en France a commencé par les industries du secteur des biens de consommation, les plus intensives en travail et les plus exposées à la concurrence du tiers-monde. La disproportion des coûts salariaux – qui résulte conjointement des bas salaires, de la faiblesse des charges sociales mais aussi des rapports de change, et qui est de moins en moins compensée par les écarts de productivité, appelés à se résorber progressivement – apparaît si énorme qu'un possible ajustement des taux de change (moindre surévaluation de l'euro, moindre sous-évaluation du yuan) n'apporterait qu'un soulagement limité. Alors que le bénéfice procuré aux consommateurs français par les importations à faible coût passe à peu près inaperçu (on attribue en général l'écart de prix à une qualité inférieure), la pression exercée sur les salaires et l'emploi en France est au contraire vivement ressentie, de façon bien compréhensible, et ravive périodiquement les tentations protectionnistes. En revanche, la forte croissance des économies émergentes asiatiques, et de l'économie chinoise au premier rang, représente un facteur d'impulsion potentielle pour tout le secteur des industries exportatrices de biens d'équipement. Elle contribue à expliquer la meilleure résistance de ce secteur, y compris dans le cas de la France (cf. tableau ci-dessus) – et la faiblesse actuelle de la part de marché de la France (moins de 1 % des importations de la Chine en 2008) peut s'interpréter, si l'on est optimiste, comme un indicateur de la marge de progression envisageable à court ou moyen terme. Sans oublier toutefois que ces importations à fort contenu en technologie visent expressément à accélérer le « rattrapage » chinois dans les domaines que la Chine ne maîtrise pas encore, et qu'elles auront pour effet différé de renforcer encore ses positions concurrentielles, en accentuant une montée en gamme des exportations chinoises, d'ailleurs déjà bien amorcée.

Les relations franco-allemandes sont moins dissymétriques, le commerce bilatéral moins déséquilibré (avec un taux de couverture de 75,9 % en 2008). Mais la supériorité des performances allemandes à l'exportation focalise l'attention des Français et conduit même à évoquer le « modèle allemand » avec une sorte de mauvaise conscience, comme en témoigne par exemple un récent rapport[1] du Conseil d'analyse économique. Le succès de l'Allemagne n'est-il pas la preuve en effet que l'appréciation de l'euro depuis 2002 ne constitue pas un obstacle décisif à l'essor des exportations européennes et que l'industrialisation des économies émergentes peut exercer un effet positif sur les vieux pays industriels, à condition de savoir s'adapter à la nouvelle donne mondiale ? Ou faut-il considérer plutôt l'expérience allemande comme un cas isolé, trop spécifique pour servir d'inspiration à d'autres pays ?

Le fait est que les facteurs explicatifs les plus classiques parviennent mal à rendre compte de l'inégalité des résultats commerciaux entre la France et l'Allemagne. L'évolution des coûts salariaux unitaires, compte tenu des gains de productivité toujours soutenus en France et du freinage de la croissance des salaires dans les deux pays, ne fait pas apparaître d'avantage allemand en matière de compétitivité-prix. Les données structurelles (répartition par produits, orientations géographiques préexistantes) n'expliquent pas non plus, ou dans une faible proportion, la progression globale plus rapide des exportations allemandes ; les structures d'exportations des deux pays se sont d'ailleurs nettement rapprochées depuis les années 1990, et la part des produits dits « de haute technologie » est aussi élevée dans les exportations françaises que dans celles de l'Allemagne.

C'est plutôt, en réalité, au sein de chaque branche que s'affirme la supériorité allemande, grâce à une capacité d'innovation qui réussit à défendre ou à reconstituer continuellement les avantages comparatifs menacés par la concurrence. On a déjà signalé l'écart qui s'est creusé à l'avantage de l'Allemagne en matière de taux d'investissement et de dépôts de brevets (plus du double de la France au seuil du XXIe siècle), grâce à un effort de recherche davantage centré sur l'entreprise et qui a pour

1. P. Artus, L. Fontagné *et al.*, *Évolution récente du commerce extérieur français*, Paris, La Documentation française, 2005.

effet direct de renforcer l'incitation à investir. Le diagnostic doit aussi prendre en compte – sans tomber dans des interprétations trop subjectives – d'autres facteurs moins tangibles : une plus grande réactivité des entreprises allemandes, une plus grande attention (même de la part d'entreprises moyennes) aux marchés extérieurs, héritée de traditions qui remontent à la fin du XIXe siècle, une meilleure aptitude à saisir les opportunités nouvelles, qui a permis à l'économie allemande tout aussi éprouvée que l'économie française par la crise de 2009, d'en émerger plus vite en 2010. Il est sans doute légitime pour la France de vouloir s'inspirer du modèle allemand pour devenir plus compétitive, mais toute tentative visant à décalquer ce modèle serait vaine, compte tenu des spécificités allemandes sur lesquelles il s'appuie. De plus, il faut reconnaître que c'est aussi l'atonie de la demande interne qui contribue à « pousser » les entreprises allemandes vers les marchés extérieurs, en concentrant tous leurs efforts sur le renforcement de leur compétitivité internationale : on retrouve ici l'influence des politiques restrictives appliquées dans le cadre de la zone euro, aboutissant à un jeu à somme négative où le « meilleur » ne réussit à accroître ses parts de marché qu'au détriment des plus faibles.

Rien n'exclut que les déséquilibres mondiaux d'aujourd'hui soient appelés à se résorber à très long terme au fur et à mesure que se comblera le fossé entre économies émergentes et pays développés ; mais le retour à une configuration comparable à celle de l'Europe des années 1960 (où prévalait un effet d'entraînement réciproque entre la croissance des différentes économies nationales, à travers l'expansion de leurs échanges mutuels, de type « horizontal ») reste une perspective lointaine, encore très incertaine. D'ici là, chaque pays – en particulier, au sein de la zone euro – doit compter sur ses propres atouts pour rester compétitif. Les handicaps qui ont conduit à évoquer un déclin français n'ont rien d'imaginaire : ils sont pour la plupart communs à l'ensemble des économies européennes et ne doivent pas faire oublier les points forts sur lesquels peut encore compter la France. Des points forts sectoriels que personne ne conteste. Mais il existe aussi des indicateurs « transversaux » qui n'augurent pas trop mal des perspectives de l'emploi en France, tels les flux d'*investissements directs* : la France est, en 2008, le premier pays d'Europe pour l'accueil des investissements directs internationaux [1], le second dans le monde après les États-Unis, et ces flux d'*investissements étrangers* résistent en 2009 assez bien à la crise. À noter aussi une démographie des entreprises qui reste vigoureuse, du moins en temps normal : les créations des entreprises tendent à être proportionnellement plus nombreuses en France qu'en Allemagne et en Italie, et le taux de survie de ces entreprises nouvelles se situe dans la moyenne internationale. Enfin il faut rappeler que, si la France occupe toujours un rang modeste dans la hiérarchie des taux de croissance, elle devance néanmoins, durant les années 2000-2009, trois grands pays industrialisés : le Japon, l'Italie et l'Allemagne [2].

Conclusion

Le recul du français dans les instances internationales ou dans le cursus scolaire des pays voisins, le recul scientifique dont témoigne le palmarès des prix Nobel sont mal-

1. L'Allemagne est passée en 2008 au premier rang des pays d'origine de ces investissements étrangers en France, devant les États-Unis.

2. Autrement dit, la France se place en position médiane parmi les pays du G7, avec une croissance moyenne de 1,15 % par an de son PIB de 2000 à 2009, devançant de peu le Japon et l'Allemagne (0,6 %), mais distancée d'assez peu également par le Canada (1,75 %), les États-Unis (1,5 %) et le Royaume-Uni (1,4 %). Le classement est à peine modifié et les écarts restent aussi limités si on choisit de se référer aux années 2000-2007 pour écarter l'influence de la crise.

heureusement des réalités patentes. Il n'en est pas de même pour le déclin économique. Les éléments contradictoires que l'on vient de passer en revue ne justifient pas, dans les conditions présentes, le pessimisme global et systématique qui inspire les thèses « déclinistes ». Il faut s'abstenir de tout amalgame entre l'analyse des évolutions récentes et le vieux fonds de critiques envers les faiblesses congénitales de l'économie et de la société françaises. Les mises en garde contre les risques actuels de déclin économique ne sont crédibles que si elles s'appuient sur des faits précis et précisément datés et ne relèvent pas de simples *a priori*. Sans exclure toutefois qu'un recul graduel dont on tarde à prendre conscience, des glissements très progressifs (selon l'image de l'horloge qui prend chaque jour une minute de retard) puissent aboutir à long terme à des conséquences graves. Plus généralement, trop d'exagérations en sens inverse ont nui à la clarté du débat sur le « déclin de la France », peut-être parce qu'il est plus facile de passer de l'autosatisfaction à l'autoflagellation que de s'avouer moyen ou médiocre…

Notre intention n'est pas d'opposer à une dramatisation excessive un bilan mitigé, un diagnostic lénifiant (« la France ne va pas si mal »), moins encore de préconiser la résignation à un rang moyen, qui est d'ailleurs loin d'être acquis. L'analyse présentée ici, bien que sommaire, a mis en relief plusieurs faits inquiétants, manifestement liés entre eux : le faible taux d'activité associé à un taux de chômage élevé, un recul particulièrement accentué de la part de la valeur ajoutée industrielle dans le revenu national, une dégradation récente (depuis 1999) cumulative de l'équilibre extérieur, où l'on peut voir la menace d'une confirmation imminente des anticipations pessimistes. Mais un diagnostic correct ne doit pas se focaliser prématurément sur la spécificité de la France, puisque les problèmes auxquels est confrontée aujourd'hui l'économie française affectent bel et bien l'ensemble des pays industrialisés. Tous doivent faire face à l'émergence de nouvelles économies industrielles, à la remise en cause des avantages comparatifs et aux risques de désindustrialisation qui en résultent. Le cas du Japon, qui appartient pourtant à la région la plus dynamique de l'économie mondiale, montre bien, comme celui de l'Allemagne, que même la réalisation d'excédents extérieurs permanents ne permet pas de garantir le maintien d'une croissance soutenue.

C'est pourquoi nous avons centré l'analyse sur la comparaison des performances des principaux pays industriels, dans une perspective de long terme. Une comparaison d'où ressort en premier lieu non pas une singularité catastrophique de l'évolution française, mais plutôt l'existence de handicaps propres aux pays de l'euro, qui affectent en particulier les trois pays fondateurs du Marché commun. La France, l'Italie, l'Allemagne – malgré tout ce qui les différencie – connaissent toutes trois un affaiblissement marqué de leur rythme de croissance. L'expérience allemande (le « modèle allemand ») est exemplaire : le dynamisme des exportations assure un équilibre extérieur satisfaisant et une certaine stabilité, mais ne suffit pas à exercer un véritable effet d'entraînement lorsqu'il est associé à des politiques restrictives qui freinent durablement la demande interne. C'est précisément dans ce contexte que l'on doit cerner la spécificité des problèmes actuels de l'économie française : accentuation des traits caractéristiques de l'eurosclérose, cumul de tous les facteurs tendant à comprimer le volume global de travail, réaction inadéquate aux problèmes de l'emploi depuis les années 1970 (multiplication des palliatifs, depuis les préretraites jusqu'aux emplois assistés), avec comme contrecoup une charge de plus en plus lourde sur les secteurs dynamiques et une vulnérabilité croissante de l'économie nationale…

Le véritable enjeu, ce sont les choix politiques dont dépend l'avenir. L'ambition des « déclinologues », lorsqu'ils ont ouvert le débat, n'était sans doute pas d'être les premiers à annoncer un déclin inéluctable, mais plutôt de susciter une prise de conscience et d'ouvrir la voie au redressement, en insistant sur l'imminence du péril. Reste alors à savoir si une telle dramatisation est vraiment indispensable pour provoquer une réaction salutaire et si elle ne risque pas de fausser le diagnostic des points critiques sur lesquels il importe d'agir en priorité. Dans l'immédiat, il ne fait aucun doute que les anticipations pessimistes pèsent sur la croissance économique et l'on peut redouter que la conviction du déclin ne devienne ainsi la source d'une prédiction autoréalisatrice. Un autre risque bien réel correspond à ce que l'on pourrait appeler l'effet d'anesthésie : si demain la situation française devait réellement se détériorer, le sentiment d'être déjà installé de longue date dans la crise et le déclin risque d'affaiblir la réaction et de favoriser de nouveaux atermoiements, à rebours du sursaut espéré.

Indications bibliographiques

Collections

Histoire générale des civilisations (sous la dir. de M. Crouzet), Paris, PUF.

T. V : R. Mousnier et E. Labrousse, *Le XVIIIe Siècle, l'époque des Lumières*, 1967.

T. VI : R. Schnerb, *Le XIXe Siècle, l'apogée de l'expansion européenne*, 1968.

T. VII : M. Crouzet, *L'Époque contemporaine*, 1969.

The Cambridge Economic History of Europe, Cambridge, Cambridge University Press.

T. 5 : *The Economic Organisation of early modern Europe*, 1977.

T. 6 : *The Industrial Revolutions and After*, 1965.

T. 7 : *The Industrial Economies*, 1978.

Histoire économique et sociale de la France (sous la direction de F. Braudel et E. Labrousse), Paris, PUF.

T. 2 : *Des derniers temps de l'âge seigneurial aux préludes de l'âge industriel, 1660-1789*, 1970.

T. 3 : *L'Avènement de l'ère industrielle : 1789-années 1880*, 2 vol., 1976.

T. 4 : *L'Ère industrielle et la Société d'aujourd'hui : siècle 1880-1980*, 3 vol., 1979-1982.

Histoire générale du travail (sous la direction de L. Parias), Paris, Nouvelle Librairie de France, 4 vol., 1959-1961.

Histoire générale des techniques (sous la dir. de M. Daumas), Paris, PUF, 5 vol., 1962-1979.

Histoire de la France rurale (sous la direction de G. Duby et A. Wallon), Paris, Seuil, 4 vol., 1975-1977.

Histoire de la France urbaine (sous la direction de G. Duby), Paris, Seuil, 5 vol., 1980-1985.

Histoire des Français : XIXe et XXe siècles (sous la direction de Y. Lequin), Paris, A. Colin, 3 vol., 1983-1984.

Histoire quantitative de l'économie française (sous la direction de J. Marczewski), Cahiers de l'Institut de sciences économiques appliquées, 13 vol., 1961-1976.

Ouvrages

F. Aftalion, *L'Économie de la Révolution française*, Paris, Hachette, 1987.

C. Andrieu, L. Le Van et A. Prost (dir.), *Les Nationalisations de la Libération. De l'utopie au compromis*, Paris, Presses de la FNSP, 1987.

P. Ariès, *Histoire des populations françaises et de leurs attitudes devant la vie depuis le XVIIIe siècle*, Paris, Seuil, 1977.

A. Armengaud, *La Population française au XXe siècle*, Paris, PUF, coll. « Que sais-je ? », 1977.

R. Baehrel, *Une croissance, la basse Provence rurale (fin du XVIe siècle-1789)*, Paris, SEVPEN, 2 vol., 1961.

P. Bairoch, *Commerce extérieur et Développement économique de l'Europe au XIXe siècle*, Paris, Mouton, 1976.

P. Bairoch, *Révolution industrielle et Sous-Développement*, Paris, Mouton, 1974.

P. Bairoch et M. Lévy-Leboyer éd., *Disparities in economic development since the industrial revolution*, Londres, Macmillan, 1981.

A. Beltran et P. Griset, *La Croissance économique de la France, 1815-1914*, Paris, A. Colin, 1988.

L. Bergeron, Banquiers, *Négociants et Manufacturiers parisiens du Directoire à l'Empire*, Paris, Mouton, 1978.

M. Bloch, *Les Caractères originaux de l'histoire rurale française*, Paris, A. Colin, 1954 (1re éd. 1931).

F. Bloch-Lainé et J. Bouvier, *La France restaurée 1944-1954 ; dialogue sur les choix d'une modernisation*, Paris, Fayard, 1986.

H. Bonin, *L'Argent en France depuis 1880. Banquiers, financiers, épargnants*, Paris, Masson, 1989.

H. Bonin, *Histoire économique de la France depuis 1880*, Paris, Masson, 1988.

H. Bonin, *Histoire économique de la IVe République*, Paris, Economica, 1987.

J. Bouvier, *Le Crédit Lyonnais de 1863 à 1889*, Paris, SEVPEN, 1964.

J. Bouvier, *Le Krach de l'Union Générale*, Paris, PUF, 1960.

J. Bouvier, *Les Rothschild*, Paris, Fayard, 1967.

J. Bouvier, *Un siècle de banque française*, Paris, Hachette, 1973.

J. Bouvier, F. Furet et M. Gillet, *Le Mouvement du profit en France au XIXe siècle*, Paris, Mouton, 1965.

J. Bouvier et H. Germain-Martin, *Finances et Financiers de l'Ancien Régime*, Paris, PUF, coll. « Que sais-je ? », 1969.

J. Bouvier et R. Girault, *L'Impérialisme français d'avant 1914*, Paris, Mouton, 1976.

J. Bouvier et J. Wolff ed., *Deux Siècles de fiscalité française : XIXe-XXe siècles*, Paris, Mouton, 1973.

R. Boyer, *La Crise actuelle : une mise en perspective historique*, CEPREMAP, mai 1979.

R. Boyer et J. Mistral, *Accumulation, Inflation, Crises*, Paris, PUF, 2e éd., 1983.

F. Braudel, *Civilisation matérielle, Économie et Capitalisme (XVe-XVIIIe siècles)*, Paris, A. Colin, 3 vol., 1986.

H. Brunschwig, *Mythes et Réalités de l'impérialisme colonial français*, Paris, A. Colin, 1960.

R. Cameron, *La France et le Développement économique de l'Europe au XIXe siècle*, Paris, Seuil, 1971.

A. Canabis, *Introduction à l'histoire économique et sociale de la France*, Toulouse, E. Privat, 1977.

F. Caron, *Histoire de l'exploitation d'un grand réseau : la Compagnie des chemins de fer du Nord, 1846-1937*, Paris, Mouton, 1973.

F. Caron, *Histoire économique de la France, XIXe-XXe siècles*, Paris, A. Colin, 1981.

F. Caron, *Le Résistible Déclin des sociétés industrielles*, Paris, Perrin, 1985.

J.-J. Carré, P. Dubois et E. Malinvaud, *La Croissance française. Un essai d'analyse économique causale de l'après-guerre*, Paris, Seuil, 1972.

A. Chabert, *Essai sur le mouvement des revenus et de l'activité économique en France de 1798 à 1820*, Paris, Librairie Médicis, 1949.

E. Chadeau, *Histoire de l'industrie aéronautique en France, 1900-1950*, Paris, Fayard, 1987.

E. Chadeau, *L'Économie du risque : les entrepreneurs, 1815-1980*, Paris, O. Orban, 1988.

E. Chadeau, *L'Économie nationale aux* XIXe *et* XXe *siècles*, Paris, Presses de l'ENS, 1988.

J.-H. Clapham, *Economic Development of France and Germany 1815-1914*, Cambridge, Cambridge University Press, rééd. 1968.

C. Coquery-Vidrovitch, *Le Congo au temps des grandes compagnies concessionnaires (1898-1930)*, Paris, Mouton, 1972.

A. Cotta, *Inflation et Croissance en France depuis 1962*, Paris, PUF, 1974.

La Crise du système productif, INSEE, décembre 1981.

F. Crouzet, *De la supériorité de l'Angleterre sur la France. L'économie et l'imaginaire,* XVIIe-XXe *siècles*, Paris, Perrin, 1985.

A. Daumard, *Les Fortunes françaises au* XIXe *siècle*, Paris, Mouton, 1973.

A. Delattre, *La Politique économique de la France depuis 1945*, Paris, Sirey, 1966.

H. Delestre et J. Mairesse, *La Rentabilité des sociétés privées en France, 1956-1975*, INSEE, 1978.

R. Delorme et A. André, *L'État et l'Économie. Un essai d'explication de l'évolution des dépenses publiques en France*, Paris, Seuil, 1985.

R. Denison, *Why growth rates differ*, Washington, The Brookings Institution, 1967.

J. Denizet, *La Grande Inflation*, Paris, PUF, 1977.

F. Divisia, J. Dupin et R. Roy, *À la recherche du franc perdu*, Paris, 3 vol., 1954-1956.

F. Dornic, *L'Industrie textile dans le Maine et ses débouchés internationaux (1650-1815)*, Le Mans, P. Belon, 1955.

A.L. Dunham, *The Anglo-French Treaty of commerce of 1860 and the Progress of industrial revolution in France*, Ann Arbor, University of Michigan Press, 1930.

A.L. Dunham, *La Révolution industrielle en France (1815-1848)*, Paris, M. Rivière, 1953.

J. Dupâquier, *Histoire de la population française*, Paris, PUF, 3 vol., 1988.

E.M. Earle (dir.), *Modern France*, Princeton, Princeton University Press, 1951.

J.F. Eck, *Histoire de l'économie française depuis 1945*, Paris, A. Colin, 1988.

J. Ehrmann, *La Politique du patronat français, 1936-1955*, Paris, A. Colin, 1959.

1958. La Faillite ou le Miracle. Le Plan Rueff-de Gaulle (actes du colloque de l'Institut Charles-de-Gaulle, 1985), Paris, Economica, 1986.

C. Flamant et J. Singer-Kérel, *Les Crises économiques*, Paris, PUF, 1983.

Les Fluctuations du produit de la dîme (1er Congrès national de l'Association française des historiens économistes, janvier 1969), Paris, Mouton, 1972.

C. Fohlen, *La France de l'entre-deux-guerres (1917-1939)*, Paris, Casterman, 1966.

C. Fohlen, *L'Industrie textile au temps du Second Empire*, Paris, Plon, 1956.

C. Fohlen, *Qu'est-ce que la révolution industrielle ?*, Paris, R. Laffont, 1971.

J. Fourastié, *Les Trente Glorieuses ou la Révolution invisible de 1946 à 1975*, Paris, Hachette, 1979.

F. Fourquet, *Les Comptes de la puissance. Histoire de la comptabilité nationale et du Plan*, Paris, Éd. Recherches, 1980.

« La France à l'époque napoléonienne », n° spécial de la *Revue d'histoire moderne et contemporaine*, juillet 1970.

« De la France d'avant-guerre à la France d'aujourd'hui », n° spécial de la *Revue d'économie politique*, 1939.

« La France entre les deux guerres », n° spécial de la *Revue économique*, juillet 1980.

« La France et l'inflation », n° spécial d'*Études et Conjoncture*, mai 1951.

R. Frank, *Le Prix du réarmement français, 1935-1939*, Paris, Publications de la Sorbonne, 1982.

Fresque historique du système productif, collections de l'INSEE, série E, 27 octobre 1974.

P. Fridenson, *Histoire des usines Renault, 1898-1939*, Paris, Seuil, 1972.

P. Fridenson et A. Straus (dir.), *Le Capitalisme français, 19e-20e siècles. Blocages et dynamisme d'une croissance*, Paris, Fayard, 1987.

A. Gauron, *Histoire économique et sociale de la Cinquième République*, Paris, La Découverte, 1983.

B. Gille, *La Sidérurgie française au XIXe siècle. Recherches historiques*, Genève, Droz, 1968.

M. Gillet, *Les Charbonnages du Nord de la France au XIXe siècle*, Paris, Mouton, 1973.

L. Girard, *La Politique des travaux publics du Second Empire*, Paris, A. Colin, 1952.

R. Girault, *Emprunts russes et Investissements français en Russie, 1887-1914*, Paris, A. Colin, 1973.

J. Godechot, *Les Institutions de la France sous la Révolution et l'Empire*, Paris, PUF, 1968.

P. Goubert, *L'Ancien Régime*, Paris, A. Colin, 1969.

P. Goubert, *Beauvais et le Beauvaisis de 1600 à 1730*, Paris, SEVPEN, 2 vol., 1960.

P. Goubert, *1789. Les Français ont la parole. Cahiers des états généraux*, Paris, R. Julliard, 1964.

C. Gruson, *Origines et Espoirs de la planification française*, Paris, Dunod, 1968.

P. Guillaume, *La Compagnie des mines de la Loire, 1846-1854*, Paris, PUF, 1965.

F. Hincker, *La Révolution française et l'économie. Décollage ou catastrophe ?*, Paris, Nathan, 1989.

G. Imbert, *Des mouvements de longue durée Kondratieff*, Aix-en-Provence, La Pensée universitaire, 1959.

L'Industrialisation en Europe au XIXe siècle (colloque international organisé par le CNRS, octobre 1970), Paris, Éd. du CNRS, 1972.

J.-M. Jeanneney, *Forces et Faiblesses de l'économie française*, Paris, A. Colin, 1959.

J.-M. Jeanneney (sous la dir. de), *L'Économie française depuis 1967. La traversée des turbulences mondiales*, Paris, Seuil, 1989.

J.-N. Jeanneney, *François de Wendel en République : l'argent et le pouvoir, 1914-1940*, Paris, Seuil, 1976.

J.-N. Jeanneney, *Leçon d'histoire pour une gauche au pouvoir : la faillite du Cartel 1924-1926*, Paris, Seuil, 1982.

T. Kemp, *Economic Forces in french history*, Londres, D. Dobson, 1971.

T. Kemp, *The French Economy 1913-1939. The History of a decline*, Londres, Longman, 1972.

C. Kindleberger, *Economic Growth in France and Britain, 1851-1950*, Cambridge, Harvard University Press, 1964.

R. Kuisel, *Le Capitalisme et l'État en France. Modernisation et dirigisme au XXe siècle*, Paris, Gallimard, 1984.

E. Labrousse, *La Crise de l'économie française à la fin de l'Ancien Régime et au début de la Révolution*, Paris, PUF, 1944.

E. Labrousse, *Esquisse du mouvement des prix et des revenus en France au XVIIIe siècle*, Paris, Dalloz, 2 vol., 1931.

E. Labrousse, R. Romano et F. Dreyfus, *Le Prix du froment en France au temps de la monnaie stable (1726-1913)*, Paris, SEVPEN, 1970.

D.S. Landes, *The Unbound Prometheus. Technological change and industrial development in Western Europe from 1750 to the present*, Londres, Cambridge University Press, 1967.

G. Lefèbvre, *Quatre-vingt-neuf*, Paris, Éditions sociales, 1970 (1re éd. 1939).

G. Lefèbvre, *La Révolution française*, Paris, PUF, 1963 (1re éd. 1930).

P. Léon, *La Naissance de la grande industrie en Dauphiné*, Paris, Presses universitaires, 1954.

E. Le Roy Ladurie, *Les Paysans du Languedoc*, Paris, SEVPEN, 2 vol., 1966.

M. Lescure, *Les Banques, l'État et le Marché immobilier en France à l'époque contemporaine, 1920-1940*, Paris, EHESS, 1982.

V. Lévy-Garboua et B. Weymuller, *Macroéconomie contemporaine*, Paris, Economica, 1981.

V. Lévy-Garboua et G. Maarek, *La Dette, le Boom, la Crise*, Paris, Economica, 1985.

M. Lévy-Leboyer, *Les Banques européennes et l'Industrialisation internationale*, Paris, PUF, 1964.

M. Lévy-Leboyer et F. Bourguignon, *L'Économie française au XIXe siècle. Analyse macro-économique*, Paris, Economica, 1985.

J. Lhomme, *La Grande Bourgeoisie au pouvoir (1830-1880)*, Paris, PUF, 1960.

J.H. Lorenzi, O. Pastré et J. Toledano, *La Crise du XXe siècle*, Paris, Economica, 1980.

R. Mandrou, *La France aux XVIIe et XVIIIe siècles*, Paris, PUF, « Nouvelle Clio », 1967.

J. Marczewski, *Introduction à l'histoire quantitative*, Genève, Droz, 1965.

J. Marseille, *Empire colonial et Capitalisme français. Histoire d'un divorce*, Paris, Albin Michel, 1984.

P. Massé, *Le Plan ou l'Anti-Hasard*, Paris, NRF, 1965.

*Pierre Mendès France et l'Économie. Pensée et Actio*n (actes du colloque de l'Institut Pierre-Mendès-France, 1988), édité par M. Margairaz, Paris, Éd. Odile Jacob, 1989.

P. Merlin, *L'Exode rural*, Paris, INED, 1971.

C.-A. Michalet, *Les Placements des épargnants français de 1815 à nos jours*, Paris, PUF, 1968.

A. Milward et B. Saul, *The Economic Development of continental Europe, 1780-1870*, Londres, G. Allen and Unwin, 1971.

Ph. Mioche, *Le Plan Monnet : genèse et élaboration, 1941-1947*, Paris, Publications de la Sorbonne, 1987.

C. Morazé, *Les Bourgeois conquérants*, Paris, A. Colin, 1957.

M. Morineau, *Les Faux-Semblants d'un démarrage économique : agriculture et démographie en France au XVIIIe siècle*, Paris, A. Colin, 1971.

J. Néré, *La Crise de 1929*, Paris, A. Colin, 1973.

P. O'Brien et C. Keyder, *Economic Growth in Britain and France 1780-1914*, Londres, G. Allen and Unwin, 1978.

G. Palmade, *Capitalisme et Capitalistes français au XIXe siècle*, Paris, A. Colin, 1961.

M. Parodi, *L'Économie et la Société française depuis 1945*, Paris, A. Colin, 1981.

J.-P. Patat et M. Lutfalla, *Histoire monétaire de la France au XXe siècle*, Paris, Economica, 1986.

A. Plessis et J. Marseille, *Vive la crise et l'inflation !*, Paris, Hachette, 1983.

A. Plessis, *La Banque de France et ses deux cents actionnaires sous le Second Empire*, Genève, Droz, 1982.

A. Plessis, *Régents et Gouverneurs de la Banque de France sous le Second Empire*, Genève, Droz, 1985.

A. Plessis, *La Politique de la Banque de France de 1851 à 1870*, Genève, Droz, 1985.

R. Poidevin, *Les Relations économiques et financières entre la France et l'Allemagne de 1898 à 1914*, Paris, A. Colin, 1969.

La Position internationale de la France : aspects économiques et financiers, XIXe-XXe siècles (2e congrès national de l'Association française des historiens économistes, Paris et Nanterre, octobre 1973), Paris, Librairie J. Touzot, 1977.

C.-H. Pouthas, *La Population française pendant la première moitié du XIXe siècle*, Paris, PUF, 1968.

R. Price, *An Economic History of modern France, 1730-1914*, Londres, Macmillan, 1981.

A. Prost, *Histoire de l'enseignement en France (1800-1967)*, Paris, A. Colin, 1957.

« La proto-industrialisation », n° spécial de la *Revue du Nord*, janvier 1981 (à l'occasion du VIIIe Congrès international d'histoire économique).

« Révolution de 1789, guerres et croissance économique », n° spécial de la *Revue économique*, nov. 1989.

La Révolution française et le Développement du capitalisme (actes du colloque de Lille, 1987), *Revue du Nord*, 1989.

G. Ripert, *Aspects juridiques du capitalisme contemporain*, Librairie générale de droit et de jurisprudence, 1951.

C. Rist, *Une expérience française de libération des échanges au XIXe siècle : le traité de 1860*, Paris, Sirey, 1957.

P. Rosanvallon, *La Crise de l'État-Providence*, Paris, Seuil, 1981.

H. Rousso (dir.), *De Monnet à Massé. Enjeux politiques et objectifs économiques dans le cadre des quatre premiers Plans (1946-1965)*, Paris, Éd. du CNRS, 1986.

H. Rousso (dir.), *La Planification en crises, 1965-1985*, Paris, Éd. du CNRS, 1987.

A. Rowley, *Évolution économique de la France du milieu du XIXe siècle à 1914*, Paris, SEDES, 1982.

P. Sagnac, *La Formation de la société française moderne (1661-1789)*, Paris, PUF, 2 vol., 1945-1946.

Ch. Saint-Étienne, *L'État français face aux crises économiques du XXe siècle*, Paris, Economica, 1985.

M. Saint-Marc, *Histoire monétaire de la France, 1800-1980*, Paris, PUF, 1983.

R. Salais, N. Baverez et B. Reynaud, *L'Invention du chômage*, Paris, PUF, 1986.

P. Saly, *La Politique des grands travaux en France, 1929-1939*, New York, Arno Press, 1977.

A. Sauvy, *Histoire économique de la France entre les deux guerres*, Paris, Economica, 3 vol., 1984.

R. Schnerb, *Libre-Échange et Protectionnisme*, Paris, PUF, coll. « Que sais-je ? », 1977.

R. Sédillot, *Le Franc : histoire d'une monnaie, des origines à nos jours*, Paris, Mouton, 1953.

H. Sée, *Esquisse d'une histoire économique et sociale de la France*, Genève, Slatkine reprints, 1980 (1re éd. 1929).

H. Sée, *La France économique et sociale au XVIIIe siècle*, Paris, A. Colin, 1969 (1re éd. 1925).

F. Simiand, *Le Salaire, l'Évolution sociale et la Monnaie*, Paris, F. Alcan, 1932.

B.H. Slicher van Bath, *The Agrarian History of Western Europe (500-1850)*, Londres, E. Arnold, 1963.

M.S. Smith, *Tariff Reform in France, 1860-1900*, Ithaca (N.Y.), Cornell University Press, 1980.

A. Soboul, *La Crise de l'Ancien Régime*, Paris, Arthaud, 1970.

A. Soboul, *La Civilisation et la Révolution française*, Paris, Arthaud, 3 vol., 1970-1983.

J. Thobie, J. Bouvier, R. Girault, *L'Impérialisme à la française*, Paris, Éditions Mégrelis, vol. 1, J. Thobie, *La France impériale (1880-1914)*, 1982.

P. Verley, *La Révolution industrielle, 1760-1870*, Paris, MA Éditions, 1985.

E. Weber, *Peasants into french men. The modernization of rural France, 1870-1914*, Stanford, Stanford University Press, 1976.

G. Weulersse, *Le Mouvement physiocratique en France*, Paris, Mouton, 1968 (1re éd. 1910).

D. Woronoff, *L'Industrie sidérurgique en France pendant la Révolution et l'Empire*, Paris, 1984.

A. Young, *Voyages en France* (éd. par E. Sée), Paris, A. Colin, 3 vol., 1976 (1re éd. 1931).

Articles

A. Aftalion, « L'histoire du change en France de 1915 à 1926 », *Revue d'économie politique*, mars 1930.

J.-P. Alline et M. Lescure, « Pour une étude des appareils économiques d'État en France au XIXe siècle », *Annales ESC*, mars 1981.

C. André et R. Delorme, « L'évolution séculaire des dépenses publiques en France », *Annales ESC*, mars 1978.

C. André, R. Delorme et G. Terny, « Les dépenses publiques françaises depuis un siècle », *Économie et Statistique*, mars 1973.

J.-Ch. Asselain, « Une erreur de politique économique : la loi des quarante heures », *Revue économique*, juillet 1974.

P. Bairoch, « Commerce extérieur et développement économique : quelques enseignements de l'expérience libre-échangiste de la France au XIXe siècle », *Revue économique*, janvier 1970.

P. Bairoch, « Écarts internationaux des niveaux de vie avant la révolution industrielle », *Annales ESC*, janvier 1979.

P. Bairoch, « Europe's Gross National Product, 1800-1975 », *Journal of European History*, automne 1976.

P. Bairoch, « Niveaux de développement économiques comparés de 1810 à 1910 », *Annales ESC*, novembre 1965.

M. Baslé, J. Mazier et J.-F. Vidal, « Croissance sectorielle et accumulation en longue période », *Statistiques et Études financières*, nº 40, série orange, 1979.

J.-P. Benassy, R. Boyer et R.-M. Gelpi, « Régulation des économies capitalistes et inflation », *Revue économique*, mai 1979.

H. Bertrand, J. Mazier, Y. Picaud et G. Podevin, « Les deux crises des années 30 et des années 70. Une analyse en sections productives dans le cas de l'économie française », *Revue économique*, mars 1982.

F. Bobrie, « Finances publiques et conquête coloniale : le coût budgétaire de l'expansion française, 1850-1913 », *Annales ESC*, novembre 1976.

J. Bourgeois-Pichat, « L'évolution de la population française depuis le XVIIIe siècle », *Population*, avril et octobre 1951.

J. Bouvier, « Feu François Simiand ? », *Annales ESC*, septembre 1973.

R. Boyer, « Les salaires en longue période », *Économie et Statistique*, septembre 1978.

R. Cameron, « L'économie française : passé, présent, avenir », *Annales ESC*, septembre 1970.

R. Cameron, « L'exportation des capitaux français, 1850-1880 », *Revue d'histoire économique et sociale*, 1955.

R. Cameron, « Profit, croissance et stagnation en France au XIXe siècle », *Économie appliquée*, nº 2, 1957.

R. Cameron et C. Freedeman, « French economic growth : a radical revision », *Social Science History*, hiver 1983.

F. Caron, « La stratégie des investissements en France aux XIXe et XXe siècles », *Revue d'histoire économique et sociale*, nº 1, 1976.

P. Cayez, « L'industrialisation lyonnaise au XIXe siècle : du grand commerce à la grande industrie », *Cahiers d'histoire*, nº 1, 1977.

S.B. Clough, « Retardative factors in french economic history », *Journal of Economic History*, supplément VI, 1946.

N. Crafts, « Industrial Revolution in England and in France », *Economic History Review*, août 1977.

F. Crouzet, « Angleterre et France au XVIIIe siècle. Essai d'analyse comparée de deux croissances économiques », *Annales ESC*, mars 1966.

F. Crouzet, « Essai de construction d'un indice de la production industrielle française au XIXe siècle », *Annales ESC*, janvier 1970.

F. Crouzet, « Essor, déclin et renaissance de l'industrie française des locomotives, 1914-1938 », *Revue d'histoire moderne et contemporaine*, janvier 1977.

F. Crouzet, « Recherches sur la production d'armements en France (1815-1913) », *Revue historique*, janvier et avril 1974.

F. Crouzet, « Wars, blockade and economic change in Europe, 1792-1815 », *Journal of Economic History*, décembre 1964.

J.-C. Debeir, « Inflation et stabilisation en France, 1918-1928 », *Revue économique*, juillet 1980.

B. Derouet, « Une démographie différentielle : clés pour un système autorégulateur des populations rurales de l'Ancien Régime », *Annales ESC*, janvier 1980.

P. Dubois, « Le financement des sociétés industrielles au cours des dix dernières années », *Économie et Statistique*, avril 1978.

P. Dubois, « La rupture de 1974 », *Économie et Statistique*, août 1980.

J. Dupâquier, « Les caractères originaux de l'histoire démographique française au XVIIIe siècle », *Revue d'histoire moderne et contemporaine*, avril 1976.

C. Fohlen, « Bourgeoisie française, libre-échange et intervention de l'État », *Revue économique*, mai 1956.

L. Fontvieille, « Évolution et croissance de l'État français : 1815-1969 », *Cahiers de l'ISEA*, série AF, 13, 1976.

J. Fourastié, « Quelques réflexions sur le mouvement des prix et du pouvoir d'achat des salaires en France depuis le XVIIIe siècle », *Bulletin de la Société d'histoire moderne et contemporaine*, mars 1953.

R. Frankenstein, « Intervention étatique et réarmement en France, 1935-1939 », *Revue économique*, juillet 1980.

P. Fridenson, « Une industrie nouvelle : l'automobile en France jusqu'en 1914 », *Revue d'histoire moderne et contemporaine*, octobre 1972.

B. Gille, « Recherches sur le problème de l'innovation. Perspectives historiques dans le cas français », *Cahiers de l'ISEA*, série AD, 1, 1961.

M. Gillet, « Au XIXe siècle, industrialisation linéaire ou industrialisation par bonds ? », *Revue économique*, septembre 1972.

R. Girault, « Pour un portrait nouveau de l'homme d'affaires français vers 1914 », *Revue d'histoire moderne et contemporaine*, juillet 1969.

Y. Gonjo, « Le plan Freycinet 1878-1882 : un aspect de la "Grande Dépression" économique en France », *Revue historique*, juillet 1972.

P. Gonnet, « Esquisse de la crise économique de 1827 à 1832 », *Revue d'histoire économique et sociale*, 1955.

L. Goreux, « Les migrations agricoles en France depuis un siècle et leurs relations avec certains facteurs économiques », *Études et Conjoncture*, avril 1956.

W. Henderson, « The anglo-french commercial treaty of 1786 », *Economic History Review*, août 1957.

W. Henderson, « La politique économique de Léon Blum », Colloque *Léon Blum, chef de gouvernem*ent, Cahiers de la Fondation nationale des sciences politiques, A. Colin, 1967.

T. Kemp, « Structural factors in the retardation of french economic growth », *Kyklos*, n° 2, 1962.

C. Kindleberger, « Financial institutions and economic development : a comparison of Great Britain and France in the 18th and 19th centuries », *Explorations in Economic History*, avril 1984.

D.S. Landes, « French entrepreneurship and industrial growth in the 19th century », *Journal of Economic History*, mai 1949.

D.S. Landes, « Vieille banque et banque nouvelle : la révolution française du XIXe siècle », *Revue d'histoire moderne et contemporaine*, juillet 1956.

F. Lebrun, « Les crises démographiques en France aux XVIIe et XVIIIe siècles », *Annales ESC*, mars 1980.

G. Lefebvre, « La place de la Révolution dans l'histoire agraire de la France », *Annales d'histoire économique et sociale*, 1929.

P. Léon, « Tradition et machinisme dans la France du XVIIIe siècle », *Information historique*, 1955.

E. Le Roy Ladurie, « Climat et récoltes aux XVIIe et XVIIIe siècles », *Annales ESC*, mai 1960.

M. Lévy-Leboyer, « La croissance économique de la France au XIXe siècle », *Annales ESC*, juillet 1968.

M. Lévy-Leboyer, « La décélération de l'économie française dans la seconde moitié du XIXe siècle », *Revue d'histoire économique et sociale*, n° 4, 1971.

M. Lévy-Leboyer, « L'héritage de Simiand : prix, profit et termes d'échange », *Revue historique*, janvier 1971.

M. Lévy-Leboyer, « Le processus d'industrialisation : le cas de l'Angleterre et de la France », *Revue historique*, avril 1968.

J. Lhomme, « Le pouvoir d'achat de l'ouvrier français au cours d'un siècle, 1840-1940 », *Le Mouvement social*, avril 1968.

A. Lipietz, « Derrière la crise : la tendance à la baisse du taux de profit », *Revue économique*, mars 1982.

J. Marczewski, « Le produit physique de l'économie française de 1789 à 1913. Comparaison avec la Grande-Bretagne », *Cahiers de l'ISEA*, série AF, 4, 1965.

J. Marczewski, « Y a-t-il eu un "take-off" en France ? », *Cahiers de l'ISEA*, série AD, 1, 1961.

T. Markovitch, « L'industrie française de 1789 à 1964 », *Cahiers de l'ISEA*, série AF, 4, 5, 6 et 7, 1965.

T. Markovitch, « L'industrie lainière en France au début du XVIIIe siècle », *Revue d'histoire économique et sociale*, n° 4, 1968.

T. Markovitch, « Salaires et profits industriels en France », *Cahiers de l'ISEA*, série AF, 8, 1967.

J. Marseille, « Les origines "inopportunes" de la crise de 1929 en France », *Revue économique*, juillet 1980.

J. Marseille, « Les relations commerciales entre la France et son Empire colonial de 1880 à 1913 », *Relations internationales*, été 1976.

J. Meuvret, « Les crises démographiques et la démographie de la France d'Ancien Régime », *Population*, octobre 1946.

P. Mioche, « Aux origines du plan Monnet : les discours et les contenus dans les premiers plans français », *Revue historique*, avril 1981.

M. Morineau, « Prix et révolution agricole », *Annales ESC*, mars 1969.

J. Mulliez, « Du blé, "mal nécessaire". Réflexions sur les progrès de l'agriculture, 1750-1850 », *Revue d'histoire moderne et contemporaine*, janvier 1979.

W.H. Newell, « The agricultural evolution in nineteenth century France », *Journal of Economic History*, octobre 1973.

A. Prost, « L'immigration en France depuis cent ans », *Esprit*, n° 4, 1966.

R. Roehl, « L'industrialisation française, une remise en cause », *Revue d'histoire économique et sociale*, n° 3, 1976.

P. Saly, « La politique française des grands travaux (1929-1939) fut-elle keynésienne ? », *Revue économique*, juillet 1980.

A. Sauvy, « Le revenu national de la France de 1780 à 1913 », *Population*, mai 1965.

J.-C. Toutain, « La population de la France de 1700 à 1959 », *Cahiers de l'ISEA*, série AF, 3, 1963.

J.-C. Toutain, « Le produit de l'agriculture française de 1700 à 1958 », *Cahiers de l'ISEA*, série AF, 1 et 2, 1961.

J.-C. Toutain, « Les transports en France de 1830 à 1965 », *Cahiers de l'ISEA*, série AF, 9, 1967.

L.-A. Vincent, « Évolution de la production intérieure brute en France de 1896 à 1938. Méthodes et premiers résultats », *Études et Conjoncture*, novembre 1962.

L.-A. Vincent, « Population active, production et productivité dans 21 branches de l'économie française (1896-1962) », *Études et Conjoncture*, février 1965.

J. Weiler, « Échanges extérieurs et politique commerciale de la France depuis 1870 », *Économies et Sociétés*, 1969.

J. Weiler, « Long run tendencies in foreign trade : with a statistical study of French foreign trade structure », *The Journal of Economic History*, décembre 1971.

Complément bibliographique (2011)

Académie des sciences morales et politiques, *La France prépare mal l'avenir de sa jeunesse*, Paris, Seuil, 2007.

Académie des sciences morales et politiques, *Raymond Barre. Un homme singulier dans la politique française*, Paris, Éd. de Fallois, 2010.

M. Albert, *Capitalisme contre capitalisme*, Paris, Seuil, 1991.

M. Albert (dir.), *Regards croisés sur l'Europe*, Paris, PUF, 2005.

C. Andrieu, *La Politique du crédit, frein ou moteur de la modernisation (1945-1950) ?*, Paris, Fayard, 1987.

C. Andrieu, *La Banque sous l'Occupation. Paradoxes de l'histoire d'une profession, 1936-1946*, Paris, Presses de la FNSP, 1990.

C. Andrieu, P. Braud, G. Piketty (dir.), *Dictionnaire de Gaulle*, Paris, Robert Laffont, « Bouquins », 2006.

A. Antoine, G. Béaur, J.-M. Moriceau, *La Terre et les Paysans aux XVIIe et XVIIIe siècles. France et Grande-Bretagne*, Caen/Rennes,

Association d'histoire des sociétés rurales/Presses universitaires de Rennes, 1999.

P. Artus, L. Fontagné *et al.*, *Évolution récente du commerce extérieur français*, Paris, La Documentation française, 2005.

J.-C. Asselain, *Histoire économique du XX*e *siècle*, Paris, Presses de Sciences Po/Dalloz, 1995, 2 vol.

J.-C. Asselain, *L'Argent de la justice. Le budget de la justice en France de la Restauration au seuil du XXI*e *siècle*, Pessac, Presses universitaires de Bordeaux, 2009.

D. Barjot, *La Grande Entreprise française de travaux publics, 1883-1974*, Paris, Économica, 2006.

P. Baubeau, A. Lavit d'Hautefort, M. Lescure, *Le Crédit national, 1919-1994. Histoire publique d'une société privée*, Paris, Jean-Claude Lattès, 1994.

P. Bauchet, *Le Plan dans l'économie française*, Paris, Presses de la FNSP, 1986.

P. Bauchet, *Comprendre l'économie française*, Paris, Économica, 1999.

P. Bauchet, *Régulation et mondialisation. Le modèle américain revu par l'Europe*, Paris, L'Harmattan, 2007.

N. Baverez, *Les Trente Piteuses*, Paris, Flammarion, 1998.

N. Baverez, *La France qui tombe. Un constat clinique du déclin français*, Paris, Perrin, 2003.

G. Béaur, *Histoire agraire de la France au XVIII*e *siècle. Inerties et changements dans les campagnes françaises entre 1715 et 1815*, Paris, SEDES, 2000.

A. Beltran, *Un siècle d'histoire industrielle en France. Industrialisation et sociétés, 1880-1970*, Paris, SEDES, 1998.

A. Beltran, P. Griset, *Histoire des techniques, XIX*e*-XX*e *siècle*, Paris, Armand Colin, 1990.

A. Beltran, P. Griset, *L'Économie française, 1914-1945*, Paris, Armand Colin, 1994.

F. Berger *et al.*, *Le XX*e *siècle, 1914-2001*, Paris, Hachette supérieur, 2009.

S. Berstein, J.-L. Bianco, P. Milza (dir.), *François Mitterrand. Les années du changement, 1981-1984*, Paris, Perrin, 2001.

O. Blanchard, J. Pisani-Ferry, C. Wyplosz, *L'Europe déclassée ?*, Paris, Flammarion, 2005.

B. Blancheton, *Le Pape et l'Empereur. La Banque de France, la direction du Trésor et la politique monétaire de la France, 1914-1928*, Paris, Albin Michel, 2001.

B. Blancheton, *Histoire des faits économiques. De la révolution industrielle à nos jours*, Paris, Dunod, 2007.

H. Bonin, *Les Banques françaises de l'entre-deux-guerres, 1919-1935*, Paris, PLAGE, 2000, 2 vol.

H. Bonin, *Le Monde des banquiers français au XXe siècle*, Bruxelles, Complexe, 2000.

H. Bonin, *La Banque de l'Union parisienne, 1874/1904-1974*, Paris, PLAGE, 2003.

H. Bonin, *Histoire de la Société générale. La naissance d'une banque moderne*, Genève, Droz, 2006.

H. Bonin, C. Bouneau, H. Joly (dir.), *Les Entreprises et l'Outre-mer français pendant la Seconde Guerre mondiale*, Pessac, MSHA, 2010.

H. Bonin, Y. Lung, S. Tolliday, *Ford, 1903-2003. The European History*, Paris, PLAGE, 2003.

G. Bossuat, *Histoire de l'Union européenne. Fondations, élargissements, avenir*, Paris, Belin, 2009.

C. Bouneau, É. Bussière, F. Démier, *La Chambre de commerce et d'industrie de Paris, 1803-2003*, Genève, Droz, 2003.

C. Bouneau, M. Figeac, *Le Verre et le Vin de la cave à la table. Du XVIIe siècle à nos jours*, Pessac, MSHA, 2007.

J. Brasseul, *Histoire des faits économiques. De la Grande Guerre au 11-Septembre*, Paris, Armand Colin, 2003.

A. Broder, *Histoire économique de la France au XXe siècle*, Paris, Ophrys, 1998.

F. Caron, *Les Grandes Compagnies de chemin de fer en France, 1823-1937*, Genève, Droz, 2005.

N. Carré de Malberg, *La Direction du budget entre doctrines et réalités, 1914-1944*, Paris, CHEFF, 2001.

N. Carré de Malberg, *Entre l'État et l'entreprise. Les inspecteurs des Finances*, Paris, CHEFF, 2011.

J.-C. Casanova, M. Lévy-Leboyer (dir.), *Entre l'État et le marché. L'économie française des années 1880 à nos jours*, Paris, Gallimard, 1991.

A. Chatriot, P. Fridenson, É. Pezet, « La réduction du temps de travail en France entre réglementation tutélaire et négociation encadrée, 1818-1978 », *Revue de l'IRES*, n° 42, 2003.

S. Chauveau, *L'Économie de la France au XXe siècle*, Paris, Armand Colin, 2003.

M.-P. Chélini, *Histoire du franc français au XXe siècle*, Paris, Picard, 2001.

F. Crouzet, *La Guerre économique franco-anglaise au XVIIIe siècle*, Paris, Fayard, 2008.

G. Daudin, *Commerce et prospérité. La France au XVIIIe siècle*, Paris, Presses de l'université Paris-Sorbonne, 2005.

J.-C. Daumas, *Les Territoires de la laine. Histoire de l'industrie lainière en France au XIXe siècle*, Villeneuve-d'Ascq, Presses universitaires du Septentrion, 2004.

J.-C. Daumas (dir.), *Dictionnaire historique des patrons français*, Paris, Flammarion, 2010.

J.-P. Daviet, *La Société industrielle en France, 1814-1914*, Paris, Seuil, 1997.

J.-P. Daviet, *Une multinationale à la française. Histoire de Saint-Gobain, 1665-1989*, Paris, Fayard, 1998.

Du franc Poincaré à l'écu, Paris, CHEFF, 1998.

J.-F. Eck, *Histoire de l'économie française. De la crise de 1929 à l'euro*, Paris, Armand Colin, 2009.

L'Économie française dans la compétition internationale au XXe siècle, Paris, CHEFF, 2006.

S. Effosse, *Entretiens avec Roger Goetze. Un financier bâtisseur, 1957-1988*, Paris, CHEFF, 2007.

B. Etemad, *De l'utilité des empires. Colonisation et prospérité de l'Europe, XVIe-XXe siècle*, Paris, Armand Colin, 2005.

O. Feiertag, *Wilfrid Baumgartner, un grand commis des finances à la croisée des pouvoirs, 1902-1978*, Paris, CHEFF, 2006.

O. Feiertag, M. Margairaz *et al.*, *Politiques et pratiques des banques d'émission en Europe, XVIIe-XXe siècle. Le bicentenaire de la Banque de France dans la perspective de l'identité monétaire européenne*, Paris, Albin Michel, 2003.

A. Fernandez, *L'Économie française depuis 1945*, Paris, Hachette supérieur, 2001.

A. Fernandez *et al.*, *L'Entreprise publique en France et en Espagne de la fin du XVIIIe au milieu du XXe siècle*, Pessac, MSHA, 2004.

J.-P. Fitoussi, *Le Débat interdit. Monnaie, Europe, pauvreté*, Paris, Arléa, 1995.

J.-P. Fitoussi, J. Le Cacheux (dir.), *L'État de l'Union européenne*, Paris, Fayard, 2007.

R. Frank, *La Hantise du déclin. La France, 1920-1960*, Paris, Belin, 1994.

P. Fridenson, *Organisations publiques, organisations marchandes. Cultures, évolutions, contestations*, Paris, La Découverte, 2009.

Y. Gattaz, P. Simonnot, *Mitterrand et les patrons*, Paris, Fayard, 1999.

Y. Gattaz, *Mes vies d'entrepreneur*, Paris, Fayard, 2006.

A. Gueslin (dir.), *Nouvelle histoire économique de la France contemporaine*, Paris, La Découverte, 1989-…, 4 vol. : J.-P. Daviet, *1. L'Économie préindustrielle, 1750-1840* ; P. Verley, 2. *L'Industrialisation, 1830-1914* ; A. Leménorel, *3. L'Économie libérale à l'épreuve, 1914-1948* ; A. Gueslin, *4. L'Économie ouverte, 1948-1990.*

M. Hau, N. Narvaiza-Mandon, *Le Chômage en Europe. Divergences nationales et régionales*, Paris, Économica, 2005.

M. Hau, N. Stoskopf, *Les Dynasties alsaciennes. Du XVIIe siècle à nos jours*, Paris, Perrin, 2005.

P.-C. Hautcœur, *La Crise de 1929*, Paris, La Découverte, 2009.

J. Heffer, *La Fin du XXe siècle. De 1973 à nos jours*, Paris, Hachette supérieur, 2000.

L. Heyberger, *La Révolution des corps. Décroissance et croissance staturale des habitants des villes et des campagnes en France, 1780-1940*, Strasbourg, Presses universitaires de Strasbourg, 2005.

J.-P. Hirsch, *Les Deux Rêves du commerce. Entreprise et institution dans la région lilloise, 1780-1860*, Paris, EHESS, 1991.

C. Hodeir, *Stratégies d'Empire. Le grand patronat colonial face à la décolonisation*, Paris, Belin, 2003.

P. Hoffman, G. Postel-Vinay, J.-L. Rosenthal, *Des marchés sans prix. Une économie politique du crédit à Paris, 1660-1870*, Paris, EHESS, 2001.

A. Lacroix-Riz, *Le Choix de la défaite. Les élites françaises dans les années 1930*, Paris, Armand Colin, 2009.

C. Lemercier, *Un si discret pouvoir. Aux origines de la Chambre de commerce de Paris, 1805-1853*, Paris, La Découverte, 2003.

C. Lemercier, C. Zalc, *Méthodes quantitatives pour l'historien*, Paris, La Découverte, 2007.

M. Lescure, *PME et croissance économique. L'expérience française des années 1920*, Paris, Économica, 1996.

M. Lescure, M. Lévy-Leboyer, A. Plessis *et al.*, *L'Impôt en France aux XIXe et XXe siècles*, Paris, CHEFF, 2006.

M. Lescure, A. Plessis *et al.*, *Banques locales et banques régionales en Europe au XXe siècle*, Paris, Albin Michel, 2004.

J.-L. Loubet, *Citroën, Renault, Peugeot et les autres. Soixante ans de stratégie*, Paris, Le Monde Éditions, 1995.

O. Marchand, C. Thélot, *Deux siècles de travail en France*, Paris, INSEE, 1991.

O. Marchand, C. Thélot, *Le Travail en France, 1800-2000*, Paris, Nathan, 1997.

D. Margairaz, P. Minard, *L'Information économique, XVIe-XIXe siècle*, Paris, CHEFF, 2008.

M. Margairaz, *L'État, les finances et l'économie. Histoire d'une conversion*, Paris, CHEFF, 1991, 2 vol.

B. Maris, *Éléments de politique économique. Les expériences françaises d'après-guerre de 1945 à 1984*, Toulouse, Privat, 1985.

J. Marseille *et al.*, *Puissance et faiblesses de la France industrielle, XIXe-XXe siècle*, Paris, Seuil, 1997.

P. Mioche, *Penser et construire l'Europe, XIXe-XXe siècle*, Paris, Hachette supérieur, 2007.

P. Mioche, D. Woronoff (dir.), *L'Acier en France. Produits et marchés, de la fin du XVIIIe siècle à nos jours*, Dijon, Éd. universitaires de Dijon, 2006.

J.-M. Moriceau, *Les Fermiers de l'Île-de-France. L'ascension d'un patronat agricole, XVe-XVIIIe siècle*, Paris, Fayard, 1998.

M. Pébereau, *La Politique économique de la France*, Paris, Armand Colin, 1997, 2 vol.

T. Piketty, *Les Hauts Revenus en France au XXe siècle. Inégalités et redistributions, 1901-1998*, Paris, Grasset, 2001.

G. Postel-Vinay, *La Terre et l'Argent. L'agriculture et le crédit en France du XVIIIe au début du XXe siècle*, Paris, Albin Michel, 1997.

L. Quennouëlle-Core, *La Direction du Trésor, 1947-1967. L'État banquier et la croissance*, Paris, CHEFF, 2000.

A. Stanziani, *La Qualité des produits en France, XVIIIe-XXe siècle*, Paris, Belin, 2003.

J.-C. Toutain, « La production agricole de la France de 1810 à 1990. Départements et régions. Croissance, productivités, structures », *Économies et sociétés*, série AF, nº 17, 1992-1993, 3 vol.

F. Tristram, *Une fiscalité pour la croissance. La direction générale des Impôts et la politique fiscale en France de 1948 à la fin des années 1960*, Paris, CHEFF, 2005.

J.-P. Vesperini, *L'Économie de la France sous la Ve République*, Paris, Économica, 1993.

J.-P. Vesperini, *La France dans la crise. Retrouver la croissance*, Paris, Dalloz, 2008.

J.-P. Vesperini (dir.), *Les Problèmes actuels de l'économie française*, Paris, PUF, 2001.

C. Vuillermot, *Pierre-Marie Durand et l'Énergie industrielle. L'histoire d'un groupe électrique, 1906-1945*, Paris, CNRS Éditions, 2001.

C. Zalc, *Melting Shops. Une histoire des commerçants étrangers en France*, Paris, Perrin, 2010.

Index

Tables

Table du tome 2

3. Le blocage de la croissance pendant l'entre-deux-guerres

4. Croissance économique et ruptures depuis 1945

RÉALISATION : IGS-CP À L'ISLE-D'ESPAGNAC
NORMANDIE ROTO IMPRESSION S.A.S À LONRAI
DÉPÔT LÉGAL : AVRIL 2011. Nº 104509 (111291)
IMPRIMÉ EN FRANCE

Collection Points Histoire

H166. Histoire de la France rurale
1. La formation des campagnes françaises
(des origines à 1340)
sous la direction de Georges Duby et Armand Wallon

H167. Histoire de la France rurale
2. L'âge classique des paysans (de 1340 à 1789)
sous la direction de Georges Duby et Armand Wallon

H168. Histoire de la France rurale
3. Apogée et crise de la civilisation paysanne
(de 1789 à 1914)
sous la direction de Georges Duby et Armand Wallon

H169. Histoire de la France rurale
4. La fin de la France paysanne (depuis 1914)
sous la direction de Georges Duby et Armand Wallon

H170. Initiation à l'Orient ancien, *par la revue « L'Histoire »*

H171. La Vie élégante, *par Anne Martin-Fugier*

H172. L'État en France de 1789 à nos jours
par Pierre Rosanvallon

H173. Requiem pour un empire défunt, *par François Fejtö*

H174. Les animaux ont une histoire, *par Robert Delort*

H175. Histoire des peuples arabes, *par Albert Hourani*

H176. Paris, histoire d'une ville, *par Bernard Marchand*

H177. Le Japon au XXe siècle, *par Jacques Gravereau*

H178. L'Algérie des Français, *par la revue « L'Histoire »*

H179. L'URSS de la Révolution à la mort de Staline, 1917-1953
par Hélène Carrère d'Encausse

H180. Histoire médiévale de la Péninsule ibérique
par Adeline Rucquoi

H181. Les Fous de la République, *par Pierre Birnbaum*

H182. Introduction à la préhistoire, *par Gabriel Camps*

H183. L'Homme médiéval
Collectif sous la direction de Jacques Le Goff
H184. La Spiritualité du Moyen Âge occidental (VIIIe-XIIIe siècle)
par André Vauchez
H185. Moines et Religieux au Moyen Âge
par la revue « L'Histoire »
H186. Histoire de l'extrême droite en France, *Ouvrage collectif*
H187. Le Temps de la guerre froide, *par la revue « L'Histoire »*
H188. La Chine, tome 1 (1949-1971)
par Jean-Luc Domenach et Philippe Richer
H189. La Chine, tome 2 (1971-1994)
par Jean-Luc Domenach et Philippe Richer
H190. Hitler et les Juifs, *par Philippe Burrin*
H192. La Mésopotamie, *par Georges Roux*
H193. Se soigner autrefois, *par François Lebrun*
H194. Familles, *par Jean-Louis Flandrin*
H195. Éducation et Culture dans l'Occident barbare
(VIe-VIIIe siècle), *par Pierre Riché*
H196. Le Pain et le Cirque, *par Paul Veyne*
H197. La Droite depuis 1789, *par la revue « L'Histoire »*
H198. Histoire des nations et du nationalisme en Europe
par Guy Hermet
H199. Pour une histoire politique, *Collectif*
sous la direction de René Rémond
H200. « Esprit ». Des intellectuels dans la cité (1930-1950)
par Michel Winock
H201. Les Origines franques (V^e^-IXe siècle), *par Stéphane Lebecq*
H202. L'Héritage des Charles (de la mort de Charlemagne
aux environs de l'an mil), *par Laurent Theis*
H203. L'Ordre seigneurial (XIe-XIIe siècle)
par Dominique Barthélemy
H204. Temps d'équilibres, Temps de ruptures
par Monique Bourin-Derruau
H205. Temps de crises, Temps d'espoirs, *par Alain Demurger*
H206. La France et l'Occident médiéval
de Charlemagne à Charles VIII
par Robert Delort (à paraître)
H207. Royauté, Renaissance et Réforme (1483-1559)
par Janine Garrisson
H208. Guerre civile et Compromis (1559-1598)
par Janine Garrisson
H209. La Naissance dramatique de l'absolutisme (1598-1661)
par Yves-Marie Bercé
H210. La Puissance et la Guerre (1661-1715)
par François Lebrun

H211. La Monarchie des Lumières (1715-1786)
par André Zysberg
H212. La Grèce préclassique, *par Jean-Claude Poursat*
H213. La Grèce au Vᵉ siècle, *par Edmond Lévy*
H214. Le IVᵉ Siècle grec, *par Pierre Carlier*
H215. Le Monde hellénistique (323-188), *par Pierre Cabanes*
H216. Les Grecs (188-31), *par Claude Vial*
H218. La République romaine, *par Jean-Michel David*
H219. Le Haut-Empire romain en Occident
d'Auguste aux Sévères, *par Patrick Le Roux*
H220. Le Haut-Empire romain.
Les provinces de Méditerranée orientale,
d'Auguste aux Sévères, *par Maurice Sartre*
H221. L'Empire romain en mutation, des Sévères à Constantin (192-337)
par Jean-Michel Carrié et Aline Rousselle
H225. Douze Leçons sur l'histoire, *par Antoine Prost*
H226. Comment on écrit l'histoire, *par Paul Veyne*
H227. Les Crises du catholicisme en France, *par René Rémond*
H228. Les Arméniens, *par Yves Ternon*
H229. Histoire des colonisations, *par Marc Ferro*
H230. Les Catholiques français sous l'Occupation
par Jacques Duquesne
H231. L'Égypte ancienne, *présentation par Pierre Grandet*
H232. Histoire des Juifs de France, *par Esther Benbassa*
H233. Le Goût de l'archive, *par Arlette Farge*
H234. Économie et Société en Grèce ancienne
par Moses I. Finley
H235. La France de la monarchie absolue 1610-1675
par la revue « L'Histoire »
H236. Ravensbrück, *par Germaine Tillion*
H237. La Fin des démocraties populaires, *par François Fejtö et Ewa Kulesza-Mietkowski*
H238. Les Juifs pendant l'Occupation, *par André Kaspi*
H239. La France à l'heure allemande (1940-1944)
par Philippe Burrin
H240. La Société industrielle en France (1814-1914)
par Jean-Pierre Daviet
H241. La France industrielle, *par la revue « L'Histoire »*
H242. Éducation, Société et Politiques.
Une histoire de l'enseignement en France de 1945 à nos jours
par Antoine Prost
H243. Art et Société au Moyen Âge, *par Georges Duby*
H244. L'Expédition d'Égypte 1798-1801, *par Henry Laurens*
H245. L'Affaire Dreyfus, *Collectif Histoire*

H246. La Société allemande sous le IIIe Reich
par Pierre Ayçoberry
H247. La Ville en France au Moyen Âge
par André Chédeville, Jacques Le Goff et Jacques Rossiaud
H248. Histoire de l'industrie en France
du XVIe siècle à nos jours, *par Denis Woronoff*
H249. La Ville des Temps modernes
sous la direction d'Emmanuel Le Roy Ladurie
H250. Contre-Révolution, Révolution et Nation
par Jean-Clément Martin
H251. Israël. De Moïse aux accords d'Oslo
par la revue « L'Histoire »
H252. Une histoire des médias des origines à nos jours
par Jean-Noël Jeanneney
H253. Les Prêtres de l'ancienne Égypte, *par Serge Sauneron*
H254. Histoire de l'Allemagne, des origines à nos jours
par Joseph Rovan
H255. La Ville de l'âge industriel
sous la direction de Maurice Agulhon
H256. La France politique, XIXe-XXe siècle, *par Michel Winock*
H257. La Tragédie soviétique, *par Martin Malia*
H258. Histoire des pratiques de santé
par Georges Vigarello
H259. Les Historiens et le Temps, *par Jean Leduc*
H260. Histoire de la vie privée
1. De l'Empire romain à l'an mil
par Philippe Ariès et Georges Duby
H261. Histoire de la vie privée
2. De l'Europe féodale à la Renaissance
par Philippe Ariès et Georges Duby
H262. Histoire de la vie privée
3. De la Renaissance aux Lumières
par Philippe Ariès et Georges Duby
H263. Histoire de la vie privée
4. De la Révolution à la Grande Guerre
par Philippe Ariès et Georges Duby
H264. Histoire de la vie privée
5. De la Première Guerre mondiale à nos jours
par Philippe Ariès et Georges Duby
H265. Problèmes de la guerre en Grèce ancienne
sous la direction de Jean-Pierre Vernant
H266. Un siècle d'école républicaine
par Jean-Michel Gaillard
H267. L'Homme grec
Collectif sous la direction de Jean-Pierre Vernant

H268. Les Origines culturelles de la Révolution française *par Roger Chartier*
H269. Les Palestiniens, *par Xavier Baron*
H270. Histoire du viol, *par Georges Vigarello*
H272. Histoire de la France
L'Espace français, *sous la direction de André Burguière et Jacques Revel*
H273. Histoire de la France
Héritages, *sous la direction de André Burguière et Jacques Revel*
H274. Histoire de la France
Choix culturels et Mémoire, *sous la direction de André Burguière et Jacques Revel*
H275. Histoire de la France
La Longue Durée de l'État, *sous la direction de André Burguière et Jacques Revel*
H276. Histoire de la France
Les Conflits, *sous la direction de André Burguière et Jacques Revel*
H277. Le Roman du quotidien *par Anne-Marie Thiesse*
H278. La France du XIXe siècle, *par Francis Démier*
H279. Le Pays cathare, *sous la direction de Jacques Berlioz*
H280. Fascisme, Nazisme, Autoritarisme, *par Philippe Burrin*
H281. La France des années noires, tome 1 *sous la direction de Jean-Pierre Azéma et François Bédarida*
H282. La France des années noires, tome 2 *sous la direction de Jean-Pierre Azéma et François Bédarida*
H283. Croyances et Cultures dans la France d'Ancien Régime *par François Lebrun*
H284. La République des instituteurs *par Jacques Ozouf et Mona Ozouf*
H285. Banque et Affaires dans le monde romain *par Jean Andreau*
H286. L'Opinion française sous Vichy, *par Pierre Laborie*
H287. La Vie de saint Augustin, *par Peter Brown*
H288. Le XIXe siècle et l'Histoire, *par François Hartog*
H289. Religion et Société en Europe, *par René Rémond*
H290. Christianisme et Société en France au XIXe siècle *par Gérard Cholvy*
H291. Les Intellectuels en Europe au XIXe, *par Christophe Charle*
H292. Naissance et Affirmation d'une culture nationale *par Françoise Mélonio*

H293. Histoire de la France religieuse
Collectif sous la direction de Philippe Joutard
H294. La Ville aujourd'hui, *sous la direction de Marcel Roncayolo*
H295. Les Non-conformistes des années trente
par Jean-Louis Loubet del Bayle
H296. La Création des identités nationales
par Anne-Marie Thiesse
H297. Histoire de la lecture dans le monde occidental
Collectif sous la direction de Guglielmo Cavallo et Roger Chartier
H298. La Société romaine, *Paul Veyne*
H299. Histoire du continent européen
par Jean-Michel Gaillard, Anthony Rowley
H300. Histoire de la Méditerranée
par Jean Carpentier (dir.), François Lebrun
H301. Religion, Modernité et Culture
au Royaume-Uni et en France
par Jean Baubérot, Séverine Mathieu
H302. Europe et Islam, *par Franco Cardini*
H303. Histoire du suffrage universel en France.
Le Vote et la Vertu. 1848-2000, *par Alain Garrigou*
H304. Histoire juive de la révolution à l'État d'Israël
Faits et documents, *par Renée Neher-Bernheim*
H305. L'Homme romain
Collectif sous la direction d'Andrea Giardina
H306. Une histoire du Diable, *par Robert Muchembled*
H307. Histoire des agricultures du monde
par Marcel Mazoyer et Laurence Roudart
H308. Le Nettoyage ethnique.
Documents historiques sur une idéologie serbe
par Mirko D. Grmek, Marc Gjidara et Neven Simac
H309. Guerre sainte, jihad, croisade, *par Jean Flori*
H310. La Renaissance européenne, *par Peter Burke*
H311. L'Homme de la Renaissance
Collectif sous la direction d'Eugenio Garin
H312. Philosophie des sciences historiques,
textes réunis et présentés, *par Marcel Gauchet*
H313. L'Absolutisme en France, *par Fanny Cosandey et Robert Descimon*
H314. Le Monde d'Ulysse, *par Moses I. Finley*
H315. Histoire des juifs sépharades, *par Esther Benbassa et Aron Rodrigue*
H316. La Société et le Sacré dans l'Antiquité tardive
par Peter Brown

H317. Les Cultures politiques en France
sous la direction de Serge Berstein
H318. Géopolitique du XVIe siècle
par Jean-Michel Sallmann
H319. Les Relations internationales
2. De la guerre de Trente Ans ans à la guerre de succession d'Espagne, *par Claire Gantet*
H320. Des traités : de Rastadt à la chute de Napoléon
par Jean-Pierre Bois
H323. De Nuremberg à la fin du XXe siècle
(tome 6, Nouvelle histoire des relations internationales / inédit), *par Frank Attar*
H324. Histoire du visuel au XXe siècle, *par Laurent Gervereau*
H325. La Dérive fasciste. Doriot, Déat, Bergery. 1933-1945
par Philippe Burrin
H326. L'Origine des Aztèques, *par Christian Duverger*
H327. Histoire politique du monde hellénistique
par Edouard Will
H328. Le Saint Empire romain germanique, *par Francis Rapp*
H329. Sparte, histoire politique et sociale
jusqu'à la conquête romaine, *par Edmond Lévy*
H330. La Guerre censurée, *par Frédéric Rousseau*
H331. À la guerre, *par Paul Fussel*
H332. Les Français des années troubles, *par Pierre Laborie*
H333. Histoire de la papauté, *par Yves-Marie Hilaire*
H334. Pouvoir et Persuasion dans l'Antiquité tardive
par Peter Brown
H336. Penser la Grande Guerre, *par Antoine Prost et Jay Winter*
H337. Paris libre 1871, *par Jacques Rougerie*
H338. Napoléon. De la mythologie à l'histoire
par Nathalie Petiteau
H339. Histoire de l'enfance, tome 1
par Dominique Julia et Egle Becchi
H340. Histoire de l'enfance, tome 2
par Dominique Julia, Egle Becchi
H341. Une histoire de l'édition à l'époque contemporaine
XIXe-XXe siècle, *par Elisabeth Parinet*
H342. Les enjeux de l'histoire culturelle, *par Philippe Poirrier*
H343. Le Monde des révolutions en Amérique
et en Europe à la fin du XVIIIe siècle, *par Jacques Solé*
H345. Histoire culturelle de la France, tome 3,
par Antoine de Baecque et Françoise Mélonio
H346. Histoire culturelle de la France, tome 4,
par Jean-Pierre Rioux et Jean-François Sirinelli
H347. L'État chez lui, l'Église chez elle, *par Jean-Paul Scot*

H348. La Résistance française : une histoire périlleuse
par Laurent Douzou
H349. Histoire culturelle de la France, tome 2,
par Jean-Pierre Rioux & Jean-François Sirinelli
H350. La France et les Juifs de 1789 à nos jours
par Michel Winock
H351. Historiographie de la guerre d'Algérie,
par Raphaëlle Branche
H352. L'Armée de Vichy, *par Robert O. Paxton*
H353. La Guerre froide 1917-1991, *par André Fontaine*
H354. Le Modèle politique français, *par Pierre Rosanvallon*
H355. Les Origines religieuses de la Révolution française
par Dale Van Kley
H356. Une histoire du Chat, *par Laurence Bobis*
H357. À la recherche du Moyen Âge, *par Jacques Le Goff*
H358. Les Quatre Parties du monde, *par Serge Gruzinski*
H359. Histoire des peurs alimentaires, *par Madeleine Ferrières*
H360. Le Grand Voyage de l'Obélisque, *par Robert Solé*
H361. La Vie à en mourir. Lettres de fusillés 1941-1944
par Guy Krivopissko
H362. Bleu. Histoire d'une couleur, *par Michel Pastoureau*
H363. Mitterrand, une histoire de Français, *par Jean Lacouture*
H364. Le Siècle des intellectuels, *par Michel Winock*
H365. Histoire des paysans français
par Emmanuel Le Roy Ladurie
H366. La Plus Vieille Cuisine du monde, *par Jean Bottéro*
H367. Histoire de la France politique 1. Le Moyen Âge
par Philippe Contamine
H368. Histoire de la France politique 2.
La Monarchie, entre Renaissance et Révolution
par Joël Cornette
H369. Histoire de la France politique 3.
L'Invention de la démocratie
par Serge Berstein, Michel Winock
H370. Histoire de la France politique 4.
La République recommencée
par Serge Berstein, Michel Winock
H371. Le Fascisme en action, *par Robert O. Paxton*
H372. Louis XIV. Les Stratégies de la gloire, *par Peter Burke*
H373. Ressentiment et Apocalypse, *par Philippe Burrin*
H374. Jésuites. Une multibiographie, t. 1, Les Conquérants
par Jean Lacouture
H375. Jésuites. Une multibiographie, t. 2, Les Revenants
par Jean Lacouture
H376. Sexe et pouvoir à Rome, *par Paul Veyne*

H377. Le Petit Livre des couleurs
par Michel Pastoureau & Dominique Simonnet
H378. Les Droites aujourd'hui, *René Rémond*
H379. Les Chamanes de la Préhistoire
par Jean Clottes & David Lewis-Williams
H380. Chronologie du XXe siècle, *par Bernard Phan*
H381. S'amuser au Moyen Âge, *par Jean Verdon*
H382. La Conversion d'Hermann le Juif
par Jean-Claude Schmitt
H383. Une histoire de pirates, *par Jean-Pierre Moreau*
H384. Histoire de la beauté, *par Georges Vigarello*
H385. Chronologie du Moyen Âge, *par Michel Zimmermann*
H386. L'Étoffe du diable, *par Michel Pastoureau*
H387. La Bataille de Paris, *par Jean-Luc Einaudi*
H388. 1515 et les grandes dates de l'histoire de France
par Alain Corbin
H389. Les Origines intellectuelles du IIIe Reich,
par George L. Mosse
H390. La Légende de Napoléon, *par Sudhir Hazareesingh*
H391. La Prostitution à Paris au XIXe siècle
par Alexandre Parent-Duchatelet
H392. La Guérilla du Che, *par Régis Debray*
H393. L'Orgasme et l'Occident, *par Robert Muchembled*
H394. *Mon* histoire des femmes, *par Michelle Perrot*
H395. La Reine scélérate, *par Chantal Thomas*
H396. La Pierre de Rosette
par Robert Solé et Dominique Valbelle
H397. Mal et modernité, *par Jorge Semprun*
H398. Mémorial de Sainte-Hélène, t. 1
par Emmanuel de Las Cases
H399. Mémorial de Sainte-Hélène, t. 2
par Emmanuel de Las Cases
H400. Le Siècle des communismes, *Collectif*
H401. Histoire de la Bretagne et des Bretons, t. 1
par Joël Cornette
H402. Histoire de la Bretagne et des Bretons, t. 2
par Joël Cornette
H403. Héros et merveilles du Moyen Âge, *par Jacques Le Goff*
H404. Les Templiers, *par Alain Demurger*
H405. La Suisse, l'or et les morts, *par Jean Ziegler*
H406. Chronologie de la Rome antique, *par Yann Rivière*
H407. Les Fondations de l'islam, *par Alfred-Louis de Prémare*
H408. Rois et reines de France, *par Bernard Phan*
H409. Histoire de la décolonisation, *par Bernard Droz*
H410. L'Égypte, passion française, *par Robert Solé*

H411. Les Druides, *par Jean-Louis Brunaux*
H412. Chronologie de la France au XXe siècle, *par Bernard Phan*
H413. Brève histoire du fascisme, *par Renzo De Felice*
H414. La Guerre du Rif *par Vincent Courcelle-Labrousse, Nicolas Marmié*
H415 . Histoires grecques, *par Maurice Sartre*
H416. Les Origines de la solution finale *par Christopher R. Browning*
H417. Batailles, *par Hervé Drevillon*
H418. Les Juifs américains, *par André Kaspi*
H419. 2000 ans d'histoire gourmande, *par Patrice Gélinet*
H420. Nourritures canailles, *par Madeleine Ferrières*
H421. La Croix et le Croissant, *par Richard Fletcher*
H422. Bagnards, *par Marion F. Godfroy*
H423. Chronologie de la Seconde Guerre mondiale *par Bernard Phan*
H424. Pierre Mendès France, *par Jean Lacouture*
H425. La Vie sexuelle à Rome, *par Géraldine Puccini-Delbey*
H426. Chronologie de la Grèce ancienne, *par Paulin Ismard*
H427. Histoire des révolutions, *par Martin Malia*
H428. Histoire de la Prusse, *par Michel Kerautret*
H429. Histoire du débarquement en Normandie *par Olivier Wieviorka*
H430. Les Voix de la liberté, *par Michel Winock*
H431. L'Europe est-elle née au Moyen Âge ? *par Jacques Le Goff*
H432. L'Invention de la drague, *par Jean Claude Bologne*
H433. Bonaparte à la conquête de l'Égypte, *par Robert Solé*
H434. Chronologie de la Première Guerre mondiale *par Bernard Phan*
H435. Aux origines de l'histoire des religions *par Philippe Borgeaud*
H436. La Religion flamboyante (1320-1520) *par Jacques Chiffoleau*
H437. L'Ivrogne et la Marchande de fleurs, *par Nicolas Werth*
H438. L'Expérience de l'histoire, *par Reinhart Koselleck*
H439. Chronologie des États-Unis, *par Pierre Sicard*
H440. Parlez-vous sans-culotte ?, *par Michel Biard*
H441. Comment notre monde est devenu chrétien *par Marie-Françoise Baslez*
H442. Bêtes de somme, *par Eric Baratay*
H443. La Société médiévale, *par François Icher*
H444. La Mer, *sous la direction d'Alain Corbin et Hélène Richard*
H445. 1939. Demain, la guerre, *par Richard Overy*